U0927286

精装典藏本
毕淑敏文集
第10卷·——10

血玲珑

毕淑敏｜著

CNS PUBLISHING & MEDIA
湖南文艺出版社
HUNAN LITERATURE AND ART PUBLISHING HOUSE
博集天卷
CS-BOOKY

图书在版编目（CIP）数据

血玲珑：精装典藏本 / 毕淑敏著 . — 长沙 : 湖南文艺出版社 , 2014.11
（毕淑敏文集 . 第 10 卷）
ISBN 978-7-5404-6976-4

Ⅰ . ①血… Ⅱ . ①毕… Ⅲ . ①长篇小说—中国—当代 Ⅳ . ① I247.5

中国版本图书馆 CIP 数据核字（2014）第 242967 号

上架建议：名家经典 · 小说

毕淑敏文集 . 第 10 卷
血玲珑：精装典藏本

作　　者：毕淑敏
出 版 人：刘清华
责任编辑：薛　健　刘诗哲
监　　制：蔡明菲　潘　良
特约策划：董晓磊
特约编辑：刘　筝
封面设计：姜利锐
版式设计：李　洁
内文排版：百朗文化
出版发行：湖南文艺出版社
　　　　　（长沙市雨花区东二环一段 508 号　邮编：410014）
网　　址：www.hnwy.net
印　　刷：北京鹏润伟业印刷有限公司
经　　销：新华书店
开　　本：787mm × 1092mm　1/16
字　　数：182 千字
印　　张：19
版　　次：2014 年 11 月第 1 版
印　　次：2014 年 11 月第 1 次印刷
书　　号：ISBN 978-7-5404-6976-4
定　　价：46.80 元
（若有质量问题，请致电质量监督电话：010-84409925）

目录
Contents

第一章

命运经常以消息出现。

“卜总！”

女秘书姜娅闯进总经理办公室，飘起的一缕长发被夹进门缝。

卜绣文正在批往来的业务文件，头也不抬地说：“不是告诉过你吗，在我刚上班的第一个小时内，任何人都不见，任何电话都不听。”她沉下略显出眼袋的脸。

她要用最清醒的时间考虑最重要的事情，不得打扰。特别是今天，和商务对手匡宗元有一场艰巨的谈判，如同歌手的重要演出，她不愿被任何其他事物分心。虽然姜娅平时很得宠，卜绣文的音调还是带出斥责。但总的来说，气色还算平和，她不想一上班就批评下属，把自己的心情搞糟。对于一个举手投足都牵涉到决策和金钱的人来说，心情就是生产力，是财富的基本支点之一。

“早早病了！”姜娅并没被上司的脸色吓住，急急说道。她确知，在女老板心中，她的独生女儿夏早早，重于千笔生意。

没想到卜绣文面如秋水。她心里有数，上学的时候，孩子还好好的，分手才一会儿，能有什么大不了的事情？如果是出了车祸，那另当别论。但姜娅是训练有素的秘书，即使在慌乱中，她也说得很清楚：是病了，而非其他。

卜绣文镇静地问：“什么病？不会有什么大病的。”

“晕倒。学校刚来的电话，说是冷不丁就晕倒了，不知为什么。早早现正在回春医院抢救，医院要亲属快去。”

卜绣文依旧闲闲地说：“我马上要处理一笔重要业务，同匡宗元打交道，失约就先棋输一着。找早早爸爸吧，他的时间比我宽松。”

姜娅悄无声息地退下，不一会儿又闪身进来了。

“卜总，夏教授此刻正在课堂上……”姜娅很为难。“挣钱不多，时间还铆得这样死……”卜绣文长叹一声，按说关于自己家人的牢骚，是不该显露在外人面前，但卜绣文奉行在“小圈子的范围内，可以说真话”的政策。如果不管大事小事都要盘算一番，虚虚实实难免太累。所以，有时候，她口无遮拦，不像一个运筹帷幄的老板。

“那好吧，我去。姜娅，你想一个稳妥的借口，与匡宗元延期。”卜绣文说着，在文件上签了一个花式繁复的名字，站起身来。

她把略带僵硬的藏蓝色套装换下，穿上一身轻松舒适的便装，匆匆出门。

姜娅在卜绣文的身后凝目注视着，半是钦佩半是发愁。钦佩的是老板知道孩子病了，非但不惊慌失措，居然还记得换衣服，难怪她的生意做得这样兴隆，大事小事都胸有成竹。发愁的是怎样对匡宗元解释。本来，编瞎话让对方同意改变计划，是一个好秘书的基本功。但这个匡宗元生性多疑，谎话怎么说得既不伤他自尊，又给今后的会谈留下和缓的氛围，还真需费一点心思。

早早今天是去参加学校的演出，童声小合唱。那是几首词和曲子都很做作的歌，最近一段时间，由于早早总在家里练习，卜绣文也差不多能哼出来了。每天放学之后，早早也还要在学校练一段，休息的时间就格外少。孩子们不在乎唱的到底是什么，他们喜欢那种聚在一起，放声鼓噪的自由。犹如一群小青蛙，在湿热的池塘里，对着天空呼出闷气。

校方的电话说，演出时唱到一半的时候，夏早早突然在场上晕倒了，幸亏台上铺着地毯，孩子们又靠得很紧密，这才没有跌得鼻青脸肿。学校赶紧把孩子送往医院，一边火速同家长联系。如今各家都是一个孩子，担不起责任啊！

卜绣文确信已走出自己公司职员的眼光范围之外，神经和全身的肌肉就一下子揪紧了。一路紧赶，进了回春医院，扯住她看到的第一个护士，忙不迭地问："我女儿在哪儿？早早在哪儿？"

胖墩墩的护士很生气，她胳膊上的软肉，隔着白衣被这个精干的女人捏得发痛。皮肤的不适和胖女人对瘦女人天生的嫉妒，使她恼怒："谁知道早早是谁？什么时候来的？医院里的病人多了，你以为我是什么？计算机吗？克格勃吗？"

卜绣文发现自己的失态，调整了一下紧迫的眼神，讨好地说："夏早早，我女儿……我急坏了，对不起……说是晕倒了，刚才打电话叫我们来人的……"

"噢，那边。三号。"胖护士揉着自己的胳膊，不耐烦地甩开她。

卜绣文凶狠地冲撞着，在人流中为自己劈开一条道路，全然没有了平日的淑女风范。

看到急救室明晃晃的红字，卜绣文顾不得墙壁上巨大的"静"字，猛烈打门。门没有她想象的那样沉重，很轻盈地旋开了，她几乎扑到地上。

屋内由于玻璃和不锈钢的器皿太多，处处反射着刺目和不真实的眩光。在一张高而洁白的铁床上，躺着她小小的女儿。夏早早轻松地微笑着，正在同身旁的护士说着什么，看到妈妈气喘吁吁地冲进来，不由得吓了一跳，大声说："妈，您怎么啦？出了什么事，把您急成这个样子？"

卜绣文迅即看出女儿没有什么大病，全身立即像酥鱼一般瘫软下来，倚着墙说："我的小祖宗！急死我了，到底是怎么一回事？"

夏早早说："没什么啊，妈妈。我不是跟您说过吗，早上起床的时候，我有些晕。"

“对，我想起来了。”卜绣文抚着胸口说，“小孩子都是这个样子，长大了就好了。那是因为你从床上爬起来的时候太快了，以后慢着点就没事了……”

夏早早撇嘴道：“妈，您老这么说。我照着您的话做了，刚开始的时候管一点用，以后就不管用了。今天早上起来，我头特别晕，我想忍一下就没事了。可上台之后，演出到一半的时候，眼前就突然出现了许多小银星星，好看着呢。可没等我看仔细，它们就满天乱飞……再以后的事我就不知道了，醒来的时候就躺在这个床上了……”

夏早早说着说着，猛然噎住。她知道妈妈为什么到医院里来了。妈妈工作非常忙，早早只得了这样一点小病，就惊动妈妈，实在是对不起妈妈。她便很希望自己这一刻病得重些，比如腿上破一块皮，流出一汪血，这样，妈妈来一趟医院，就不算冤枉了。

卜绣文定下神来，又仔细观察了一下女儿，除了脸色比较苍白以外，没有什么特殊的病象。她看了一下表，计算了一下耽误的时间，对守在一旁的护士说：“您看，我是现在就把孩子接走，还是再等一会儿？”

护士戴着大口罩，睫毛浓密，使人不容易看清她的目光聚焦何处。白衣胸卡上的名字是：薄香萍。

薄护士用机器人一样没有起伏的声音说：“夏早早的母亲，您现在不能把孩子接走。主治医生要和您谈一谈。”

卜绣文环顾四周，除了雪洞般的墙壁和闪亮的医疗器械，这间房子里再没有其他人。

“医生在哪里？能否快一些？我很忙。”虽说是在医院里，不是自己的地盘，卜绣文还是部分地恢复了平日的做派。反正孩子也没什么大病，她对医生的讨好之心就打起折扣。

“在医院里，医生是最忙的人。”薄香萍忍不住回击了一下这个傲慢的女人，“请到医生办公室。魏医生在那儿等你。”

医生办公室还算整洁。之所以这么说，是因为在卜绣文的想象中，应该更整洁一些。但是，不，比起新兴的写字楼和气派十足的办公间，医院可以说简陋寒酸。到处摆放着大小不等的纸页，纸质菲薄发黄，那是各种检查和化验表格，标准的格式和冷冷的小而细密的黑字，让人想起陈年账簿。只不过账页结算的是金钱和物资，这里盘点的是人的生命。有很多病历夹子堆积在办公桌上，像一种古老巨型的饼干。以一个老板的目光来看，这些桌子实在是有辱斯文。

屋里空无一人。

“医生到哪里去了？”卜绣文东张西望，甚至往一张桌子下面看了看。当然，医生是不可能躲在桌子下面的，她只看到地上有几张揉皱了的化验单。证明那个医生在思考中举棋不定。

等了许久，卜绣文的焦躁一点点积聚起来，跑去问薄护士，医生到哪里去了？薄香萍只是说，魏晓日医生也许去看化验结果了，请夏早早的家长在办公室继续等。

“风风火火地打电话叫我们来。我们来了，医生又躲着不见面。”卜绣文愤愤地自言自语，百无聊赖地看着窗外。

“谁躲着不见面了？”一个声音在她后面搭了话。

卜绣文回头一看，一位青年男医生进了门。他走得很快，工作衣下摆有一颗纽扣未系，于是衣襟就被行走的力度和速度，鼓荡得飘扬起来，使得他运动员一般的长腿，显出跑步的姿态。

“我是夏早早的母亲卜绣文……因为生意忙，有什么要交代的，请您快讲。”卜绣文自我介绍加解释。

“我是夏早早的主治医生魏晓日，学校代办了入院手续，有些情况我们必须与家长细谈。”魏医生指了一张椅子，说，“坐下谈。”不管对方如何，自己就率先坐了下来，面朝卜绣文，目光聚焦在她脸上。

按照通常的社交规则，初次见面，这样瞄准一位女士看是不礼貌的。但在医院里，一切法则都另当别论。医生习惯居高临下地俯视众生。本来卜绣文没心思注意医生的模样，但为了不示弱，她也目不转睛地盯着对方。

眉毛漆黑，挺秀的鼻梁从双眉间拔起，收束于轮廓极为鲜明的上唇正中，令人想起凛然的利剑和一把引而不发的弯弓。可惜，这医生的嘴唇在不讲话的时候抿得太紧，有一种初出茅庐的紧张。

人倒是英气逼人，医术不知怎样？但愿也这样出色才好。卜绣文想着。

魏晓日皱着眉头，说："请原谅我这样打量您。我从化验室回来的路上，就下了决心，一定要好好看看夏早早的母亲是个什么样子。想不到，您不像我想象的那样……"他费了很大的劲，用唇把下文封住，但做得不高明，很轻易地就让人判断出咽下的是一个贬义词。

"那样什么？"卜绣文追问。女人总是对别人对自己的评价很感兴趣。

"您非常想知道吗？"魏晓日挑战地问。他知道这已超出了医生对病人家属的谈话范畴，但他隐忍不住。也许和他刚刚从医学院毕业有关，也许是因为那个名叫早早的女孩惹人喜爱，也许是因为手中的单子让他焦灼不安。

卜绣文一愣："你这是什么意思？"

"我觉得你很……迟钝。"魏晓日本想说得客气一些，但他的道行还不够淳厚，一想起那个稚嫩的小生命，在病痛中辗转，而她的至爱亲朋却一点都没有察觉，他就不由得要打抱不平。当医生的，是要替病人向他们的亲人讨一个公道的。于是他不顾卜绣文脸上的愤然，更坚决地说下去，"……或者说是愚昧。我看您挺有知识的，但您对女儿的态度，就是一个没有文化的乡下女人，也做不出来。"目光充满谴责。

"我的态度怎么了？"卜绣文陷入了迷惑。早早是她的心肝啊！

"您的女儿常常对您说她头晕吗？"魏医生的口气里有一种审问的腔调。

"是的。这没有什么，我小时候也经常头晕的。"卜绣文敏感的心忽悠一下，觉察到一个可怕的旋涡在向自己逼近，但是她不甘心，于是格外强硬地坚持事态没什么特殊。

"您说错了，夫人。"魏晓日站起来，走动起来，他怕自己再这么面对面地虎视眈眈，会让病人家属压力太大。他背对着卜绣文说，"您的头晕和您女儿的头晕是不一样的。她患有一种罕见的渐进型贫血症，现在转入了爆发期。今天早上的晕倒，仅仅是一个前奏。假若得不到有效的治疗，夏早早就会……”

“就会怎么样？”卜绣文像被一枚铁钉从天灵盖打进脊梁骨，直直地钉在椅子上，惊恐万分地问。

“死亡。”魏晓日医生像吐出带血的牙齿一样，把这两个冷酷的字眼吐出来。

寂静笼罩。时间艰难地流逝。卜绣文面无血色。魏晓日的心情，也像没有定向的草一般，一会儿向东一会儿向西。用这种近乎抗议的方式向家属通报病情，无疑是不合适的。他应该用很学术很平淡的口吻讲话，应该不带感情色彩和任何抑扬顿挫，应该是俯视和宁静的。什么叫医学权威呢？就是把正常人的感情打磨一光，历经沧桑后水波不兴，那才是真正的大家风范。现在呢，你乳臭未干，一股脑儿地和盘托出，虽说句句都是实话，可接下来的活儿，恐怕就是在抢救女儿之后，再急救她的母亲了。魏晓日这样想着，十分不安地再次坐下。

屋内响起轻轻的笑声。魏晓日很吃惊，下意识地用眼光四处扫描，谁在这样严肃悲痛的气氛中如此不知趣？

于是，他看到了——卜绣文抽动着嘴角的矜持笑容。

她说：“医生，你不觉得自己太危言耸听了吗？我自己的女儿，她有什么病，我当妈妈的还不清楚吗？她只要好好休息一下，就会一切如常，欢蹦乱跳。你用不着吓唬人，听了你们的，这世上就没有一块地方是干净的，就没有一个人是健康的了。早早今年就要小学毕业，功课特别紧，她又是一个好强的孩子，不愿落在别人后面，最近一段时间，她是太累了。好了，医生，不管怎么样，我还是感谢你们。而且提醒了我，要让早早劳逸结合。如果没有其他事，那么，我就告辞了。再一次表示感谢。”

卜绣文说完，断然站了起来，一脸决绝神色。

魏晓日医生没有站起来，他用修剪得很短的指甲，轻轻地弹了弹桌面上的那沓化验单，好像那是一架破风琴的琴键。

“夫人，您可以不相信我。但是，您是否连这些最先进的仪器检查出的结果，也一概不信？请您耐着心看完它们，再走不迟。”魏晓日的语调中有一股不可抗拒的威严和抑制不住的恼怒。这女人是怎么回事？神经是否正常？他甚至放肆地扫了一眼她的眉宇之间的距离，要知道，先天愚型病人的眉距是很宽的。

那女人的眉距此刻近乎是零。细长的眉毛紧紧地粘在一起，痛楚地抖动着。

卜绣文不得不拿起那沓计算机打印出的化验单。

她自然不懂医学。但现代医学考虑得很全面，在每一行数据后面都打印着相应的正常值。她的眼光机枪一般扫射过去……

天哪！她的亲爱的孩子，她的早早，那个看起来同别人一样的小女孩，在这该死的医院里，好像被妖婆施了魔法，居然什么都不正常了。几乎所有的血液检查项目结果，她都比别人少，仿佛有什么怪物在吸她的血，她的血管里流的不是血，而是掺了红颜色的饮料。

“这……这是怎么回事？你说！你今天非得给我说个明白！你休想就这么完事！”卜绣文歇斯底里地嚷起来。她的内心，先是大惊骇大恐惧，抖个不停。紧接着全身的战栗电光石火地转化成冲天的愤怒，狂躁地逼视着魏晓日，好像他就是妖婆和魔法师，是他让她的女儿变成了这个样子。

魏晓日没有躲闪，依旧稳定地坐在椅子上。此刻卜绣文的暴怒，倒让他感觉比较正常。他把双手交叉，用力向下按了按。对这一手势，卜绣文一相情愿地做出了多项解释——病人家属你不要太激动……病情我们还是可以控制的……医院有信心有能力……

她略微平静了一点。

“还有一项很重要的骨髓检查没有来得及做。但凭我们现在掌握的结果，也可确诊夏早早患有严重疾病。必须立即住院治疗。”魏医生坚持用一种更平稳的语调把话说完。此刻，医生的平静就是最好的安慰。

卜绣文把那些化验单揉得沙沙作响。“不！这不是真的！”她筛糠般地抖动起来。

魏晓日不再说话，保持静默。此刻，沉默就是关怀。适应噩耗，需要时间。

大滴大滴的眼泪从卜绣文脸上坠落下来。

“我为什么这样命苦？老天，你为什么这样不公？早早多可爱，她招你惹你了？你要这么和她过不去？你要真是和我有仇，就把她的病让我得了吧！哪怕厉害十倍，一百倍，我也心甘情愿啊，让我死了吧！老天，你为什么要折磨我的女儿，要罚就罚我吧……”

卜绣文意志大面积崩塌，眼泪把她一大早精心修饰的淡妆，毁坏得不成样子，一个平凡绝望的中年妇女从华贵的躯壳中显露出来，一败涂地，孤苦无依。

魏医生双手抱着肘，一声不吭。

这就是他所需要的效果。这才是病人家属应有的反应。以后的事态发展，经过老师的传授，他比较有把握。只剩下一件事——等待。这需要足够的耐性，心急是万万不成的。和病人的家属交流，是一个令人不安和无章可循的过程。医生在这种时刻的身份，常常很难明晰拿捏。是你把灾难通知给他们，你是乌鸦和猫头鹰。又是你要担当起拯救他们亲人的重任，你是盟友和司令。如果病情变重，家属会怨恨你的低能和不尽职，如果病情转轻，他们觉得这是自己的造化。你被他们需要又被他们怨恨，你被他们感谢又被他们怪罪。处理好和病人家属的关系，是非常必要的，甚至是一门艺术。因为你们在一个阵营，必得同心同德，你们又必将发生数不清的矛盾。你的身份，在他们眼中，有时是救世主，有时又是傻瓜和罪犯。你和他们的关系，甚至比和病人本身的关系还要紧密莫测。病人通常是乖的，而家属则桀骜不驯得多。如果病人是儿童，你就得时刻和他的监护人打交道。病人死了，你同病人的关系算完结了，但你同家属的关系，还有漫长的道路要走。假如他们有疑问和证据，要到法院去告你，那才是一种崭新关系的开始呢！

当然，上面谈的是造诣深厚的医生所擅长，魏晓日还有待来日方长的实践。比如，面前这位母亲呼天抢地的时间，就比魏晓日估计得要短，一如他没有估计到她在得知女儿患重病之后，会有短暂的微笑。当她拭干了眼泪之后，又变成恶狠狠的母狼一般。

“你的诊断万无一失吗？就不会出错？会不会把别人的血当成我女儿的血标本？要是搞错了，我就要控告你们，赔偿我的精神损失！”

魏医生不由得双手抱肩，这使他身体的轮廓显出一种抗拒和阻隔，具有忧郁的沉重。

他不单是为夏早早的病情而沉重。一天见的各种病人多了，当医生的要是对所有的人都百般同情，他自己就率先化成一摊泪水了。这个当妈妈的表现出一种罕见的凶狠，令他诧异。一般人在这种情形下都是哀求医生，但这个女人似乎更绝望，更抗争，更有力量。

“当然，我很希望我的诊断是错的，这样，我们大家就都轻松了。”魏晓日记起导师说过，当医生的，凡事要留有余地。于是，他的口气和缓了一些，但他不愿给病人家属虚幻的期待，接着说：“不过，事情恐怕不是这样。长久以来，你没有发现自己的女儿渐渐苍白吗？”

“她是有一点气色不好。但是这个年纪的女孩都有一点肤色发黄，是不是？我小时候也是这样的啊……”卜绣文没多大把握地说。由于医生的松弛，她也平静了一点，开始费力地回忆和思索。她想起女儿的确是像秋天的树叶一样，越来越苍黄了。

“您没有发现自己的女儿体力下降吗？”魏医生掏出笔，开始了简单的记录。这对于写病历是重要的资料。

“是的，她经常叫累。以前一到星期天她就要我们带她到公园里去玩，我常常因为工作忙，没领她去过。后来我有时空闲了，要带她去玩，她反倒说妈我不去了，我就在家看看功课。可是她也并不读书，只是在床上躺着……我真该死，这就是有病了啊，我这个粗心的妈妈啊……”卜绣文用一只手狠掐另一只手。要不是当着人，她也许会抽自己一个嘴巴的。

“这个情况大约有多长时间了？”魏医生追问。

“大约有半年了。医生，孩子的病好治吗？”卜绣文眼巴巴地问。

魏医生知道面前的这位病人家属，已经从反应的第一个阶段顺利地进入到第二个阶段，甚至第三个阶段了。她已无法否认自己的亲人有病，在愤怒的抱怨之后，现在该开始考虑怎样治疗的问题了。使他略微有点惊异的是，这个女人走过这些过程的速度很快。当然了，并不排除她的情绪出现反复的可能。

“贫血的诊断是毫无疑义的了。”魏医生收起化验单，“您的女儿夏早早的红血球数量只相当于正常人的三分之一，这是十分危险的……”魏医生字斟句酌地说，他不想吓着面前的这位母亲，但必须把严酷的现实说清楚。

“可是……早早今天还在上学啊……”卜绣文无力地呻吟着。一想到她的小女儿，不知有多长时间，忍受着痛苦和无力的折磨，她就心如刀绞。

“是啊，您的女儿很顽强。”魏医生由衷地说。

“早早，你为什么这样能忍啊？你叫痛叫累，妈妈就可以早些发现你有病了……”卜绣文放声痛哭。

魏医生从白大衣的口袋里，拿出一块洁白的纱布，递给卜绣文说：“请克制一下，眼泪回家去流吧，我还有几个相关问题问您。您和夏早早父亲的家族里，有过类似的病人吗？”

卜绣文用纱布胡乱地擦着眼睛，睫毛上挂着纱布丝，问：“您说的类似的病是指什么呢？晕倒？还是没力气？”

“不，不是这些，这些都是症状，不是某种疾病所特有的，我指的是贫血，特别是……难以治愈的……贫血症？”魏医生谨慎地挑选着词汇，既说清医学的严酷性，又不致太吓着当事人。

“没有，早早的祖父祖母外祖父外祖母虽说都去世了，可都是得心脏病脑出血这些清清白白的病去世的，从来没有人得过这种怪病。”卜绣文急切地摇头，好像这样就能把笼罩在头上的阴影赶走。

“好，我再问一个问题，夏早早是否易患感冒？”

“是！有。衣服穿得好好的，一点也没受凉，她就发起烧来了，烧得可吓人啦……”卜绣文边回忆边恐惧地说。魏医生飞快地记录着，正说到这里，门突然被猛地撞开，一个高大的男人闯了进来。“早早在哪里？在哪里？”他已经花白的头发，一绺绺贴在宽阔的脑门上，眼睛兔子似的充着血。

来人是夏早早的父亲夏践石。

“早早在急救室，现在还不要紧。医生怀疑她得了一种原因不清的贫血症，正在查。”卜绣文对丈夫说。

魏医生对面前这个危难中的女人产生了些许敬意。在悲痛震惊的时刻，她对丈夫描述孩子的病情，居然能这么简练而清晰，层次分明。

“您去看看孩子吧，我想同您的丈夫谈一谈。”魏医生说。虽然面前的这个女人抵御灾难的能力不错，但是有关病人以后的问题，按照常规，医生都是和家属中的男性交底。在传统的认识里，男人的神经比较粗壮有力。

在场的人都意识到即将进行的谈话的严峻性。“不不不！”夏践石连说了三个“不”字，缩起肚子连连后退，好像有一只看不见的大球，正向他的胸口撞来。退到无路可退，他抵着墙壁说：“还是我去看孩子吧，我只想见孩子，有什么，您跟我的夫人谈吧，她拿的主意没错……你们说吧，我走了，我去看孩子……”

夏践石说着，弓着身躯向门口急速地运动，生怕谁把他强行留在屋里。

偌大的医生办公室又剩下卜绣文和魏晓日两个人，两个人眼睛干涩地对视着，一时无言。

魏晓日明白，关于病人夏早早，今后要同这家的女主人长期打交道了。

第二章

住院对普通人来说，如同出国。特别是当你眼前一黑，什么都不知道了的情况下，醒来后到了另一个白色世界，仿佛经历了一段飞行。

夏早早觉得很好玩。第一，不用上课和做作业了。这就像犯人遇到大赦，那份天降的惊喜，让她快乐了好几天。当然，陌生的闪着蓝光的盘子剪子，使人有身不由己的恐惧，不过，还好。迄今为止，还没人在夏早早身上大规模地使用它们。第二，医生是一位长相很酷的叔叔，特别是他穿着白大褂举步如飞的样子，像高傲的鹤在奔跑，令人崇拜。夏早早甚至对来看她的同学们说，待她出院以后，会央告妈妈为自己买一件白色的风衣，吓得同学们直说：夏早早，你真要穿上这种风衣的时候，请预先通知大伙一声。特别是不要在冬天的有雾的早晨，那样，我们也许把你当成倩女幽魂。第三，你会认识一些新的人和新的朋友。比如，薄阿姨和同屋的梁奶奶。你在学校里，除了永远板着脸的老师，再就是和你一样哀叹作业水深火热的同伴，难得有这么有趣和奇怪的人在你周围出没。所以啊，人如果有机会，还是抽空住住医院，开阔眼界，增长见识。比如，要是以后再碰到《一个让我敬佩的人》诸如此类作文题的时候，夏早早的人事档案里，就会多了好几个候选人。

当然了，住院证明你有病，这就是一件坏事。不过，夏早早不觉得自己的病有什么了不起的。哪里都不疼不痒的，就是有点虚弱，躺在床上，就和好人一样。想到这里，夏早早又有些气馁。为什么非得躺在床上呢？她的力气被谁偷走了呢？

鲜血真是个好东西。

只要一输入到夏早早的身体里，她惨白如雪的脸色有了桃花般的红润。输血管子刚一拔下来，早早就连蹦带跳地下了床，闹得薄香萍直呵斥她。

“早早，不是跟你说过了吗，输血跟输别的不一样。葡萄糖漏在皮下，疼一阵子就过去了。血渗到哪儿就瘀一片青，跟熊猫的黑眼圈似的。你可要把针孔多按一会儿啊！”

薄香萍说是训，口气里还是充满怜爱的味道。

早早吐着舌头说：“薄阿姨，我实在是躺不住啊。没输血的时候，浑身就和糖醋鱼似的，一点劲也没有。我在地上勉强走几步，肚里就像有一窝小老鼠，跳个不停，只好赶快扶着床栏杆回来。我猜那一窝小老鼠保证成了精，它们不吃粮食，专喝热的血。血里一定藏着一种叫作力气的东西，要不，我怎么一输了血，连脖子都比平常硬了……”

小姑娘欢天喜地，头仰得高高的。

薄护士听得心酸。

在医院这么多年，她总结出一条怪而准的规律——凡得病的孩子，尤其是女孩子，相貌都是上等，还个个聪慧过人。不知是因为她们仪容姣好，上天要送她们一点磨难，以便早日将她们收回到自己身边？还是原本资质平常的女孩，一旦得了病，饱受折磨，就格外地敏感和早熟了？

依经验，得了这种病的孩子，就没有活着出了院的。眼看这些嫩韭菜一般的生命，不定在哪个早上就被一把镰刀割断，真是残忍的事情，可你有什么办法？没有什么人比护士更知道医学的有限和无奈了。

薄护士也有自己的烦心事，大龄女子，老父老母眼巴巴地指望着她招个女婿，说明白了就是靠她养老。这可好，婚事不再是两个人的事，而成了四个人的事。有好几回，她中意的男子，老人家看不上眼，只得吹灯拔蜡。一拖再拖的结果是——再高级的眼角防皱霜嫩肤水晶露，也抚不平脸上的皱纹了。薄护士在自家的陋室中，对着模糊不清的镜子梳妆的时候（不是镜子有什么问题，是上班时间三班倒，黎明或是夜晚出门，不敢让灯光太明亮，怕打扰了父母），可算明白了什么叫“人老珠黄”——那就是女人一上了岁数，连眼珠周围的皮肤，都像使多了碱的馒头，由白皙变成苍黄。虽说她知道字典上把那个“珠”字解释成珍珠，还是笃信自己的想法。她常常哀叹自己上班服侍病人，下班服侍老人，一辈子就是这个命了。

遇到心绪特别不顺的时候，她会跟病人发脾气，尖刻地损病人，以泄怨气。当护士的要呵斥病人，就像商场的保安训斥夹带商品的顾客，真是手到擒来的事。医院是穿白大褂的人的领地，外人进了医院的门，就像偷渡踏上了别国的土地，先就输了理，心里透着发虚。再加上身体有了病，神气不旺，有一个算一个，都是战战兢兢的。再有啦，病人那种唯唯诺诺的样子，很容易诱发心情不爽的人欺凌他们的愿望。病人不懂得医院的规矩，一般都挤出满脸讨好的笑容，这种时候，如果你恰好窝火，又确知他们不是你的对手，在领导不会解雇你的时候，你要是不向这些可怜虫耍耍威风，让自己舒经活血，那才是傻子呢！

一般人想不到护士的苦衷，觉得护士就得跟钢铁战士似的，永远笑容可掬。要是没有一磕二碰的事，满面春风也不太难，怕就怕的是你满肚子委屈，还要对素不相识的人笑脸相迎。但也不要把护士一棍子打死，遇到她们脾气好的时候，人类的普遍同情心就会滋长蔓延。特别是当那病人住的时间长了，如果长得顺眼，性格又善解人意，人都是有感情的，护士也会渐渐地把他们当成自己的熟人，妥加照料。夏早早是一个幸运的孩子，爸爸妈妈赋给她一张可人的小脸，嗓音甜甜，嘴巴巧巧，从一入院就让薄护士心疼，随着接触的频繁，薄香萍更对这个被死神包绕着的小姑娘，多了几分关切。

夏早早当然不知道戴着大口罩的护士想什么，只是觉得自己有劲了而感到高兴。她轻盈地在地上跳跃着，好似一只刚偷喝了油的小老鼠。

“轻一点儿，早早。梁奶奶还在睡觉呢。”薄香萍提醒说。

“噢，对不起，阿姨，我忘了。”小姑娘瞅了一眼睡在另一张病床上的老奶奶，老人家如一只老猫，蜷在雪白的被子里打呼噜。

卜绣文原本想要让女儿包一间病房，虽然房费很贵，但她要让女儿享受到最好的医疗。魏医生听了她的打算以后，说：“孩子并不知道她得的是什么病，让她单独住在一间病房里，孤独会促使她思考自己的病情。不要以为小孩子就什么都不懂，疾病会教会她很多东西。长久下去，恐怕会很忧郁……”

“您的意见是让她同别人住在一起？”卜绣文一点就透。

“是的。”

“那可一定要挑一位病情比较轻，性格又很善良温和的病人同她住在一屋。”卜绣文说。

魏晓日当时没表态，他觉得这女人有点颐指气使的味道。这是哪儿？不是你的公司。但静下心来，也认为这位妈妈的考虑是合理的。他打算安排早早和一位七十多岁的梁王氏同住两人病房。梁奶奶只有一个儿子，每星期来看她一次。也许因为奶奶的病史久远了，该慰问的人都来表示过了，就很少再有人来探视她。平常的日子，老奶奶总是很安静地躺在床上，透过窗玻璃，看外面的天空和偶尔飞过的灰鸽。

“她得的是什么病？”听完魏医生的介绍，卜绣文问。既然换房，要把新邻居的情形调查明白。

“老人患的是慢性白血病。”魏医生干巴巴地说。一涉及专业领域，他就会用一种特殊的没有起伏的音调，连口水的分泌都随之减少。

“那是一种很危险的病啊，不是号称血癌吗？”卜绣文大惊失色。让自己的女儿和这样一位重病人住在一起，简直是引狼入室！

“白血病就等同于血癌的说法，都是那些蹩脚的电视剧灌输给大众的想法，实际上没有那么可怕。”魏医生解释着。

“这么说，老人的病也是可以治的了？”卜绣文关切地问。她知道女儿患的病也和骨髓有关系，便认真搜寻每一点信息。

“具体到每一个人，事情又不可一概而论了。骨髓移植可以根治白血病，年龄越小，手术成功的把握就越大。人的骨髓比血型复杂多了，要在茫茫人海中寻找一个骨髓分型完全合适的人，是非常困难的，再加上老人家的年龄太大了……”魏医生边沉思边说，突然意识到离题太远，转回话头，“梁奶奶的病，一般情况下不会有大危险。我看她俩合住，比较适宜。”

卜绣文侦察兵似的先到梁老太的病房查看了一下。

老太太慈眉善目，斜倚在床上，面色有一种温婉的如同旧瓷器的苍白，看起来精神还好，嘴角上翘。卜绣文不由得想起一句俗语——嘴角上翘，骑马坐轿。这老太太似乎没享到那么大的福分，病号服下的黑毛衣有一处已开了线，坠下小小的线穗。一个小个子的男人正在给她削海棠果。海棠显然是优良品种，猩红亮泽，如小乒乓球般泛着光。但对于想把它的皮完整地削下来的企图，体积还是嫌小，削皮的动作就有了雕刻的味道。

“秉俊，甭削皮了。我就囫囵着吃，挺好。我都这么吃了一辈子了。”老人眯着年轻时的双层如今成了五层六层的眼皮，小声说。

“皮涩。”小个子男人不听母亲的指令，干得很起劲。

“我一直是这么连皮吃的啊，也没觉出涩。”老人家小孩似的争辩。

“一直做的事，并不一定是对的。”

“孩子，我是怕你太累了，太麻烦了。”老太太心疼地说。哦，那男人是她的儿子。

“您从小给我洗给我涮，一针一线供我长大读书，不是比这麻烦得多了。”男人低着头说，长长的柔软的海棠皮，花蛇一般垂落下来。

他们谈得那样专注，始终没有抬头看一眼站在门廊边的卜绣文。卜绣文突然很感动。她想，不知自己老了的时候，可有福气和女儿这样谈心？

热泪一下子盈满了她的眼眶。她向四周看了一眼，还好，没有人。她不愿当着人流泪。

她同意了魏医生的安排。

住在一室，老人常常给早早讲过去的故事，逗得孩子不断笑得直拍打被子，就有缥缈的棉尘飞扬在斜射的阳光里，随着一老一少轻微的呼吸震荡。病房里祖孙俩，显得和谐而愉快。

夏早早蹑手蹑脚地在屋里走着，小声对薄香萍说："阿姨，我肚子里是不是有一条吃血的虫子啊？"

薄护士吓一跳，她在血液病房当了这么多年的护士，还从没见哪个病人生出这样古怪的问题。

"瞎想什么啊？该打！赶紧吃中药。"薄护士晃着药瓶，里面盛满了和可口可乐一样颜色却远要混浊的液体。

夏早早苦着脸把药汤咽下。薄香萍用手指抹去孩子嘴唇上沾着的一小根草茎。

夏早早天真无邪的目光盯着薄香萍，问："阿姨，您说我的病能好吗？"

几乎每一个病人都曾这样问过医生护士。

薄香萍哪怕在自己心情最恶劣的情形下，也总是舌头不打卷地对他们说："能好！一定能好的。"在这个问题上，她说谎比说真话还斩钉截铁。有的病人在她这样回答过的第二天，就死去了。但是下一个病人询问的时候，她还是面不改色心不跳地如此回答。

但这一次，面对着无底洞一样的双眸，薄香萍心慌胆虚，佯作生气转守为攻道："谁吃饱了撑的，说你不能好了？他有胆量，你让他到我跟前说一个试试……"

老奶奶不忍看着薄护士为难，出援手道："小姑娘家家的，想得倒多！你看我多大年纪了？阎王老子那儿，掐头去尾，不要老的，不要小的，是把咱们忘了……”

要是大人，早就看出这一唱一和的破绽来了。小姑娘没那么多心眼，按照自己的思绪往下说：“可是我吃了这么多的药，我喝过的药，比我从小到大喝过的所有汽水都多了，可是我怎么越来越没劲了啊？一输血就有劲，邪不邪门啊？刚开始我以为，输了男人的血，所以我有劲。可是不对啊，后来我输了女人的血，我也有劲……我就害怕了，是不是我自己的血坏了……”

薄香萍倒吸一口凉气，直辣嗓子。这不是孩子，是人精！

她气得拍打女孩柔弱的小脑壳，说：“你想哪儿去了？男女还分得挺清，又不是上公共厕所！再说啦，你怎么知道给你血的人是男人还是女人啊？我这个当护士的，都不记得！瞎猜！”

“怎么是瞎猜？”小女孩清秀的眉毛拧起来，“输血的瓶子上，不是写着献血人的姓名吗，那个叫什么志强的是不是男人？叫淑贞的是不是女人？”女孩子振振有词。

“可是……也有的人的名字，并不是一下就看得出男女来的啊？”薄香萍顽强地反驳着。

“是啊，比如叫什么常福的，我就分不出他的性别来，所以，我就没算他啊。”夏早早表示她的公正。

“你已经输了这么多次血了啊？”薄香萍话一出口，顿生悔意。护士不该这样问，会刺激病人。因她一天忙着各病房转，并不是单护理夏早早一人，所以，胸中也无数。

“是啊，我已经输了好多人的血了。我已经不是以前的那个夏早早了，变成了一个不男不女的杂烩人了。阿姨您说是不是啊？”

天哪！这孩子再住下去，原来的病好不了，脑子也快出毛病了。

薄护士正不知如何招架，老奶奶再次援手：“小孩子家，别胡说。你当然还是以前的早早了，还是你妈妈的乖孩子啊。就像海棠果长着长着，颜色由青变红，个头由小变大，从涩变甜，熟了呗！可你能说这个海棠果，就不是以前的那个海棠果了吗？”

这都是哪儿和哪儿啊！薄护士苦笑，但此一招确实解了围，小姑娘思绪转移。“奶奶，等我出了院，给您买一大筐白海棠，不要紫的那种，光好看，酸！我知道您最爱吃海棠了，白海棠甜！”夏早早腻在梁老太的怀里，好像小猫和老猫。

“哎哟哟，你听听，小嘴多会说！一大筐白海棠，还不得把奶奶最后的一颗牙酸倒了？”老奶奶装作得不偿失。

薄护士急忙掉转身，想到别的病房去看看。她知道，按照惯例，这两人，都没有活着走出医院的希望了。

“薄护士，麻烦您留一下。”梁奶奶突然退去脸上的笑容，很正式地要求。

“有事吗？您哪里不舒服？”薄护士走近老奶奶身旁。

“早早，你到外面玩一会儿好吗？”老奶奶说道，显出即将开始的谈话不同寻常。

早早看出奶奶是有意把自己支走。她很想知道她们要偷偷说些什么，可是你有什么办法？

病房的门虽是虚掩着，但走廊里是人来人往，不可能躲在外面偷听，她只好充满遗憾地走开。

老人倚靠在被垛上，突然有些不好意思：“我想儿子了。帮我打个电话，找他来看看我。”

这不是一个难满足的要求。在住院登记上，都记载着家人的联系电话。

“他不是前天刚来过吗？走的时候还特意和我们说，他要到边远地区出差，一时半会儿回不来。他没和您说吗？”薄护士说。梁奶奶的儿子探视的次数不是很勤，那是因为忙，而不是不孝。

“他都说了，可是我就是突然想他了。嗨，我只有他的手机号，一大堆码子，拨了前头忘了后头……”老人沉默了一会儿说。

老小孩老小孩，人老了就是像小孩一样，全然不管正常的安排。薄护士想起自己的父母，便有些迁怒眼前的老人。幸好刚才悲天悯人的情绪还未完全消散，于是不曾发火，基于职责问道：“他给您留下出差的地址和电话了吗？”

“没有哇。”老人低下头，仿佛这是自己的过错。

“也没有给我们留下。不过，您甭急，一个大活人，终是找得到的。您安心等着听信吧，我就去给您办这事。”薄护士说着，走了。

今天不是探视的时间，整个医院里显得很宁静。黄昏降临了，笼罩医院的白色加上夜晚的灰蓝色，混合成一种沉闷的压抑。几只乌鸦从远处飞来，绕着高大的杨树盘旋着，好像在忽远忽近地欣赏着自己建筑在树梢上的家。那些杂乱的小树枝搭成的破筐似的窝，实在与温暖和精致相差甚远，但这也是家啊。无数住院的病人的目光，扫视过这些乌鸦窝，由衷地羡慕它们。

“真想回家啊。”一个苍老的声音自言自语。

“真想回家啊。”一个稚嫩的声音重复着。这是夏早早，薄护士一走，她就溜回来了。

梁奶奶叹了一口气。

夏早早也叹了一口气。

梁奶奶突然意识到了某种责任。她打起精神说：“小小的孩儿，你叹的什么气？”

夏早早反唇相讥：“那您叹的什么气呢？”

梁奶奶说：“我想我儿子了。”

夏早早如法炮制：“我想我爸爸妈妈了。”

老奶奶说：“是你爸爸对你好啊，还是你妈妈对你好啊？”

夏早早说：“要说好，还是我爸爸对我好。他从来就没大声说过我。要是我考试成绩不好，或是打坏了什么东西，闯了什么祸事，就得先跟我爸爸说。他总是跟我一伙，甭管出了啥事，反正会护着我。要说我妈这个人，心里也挺爱我的，但嘴比我爸爸凶。她从来不当着我的面亲我，可是有一天我半夜醒来，发现她正站在我的床前，一动不动地看着我。吓了我一大跳，心想怎么啦？妈妈一看我醒来了，转身就走了。后来我听她对别人说，不能当着孩子的面亲他们，要不，他们就太娇气了。我觉得我妈说得不对，要是我以后有了孩子，我一定天天亲亲他们。奶奶，您说是不是啊？”

梁奶奶开始听得蛮有兴致，听着听着就变了脸。眉头怪怪地皱成一个疙瘩，嘴角也不由自主地抽动起来。

夏早早自说自话，并没有注意到老人的异常。见老奶奶不回话，以为老人累了，也就乖巧地闭了嘴。

梁奶奶坚持着，努力不使自己发出呻吟，挣扎着按响了床头的红灯。护士翩然而来。

已换了另一位面庞黑黑的护士值夜班，她俯下身问：“您怎么了？”

“我……没什么……只是有些害怕……”梁奶奶又觉得自己好些了，想到自己害得护士白跑了一趟，心中内疚。吃力地说，“劳驾你，我只是想问一下，我的儿子什么时候能来？”

护士说：“这事，薄护士交代过了，已经到处在找他，只是还没能通知到。我们会抓紧的。您还有什么其他要紧的事吗？”黑面皮的护士特别强调了“要紧”。那言外之意，便很明白。

饱经沧桑的梁奶奶，像咸鱼似的张了张嘴，迟钝地摇了摇头。

护士就走了。

夜幕深了。

夏早早已经睡着了。每逢输过血的第一天，她的精神准是出奇的好，睡得也格外香甜。

梁奶奶又把床头的红灯按亮了。

护士又三步并作两步地赶了来。

“您又觉得哪儿不舒服？”声音已不是问候，带着冷冷的刺激了。听到这种语调，你真恨不得自己心肌梗死大发作，才对得起护士的辛劳。

“我没有哪儿……不舒服……”梁奶奶更不好意思了，结结巴巴地回答。

“那您两次三番地叫我来，总得有点什么理由吧？”护士的厌烦已经很明显，要不是老人家的满头白发即使在黑暗中也反射着雪似的银光，她就要给她上一课“狼来了”。

“我只是想问问我的儿子……”老奶奶的头颤动着，眼睛执拗地看着窗外。

“您儿子的事不是同您说过了吗，今天晚上是找不到他了，他的手机一直没有信号，也许到了山区……”护士提高了声音。

“找不到他，就算了……我想……能不能让我今天晚上……住在别的地方去？”梁奶奶鼓足了很大的勇气，才说出这个请求。

“为什么？深更半夜的，您跟谁换房间能成啊？怎么也得等到天亮啊。”护士很惊讶。

“不为什么。只是……我有些怕。”梁奶奶恐惧地说。

“怕什么呢？您是一个老病人了，又不是第一次住院，对这里的情形不熟悉。不要紧，睡吧。要是实在睡不着，我给您服一点安眠药……”护士像哄小孩子一样地说，心里巴不得老人会接受。要知道医学用药物催眠——古代叫把人“麻翻”，是很常见的。

“不……我不要安眠药……我只是害怕……好了，我不怕了……”梁奶奶仿佛突然下了一个很大的决心，冲护士摆了摆手，就坚决地不再说什么了。

黑面护士就很安心地走了，她实在是很忙的。她不怕忙，护士要是不忙，就像渔民捕不到鱼，百无聊赖了。但护士不能无价值地忙，是不是？如果你快死了，护士为你忙，就忙得其所，忙得心甘情愿。要是你虚张声势，让护士白跑腿，护士就会恨你不尊重她。护士恨一个病人，是很容易的事情，而且她很直率，一定让你尽快地感觉到，让你知趣。人若一把什么事扯到尊重上，不但复杂而且微妙了。老奶奶是何等人呢？她有一个聪明的儿子，她怎么会不明白这一点呢？明白了这一点，她就放弃了再次打搅护士的决心。

睡到半夜，夏早早听到一种奇怪的声响，好像许多气泡从一个瓶口挤出来，被吹向天空。被风一扫，噼噼啪啪地破碎了……

她揉了揉小鼻子，翻了个身，不由自主地用被子蒙住了脑袋，虽说这是很不卫生的，但人在半睡不醒中，通常顾不了那么许多的。

“早早……啊……”

她迷迷糊糊地听到有人叫她。

这声音潜进她的梦中，变成了一只陷在泥潭里的小猪在向她呼救。

“你等等啊，我马上就来救你！”睡梦中的小姑娘大声地回答，但实际上她只是在床上踢了一下脚，把被子踹开了。

她伸出了手，把梦中的小猪救到岸上了，泥巴溅了一身，很奇怪的泥巴，有矿石的味道。

实际上，那声音是梁奶奶发出来的。无数鲜血涌出了她的喉咙，弥漫在她的口鼻。她无力揿动墙上的紧急按钮……

梁奶奶有一种预感，她走到了生命的尽头。她急切地想看看她的儿子——他是她唯一的亲人。

她还有一个深深的顾虑，怕临死前的挣扎，吓坏了早早。所以，她想换病房……但是护士忽视了她的呼吁。她应该再三坚持这一恳求，可惜她没有经验。她感到事态有些不妙，但她没有死过，这世界上最有经验的老人，也没有亲身经历过这事。这就使得她对自己的生命进程没有十分的把握。她又是一个很不乐意麻烦别人的人，这种性格在她的一生中，帮了她不少的忙。她就因此很宝贝这个优点。但这一次，这一优秀品质，让她不得不抱歉地死在这间与孩子合住的病房里了。对不起孩子啊……这是她临失去知觉以前的最后一个念头。

死神把它的黑袍子降落在这间房子的半边空间，睡得沉沉的小姑娘没有一点感觉。

半夜，护士进行例行巡视的时候，才发现了这个悲惨的局面。她虽说见到过许多死亡的场面，还是被狠狠地吓了一跳。梁奶奶的脸上布满了血泡沫，好像有一只巨大的红蟹，蛮横地到此一游。她一时无法判定老人是否还有抢救的希望，赶忙去叫值班医生。

年老的女医生粗略地检查了一番，散淡地说："已经没有任何希望了。"

黑面护士很紧张，病人毕竟是在她值班的时候，无声无息地死亡了。

"不必太在意。血液病的病人，是很容易突然死亡的。尽管不停地输血，病人表面上还可像正常人一样，但他们的生命是借来的，十分脆弱。关于这种结局，早在他们入院的时候，就同家属交代得一清二楚。所以，不会有人找医院麻烦。俗话说，医得了病，医不了命。放心好了，要是有什么大不了的，我会为你说话的。"女医生朝黑脸护士摆摆手。

人们通常只知道官官相护，其实，医医相护更是司空见惯。说到底，也是自保。白衣使者们可能会在小事上红脸，到了这种需要枪口对外的时候，定会同仇敌忾。

护士长嘘了一口气。她生怕有人说这是她的失职。

"谢谢。"护士很感动。

没道理的话。她照管的病人不知不觉中死了，医生什么也没干。谢谁呢？好在千言万语，尽在不言之中。

"人死在医院里不是最正常的事情吗？死在家里，死在路上，那才不正常呢。赶快把尸体送到太平间去吧。尽快通知家属……"医生说。

"正好。昨天觉着事情不大好，我们就到处找她儿子呢！有这铺垫，他儿子可赖不着我们。"护士说。

她们在梁奶奶的尸体前，很体己地说着话，一回头，就不吭声了。

住在对面床上的小姑娘，大睁着一双充满泪水的眼睛，直射在墙壁上，像X 光一样穿了出去，注视着一个成人看不到的地方。

第三章

自打女儿住院，卜绣文锁骨突出，颈项拉长，猛地瘦下去了一圈。她并不常在医院泡，更多的时间在办公室熬。女儿住好病房，用贵重药，吃中西补剂……病是修在金钱上的上层建筑，有钱才有命。她必须抑制住悲痛挣钱。

卜绣文刻意打扮自己。

没有人愿意和一个面色晦暗、精神萎靡不振的女人谈生意，那样不但是感官上的恶刺激，而且会使对手对你的财务状况和判断能力，发生整体的怀疑。在生意场上，信任就是金钱啊。

好在被悲痛折损最重的几个部位——肤色的苍白、口唇的焦躁、眼睑的浮肿、眼周的暗圈……对现代的美容术来说，遮盖和修饰它们，并非太困难。只要抽出一点宝贵的时间，在小姐的妙手之下，你就可瞒天过海了。至于人变得瘦削，那更是当今时尚。如果你看到某位女士迅速地减小了自己所占的空间体积，你万不可忧心忡忡，你只能向她祝贺毅力坚强减肥成功。于是，在不明底细的人眼中，卜绣文不仅没有一蹶不振，反倒是更精干果决了。

“你去医院看孩子的次数，能不能再多一些？”夏践石一天从医院里回来后讲。他的脸有一种病态的虚胀，泛着不自然的油光。他对付焦灼的法宝是不停地喝酒。他又没有多少酒量，只能大喝啤酒。古人的以酒浇愁获得成效，主要是酒精的效力。啤酒的度数低，在浇愁的结果上也是大打折扣，愁未见扑灭，只见肚皮膨出。直把个好端端的大学教授，熏成日渐臃肿的蹒跚之人。除了学校里有课，非他不可，其余只要是探视时间，夏践石是一定到医院里去的。

“每周两次，不可能再多了。”卜绣文抱着头说。只要一说到孩子的病，就像有一只铁指在脑髓里挖，太阳穴一蹦一跳地疼。

“我每次离开的时候，早早都说，让妈妈快来看我。你也太狠心了。”夏践石垂着头说。他愿意总待在医院里，只有在女儿身边，他才觉得心里踏实。女儿是一个活蹦乱跳的生命，那些可怕的话，都是医学家们吓唬人的。只要和女儿守在一起，死神就没法把它的黑手伸进来。

自打女儿病了，这个家就不成为家了，成了冰窖。下班回来，没人搂着你的脖子叽叽喳喳撒娇。没机会在女儿的作业簿上签上“夏践石”三个字了。不会再拿着油印的二指宽的小字条，到学校开女儿的家长会了。早上不用看着表，举棋不定是马上叫她起床还是让她再多睡五分钟。晚上突然起风的时候，不用担心她是不是踢了被子……

女儿走了，他才发现这个小小的生命，好似柔软的丝绸，无所不在地充填了他生命中那么广大的空隙。猛地抽空了，遗留的无数大大小小的黑洞，飕飕地透出森严的冷气。这个家庭的结构粉碎了，他不知和妻子怎样谈话。他们的脑子里，天天盘旋着女儿这个话题，无时无刻不在围绕着她旋转，但两人都极端小心地避开这个话题。除了必不可少的商议，他们如两只饱受惊吓的小兽，跳跃着躲开利刃的陷阱。

谈话不投机。

“我也愿意每天守在医院里，眼皮不眨地盯着她，可这救得了孩子的命吗？救不了。”

卜绣文冷冷地说。她一天在外强颜作秀，回到家里，精疲力竭。现在横遭指责，心中十分委屈。

夏践石长叹了一口气说："听医生的吧。听说魏医生的医术是不错的，他的老师钟百行先生也是很有名的权威。我们只有求他们尽力了。"

卜绣文冷笑道："就算医生有什么妙计，没有钱，说什么也白搭！现今得病，第一比的是运气，第二比的就是钱了。你天天守在她身边，有什么用呢？输血得要钱，化验得要钱，就算医学上有了什么新疗法，那也是拿钱堆出来的。你以为我就不想女儿吗？我就不愿意一天什么都不干，死死地守着女儿吗？可咱们俩都这么干等着，孩子怎么救？你一个月的工资，还不够一管营养针呢……你太没用了，孩子有一天真有什么三长两短的，就是你的罪过……"她越唠叨越痛楚，巨大的压力找到了一个出气孔，这就是丈夫夏践石。悖论啊，在世界上，在灾难中，他们本应是最相濡以沫的两条鱼，没想到却互相咬得鲜血淋漓……夏践石连连摇头。摇头是什么意思呢？他自己也说不清楚，是后悔自己一不留神捅了马蜂窝？还是不满妻子的失控？是惭愧自己薪水微薄？还是不同意医疗金钱化的观点？他自己也不想搞清，凄楚如浓雾包裹着他，他失望地想到，疾病真是个魔鬼，让他不但失去了健康的女儿，也失去了贤惠的妻子。

卜绣文嚷着嚷着，突然噤了声，泪水无声地淌下来。她不知自己刚才说了些什么。丈夫让她多看看女儿，这有什么过错呢？难道她不是每次从女儿身边离开的时候，都撕心裂肺地惨痛吗？她看着垂头丧气的丈夫，丈夫是一位学者，他的学识换不来丰厚的报酬，这不是他的过错。女儿重病在床，在这个世界上，最撕心裂肺的就是他们了，可他们还要无休无止地争吵！这是为什么？

夫妻进入了冷战。各自睡在自己的床上，如同陌路。

卜绣文的毅力经受着双重考验。一边是女儿的病，一边是她的业务。近来，她开始进入自己并不很熟悉的期货交易，这是风险很大的买卖。特别是与她合作的匡宗元，是一只老狐狸。但她别无选择。因为她需要帮助，需要合作者。

连深知她秉性的秘书姜娅，都为她捏了一把汗。卜绣文和匡宗元涉足金属期货，无异于驶入了黑海洋。金属，那些坚硬而闪着冷漠光泽的物质，蕴含的利润和风险，比柔和的绿豆、喷香的小麦和清澈的橄榄油，要大得多。谁都可以想见，一有什么风吹草动，人们最先储备最先抛售的就是贵金属。道理显而易见，金属价格高又易保存。一只集装箱的贵金属，折成同等价值的绿豆，能占一个足球场。

做期货的人，神经高度紧张，这是四两拨千斤的行当，赚得狠，赔得也快。若有差池，就是倾家荡产。

这个行当里很少有女人，特别是卜绣文这种上了年纪的女人。但是姜娅知道自己的老板可不是普通的女人。孩子病了，并没有影响她做生意的情绪，出手下单的勇气反倒更凶更猛了。

“请你把这些材料给我准备出来。”卜绣文把一张纸递给姜娅。

姜娅低着头接过来。她以为是需要某种金属的长期价格走势资料，没想到上面写满了书名。

“给你三天的时间，把这些书都给我搞到。能快，更好。”卜绣文干脆地说。

姜娅仔细看去：内科学、实用血液病学、世界最新的血液病学学术资料、中医学……姜娅失却了平日的爽快，长久地看着纸上的字。

卜绣文说：“怎么，难吗？”

“不，只是，这些书，看起来会很可怕的。”姜娅说的是真心话。她偶尔在新华书店看过医书，出于好奇随手一翻，就吓得不轻，后来每次再上书店，都要绕过那片书架。现在老板在如此繁重的商业运作之中，还要深入研究自己爱女的病症。乖乖！

“没什么可怕的。求人不如求己。自己的命，还是掌握在自己手中牢靠些。”卜绣文说。姜娅正要退出，卜绣文说：“还有一件事，我一直想叮嘱你。不要同人说早早有病的事。”姜娅有些慌，说：“我不是有意的。主要是您代理的有些客户在交易的日子里，突然找不到您，您的手机又不开，就找到我。我只是如实说您到医院里看女儿去了。他们问您女儿是什么病，我就告诉他们了。我总想，多一个人知道，要是打听到了什么秘方，早早的病也就能好了。真的，我没有别的意思……”

卜绣文的眼光注视着别处，说：“我并没有怪你。姜娅，我知道你是好意，但以后不要说了。众口铄金，那么多的人都在说卜绣文的女儿病了，这也许会形成一个场，早早的病就更不易好了。也许这是一种迷信吧，但我没法让自己别想……”

姜娅不知说什么好，毕竟她还年轻，不完全懂得一个母亲心中的悲哀。但她还是被深深地感动了，她说：“我一定尽快地把您要的书找到。”

姜娅把书备齐了。她把书交给卜绣文的时候，迟疑了一下，还是说：“卜总……也许我想的不一定对，您还是别看这些书了……我翻了一翻，太恐怖了……太残忍了……”卜绣文冰冷的手指拂过书面，感受到烫金字特有的凸凹感。她突发奇想，觉得自己像一个盲人，在摸索未知的世界。书籍有新有旧，看来借的买的兼而有之。姜娅细心，按照书的大小，分类摆放，规整得像一包包整装待发的炸药。

“谢谢你。”卜绣文闭上眼睛说。这表示她再也不愿进行任何讨论了。

夏践石那天到医院，看到早早对面的床空了。他是一个迟钝的人，未曾注意到空气格外压抑，随口问早早：“梁奶奶呢？遛弯儿去了？”

一个中年人正在梁奶奶的床前忙着收拾东西。听见这话，抬头狠狠地看了他一眼。夏践石知道他是老奶奶的儿子。当然，说他是个中年人可能不贴切，或许他的年纪要小一点？他的脸庞由于长期的风吹日晒，粗糙干涩。这使人对他的年龄判断，易失之准确。

早早放声痛哭起来：“梁奶奶昨天晚上死了！”

“死了？死了！”夏践石如五雷轰顶。不但是那个慈祥的老人遽然离世，让他无法接受，更主要的是早早的神情，有一种骇人的苍老。

“不会吧？不能吧？怎么能这样呢……”夏践石感到一种突如其来的悲痛。他想梁奶奶之死对女儿来说，实在是一个恶性刺激。却忘了自己这样不冷静，对女儿更是重大打击。

“喂！我们到外面谈谈好吗？”那个人收拾完东西，冷冰冰地说。

夏践石拒绝：“我要陪女儿。”那人可能想聊点什么吧？丧母之痛，夏践石可以想见。但他觉着自己的意志已千疮百孔，实在无力再承受劝慰别人的担子。

“您现在这个样子，我看不适宜陪女儿。”那人说。

夏践石还想说什么，夏早早说：“爸爸，您和梁叔叔出去吧。我不要紧，哭一会儿就好了。我只是想哭……”

那人说：“您有这么一个懂事的女儿，真是福气。”说着，不待答复，率先出了门。

夏践石只好跟着走了。他很重面子，也怕让别人下不来台。

那人站在回廊里，铁青着脸，眉头挽个黑疙瘩。看到夏践石跟了出来，他说：“对不起。”

夏践石出于条件反射地说：“没什么。”说完了，自己又觉得诧异，对方有什么对不起他的地方？

他探究地看着对方，那神态像是在课堂上提问一个学生。

“我是为我去世的母亲请求您原谅的。我叫梁秉俊。当然，我的名字对您来说没什么意义，但我的母亲曾郑重托付我，我要把她的愿望完成。”那个人看着回廊外萧瑟的树林说。

夏践石点点头。这点头是什么意思，他自己也说不清。

梁秉俊长时间地沉默着，好像忘了他约夏践石出来的初衷。

“据我所知，您的母亲并没有什么对不起我女儿的地方。老人家已经过世了，我们就不必再说这件事了吧。”夏践石惦着女儿，预备告辞了。

“您，慢走……我有点走神，好像母亲就在身边。你知道，就在这个位置，我和母亲进行过一次谈话。病了多年，她什么都知道，什么都想过了。对自己如何走，她有打算。原来我试着让她别想，不管用，后来就由她了。她说那一定是在一个漆黑的夜晚，一个人孤独地走……我说，不，不会是那样的，我一定在您的身边。她说，不一定啊。傻孩子，世上有些事不是你想怎样就能怎样的……”说到这里，梁秉俊热泪盈眶，但他很坚决地抹了一下眼睛，不愿自己沉浸在感伤的气氛里，顽强地说下去，“死，她不怕，我信。后来，同你的女儿住在一起了，她喜欢这个小小的聪明的人儿。也多了一个担心，怕那个时辰来的时候，会吓坏了您的女儿。她说，她一定想办法在死之前搬到其他的房间去。我猜，母亲尽力试着做了……但是，很遗憾，她没成功，您女儿还是受惊了，这就是我要向您道歉的地方……”梁秉俊又抹了一下眼睛。

“这……别说了，死毕竟是谁也无法预料的事啊……死者为大，别放在心上了，老人家也不是有意的……我们不要再说这件事，好吗……”平时在课堂上侃侃而谈的教授变得语无伦次，哀求着。

“好了，这个话题就不谈了。还有一句话，是我的母亲一定要我告诉你的……”

“什么话？”夏践石突然很紧张。听一个业已去世的人的遗言，有一种森然感，让人害怕那种属于死亡的智慧。

“我的母亲要我告诉你——”梁秉俊沉吟了一下，仿佛是在考虑怎样把话说得更妥帖明白。夏践石屏住气。

“那就是您的女儿夏早早不能光靠着输血维持生命。总有一天，血会不管用的。我妈妈住过多年的血液病房，她见过许多这样的病人，最后无一例外……早为孩子想办法……就这些。”梁秉俊说完了。

夏践石木鸡似的站着。他知道，输血是没有办法的办法，医生也说过这个法子总要失效的。但以后的事情，他不愿去想，也不敢去想。他祈求冥冥之中出现一个奇迹。

夏践石很恼怒面前这个忧郁的男人。他一身晦气，把那个朦朦胧胧但是异常严峻的现实，提前摆在一个父亲的面前了。

“您把我从女儿身边叫出来，就是为了同我讲这些话？”夏践石说。

“遵母命而已。”梁秉俊说。

“我还以为您的母亲有什么秘方要传给我呢！”夏践石说。他真的这样猜测过，失望就更大。

“如果真有什么秘方，我的母亲自己就不会因此去世了。”梁秉俊长叹一声。

“那我们现在来说这些还有什么意义呢？”夏践石不耐烦了，他急着回去看女儿，每次的探视时间是有限的。

“母亲说，她在天上会保佑您的女儿的……”梁秉俊在他的身后说。

“谢谢。”夏践石头也不回地走了。

梁秉俊意犹未尽，他很想同谁说点什么，在这种特别的时刻。虽然早就知道有这一天，他和母亲无数次地讨论过，虽然做好了充分的准备，当这一刻真实到来的时刻，他还是感到巨大的悲伤失落。他缓缓地走着，他就要走出医院的大门了。大门外，是沸腾的人群，没有人知道一个名叫梁王氏的老人过世了，她曾经那样受尽苦难。梁秉俊闭上了眼睛，有两颗蕴含了很久的雨滴，从天上落下。

“你好！”突然，有人拍拍他的肩膀。

梁秉俊睁开眼睛，是魏晓日。

“不知道……对你说什么好，在这种时刻。”魏晓日说。

“什么都不说，就好。”

魏晓日就什么都不说，陪梁秉俊站着。

两个男人，默默地站着，一言不发。很久很久，直到梁秉俊脸上的雨滴被风干。他递过一张名片，挥挥手说：“魏医生，以后，你若是有了什么不顺心的事，就找我。咱们一块儿喝酒，聊聊。”

魏晓日看了一眼名片，那上面写着——古生物学家。

回到病房，薄护士正在给早早量体温。女孩怯怯地看着爸爸，好像自己犯了大过错。

“爸爸，我觉得冷……”早早牙齿打着抖说。

“好孩子。是爸爸不好，没想出好办法把你的病早些治好……”夏践石痛苦地说。

“嗨！没什么谁好谁不好的。依我说，谁都没过错。得了病，就好好治。想那么多干什么！”薄香萍假装不耐烦地说，这当然是不很礼貌的事，但任他们凄凄惨惨地说下去，于病情更不利。

薄护士抽出孩子腋下的体温表，水银柱蹿得老高。这孩子发高烧了。

“我发烧了吗？”早早问。住院的人都对自己的疾病极为关注。早早虽说是孩子，也养成了高度的警觉。

“有一点。”薄护士故意轻描淡写地说。你不可能骗她，久住院的人，你是骗不过的。来点真真假假虚实结合还比较可行。

“多少度？”女孩子不是好骗的。

“低烧。”薄护士很不耐烦地说。那口气使人没法再次发问了。

早早疲倦地闭了眼睛。薄护士端着治疗盘走出病房。

夏践石快步赶了出来。

“护士，求求您，对我说实话，早早烧得怎样？”夏践石喘着粗气问。

“高烧。”薄护士说。

“怎么会这样？”夏践石握起拳头，好像要同谁拼一场。

“病到了这个时候，就会这样。出现高烧，还有一系列感染症状……我要赶快向医生报告病情的变化……”薄护士走了。

夏践石呆呆地站在医院的走廊里，听凭飕飕而过的冷风把他花白的头发吹得蓬乱。魏医生来了。

夏践石以为他会进行详细的检查，没想到他只是简单地听了一下心肺，看了看眼皮，又开了一张 X 光拍片的检查单，就离去了。

魏医生刚回到办公室，夏践石就跌跌撞撞地跟进来。

“魏医生，我的女儿在发高烧，您为什么不做处理？”夏践石强压着焦灼，尽量温文尔雅地说。

“谁说我没做处理？我做了所有应做的事情。”魏医生表示惊奇，以反衬出夏践石问话的不合理。

“可是，我的女儿现在还在发烧！”夏践石气急败坏。

“原来是这样。对不起，原谅我说句很冷酷的话，您的女儿以后很可能还有更大的意外，我们都要做好准备。”魏医生恢复水一样的平静。

“你们什么都知道？”夏践石尖刻地反问。

“是的，都知道。关于这个病，你们家只碰到了这一位病人，觉得很特殊。但是我们做医生的，已经遇到过无数这样的病人，什么病，到了什么阶段，会出现什么样的症状，都是一定的。这就像是一个被解了许多次的难题，你完全可以不信，用另外的方法再解一遍，但答案是一样的。”魏医生喝了一口水。当医生的一般不习惯当着病人和家属喝水，他们有洁癖。但这种谈话实在是很累人，无论怎样老练，目睹着豆芽一样新鲜的生命萎缩，不可能无动于衷。但你也不能惊慌失措，病人家属还要从你身上汲取力量呢。

“那她以后还会怎样？”

“所有该发生的都会发生。比如……”

魏医生刚想详说疾病晚期的症状，夏践石突然用双手捂住耳朵，说：“我不听！我不听！我不要听你说那些可怕的话，那都是假的！是你们编出来吓唬人的。我的女儿永远不会死的……”他说着，踉踉跄跄地跑了出去。

魏医生苦笑了一下，这样的剧烈反应，一般多见于女性家属。堂堂男子汉，还是大学教授，少见。看来，以后有关的情况，还是同这孩子的妈妈谈吧。

一个病人从住院到死，要不断地同家属交流情况，苦差啊。想到夏早早的母亲，魏晓日心里涌上一股异样的感觉，那是一个奇怪而难缠的女人。他决定近期要同她好好谈一下，不然，万一出了什么事，医生不好交代。

第四章

魏晓日在走廊口遇到了前来探视的卜绣文，表示有话要说。楼梯就成了谈话场所。魏晓日原本个儿高，又站在高的台阶上，更成了俯视之势。

“通常我都是和病人家里的男人说这些事。”魏晓日说。

这话可作多重理解。在一个以男权为中心的文化氛围里，把一个女人比作男人，是夸奖的意思。但对卜绣文的丈夫，就有了轻微的不敬。

卜绣文低两个台阶，半仰着头，这使她生出强烈的寄人篱下之感。可你有什么办法？她点点头，这个动作也是含意模糊的。是同意把自己当成一个男人？还是同意谈此类严重问题，还是以找男人为好？不知道。在人们的匆匆交往中，有太多不能细细推敲的含义。

于是，两人在不平等的姿态中，开始交谈。

“您的女儿，患有不明原因的再生障碍性贫血，是最严重的那一种。就是说，夏早早自身的骨髓几乎完全罢工，不造血了。”魏晓日的语气尽量平和。

医院的墙壁很可疑，虽说粉刷过的时间不是很长，但绿色的油漆墙围上，抹着某种稀薄液体的手指印和喷溅状的血滴遗痕。对于这类藏有他人身体信息的印迹，卜绣文平日是避之唯恐不及的。此刻，她顾不得了，不管脏不脏地倚了上去。冷冷的墙壁，支撑着卜绣文的身体保持直立。她已经从医学书上了解了许多有关知识。不过，书上的文字是哑的，不敢看的时候，可断然合上。亲耳聆听一名身穿行业制服的医生向你宣判亲人的病变，那打击和震荡，又当别论。

“为什么？”她悲恸欲绝仰天而问。当然，她是看不到天空的，看到的只是医院楼道昏暗的天花板。近在咫尺，魏晓日清楚地记住了这个女人的绝望和恐惧，生出深深的怜悯。他很想给她一个宽心的回答，如同一个热敷，不能从根本上解决问题，能为她减轻一星半点的苦楚也好。不知她指的是这病的起因，还是灾难为什么偏偏落在自家头上？

“因为一个我们现在还不了解的病因。”魏晓日只能按后一种理解回答。

“那要你们这些医生是干什么的？白吃饭的吗？”卜绣文歇斯底里地发作。

魏晓日怜悯地看着卜绣文，说：“医生并不像人们想象的那样万能。”

“人无时无刻不能离开血液。如果停止造血，就好比一个仓库，只有消耗，没有补充，很快就要垮掉，血液就是生命。”无论面前的女人多么痛不欲生，他必须把该说的话说完，“由于红细胞、白细胞和血小板的全面减少，您的女儿已经或将要出现高烧、出血等一系列危险症状……”魏医生说到这里，停顿了一下，因为他突然看到面前的女人转为镇定，甚至是太镇定了，凛然如千年寒冰。

“您的意思是说，我的女儿——没——救——了？”卜绣文一字一顿地说。

“不！不不！我只是说您女儿的病情很危险。希望您对情况有一个全面的了解。”魏医生忙着解释。

“医院肯定不是第一次遇到这样的病人了？”卜绣文反问。

“是的。以往也有这样的病人。”魏医生回答。他有些奇怪，以往都是医生提问，今天怎么反过来了？

“医生是对每一个得这种病的病人家属都这样说，还是只是对我这样说？”卜绣文一板一眼地问。

“对每一个得这种病的病人家属都这样说的。我不知道……这有什么区别吗？”魏医生莫名其妙。

“这区别大了。你的话很吓人，医生要是对每一个得这样病的病人家属，都这么没良心地说话，我看就是你们的职业习惯，我就不怪你了。你要是只对我一个人这样说，说我的女儿没救了，我就恨死你！我马上就把女儿接走！甭看这是最好的医院，我也不能让女儿在这里多待一分钟了。你已经认为她注定会死，我哪儿能把女儿的命，交到你这样的医生手里！”

“你……”轮到魏医生大惊失色。他还从未看到一个病人家属，这样决绝。

“你没本事！你没有同情心！你不配当医生！你把前景描绘得那样悲观，你还怎么能治得好病！无论你读过多少书，都是废纸！你白穿了一身工作服，你根本就成不了一个好医生！”

卜绣文的头发因为愤怒，披散了下来，满脸冷汗涔涔，眉眼因为蔑视而拧歪，整个身体显出拒人千里的不屑。她不再是片刻前那个惊慌失措的母亲，逼到绝处，她已决定立刻带着孩子出院，再不央求面前这个乳臭未干的医生。于是，她就和他平等了。当你不信一个医生，你把自己最宝贵的东西从他手里抢回来之后，他还有什么权威？你还有什么可怕的呢？！她很仇视他，就是他，一再把不幸的消息，像原子弹的蘑菇云，一朵朵地从嘴里喷出来。

身为医学博士的魏晓日，傻了眼。不得不对面前这个女人，刮目相看。

“您冷静一点。也许，我表述得不够完整……请原谅……您知道，按照我们医学界的习惯，总是把最坏的情况告诉家属……这……并不妨碍我们竭尽全力，去争取最好的结果。”魏晓日搓着手，手心的汗聚成一洼。

他的诚恳和掩饰不住的慌乱，使卜绣文的怒气稍微平息了一点。

“我的意见，你还是不要转院。别的不说，换一家医院，所有的检查都需重新再做一遍，包括反复的骨髓穿刺……会给您的女儿增加很多痛苦……当然，我的意见供你参考……您一定要出院，谁也拦不住……”魏晓日很紧张，交替使用着“你”和“您”的称呼，失了章法。

按说，病人自动出院，原也不是什么大不了的事，但他不知为什么，生出很深的遗憾。也许，是因为一旦病人出了院，他就再也看不到面前这个女人了？这个念头突兀涌出。

有病人连续从他们身旁路过，为了让路，魏晓日不得不像卜绣文一般，把身体贴在墙上。这样，他俩就并排倚着墙，侧着头说话，好像一对被罚站的学生。

卜绣文从最初的震怒中清醒过来，看着身旁这个高大的医生，觉出自己刚才的失态。你恨医生又有什么用？换一个医院，就有办法了？能治的病，在哪儿都能治，谁让自己的孩子得了这么稀奇古怪的病！应该说，这家医院还是很负责任的。特别是魏晓日最后的那个理由，让她踌躇。她不忍心让早早再经受更多的磨难。这样想着，她的情绪渐渐平复了，不再一味痛楚怨恨，而是考虑下一步如何行动。

“魏医生，请原谅……”卜绣文诚挚道歉，伴以很苦的笑容。

“没什么，常事，你多保重吧。有这样的病人，全家的压力都很大。”魏晓日体恤地说。一番你来我往、刀光剑影，双方都觉得关系深入了不少，有一种亲近和棋逢对手的感觉。

卜绣文说：“继续治，您有什么方案呢？”

“输血。”

卜绣文不语。别人的血，是多么脏的东西！她洁净清秀的小女儿身上，怎么能越来越多地流淌着别人的血液？甲肝、乙肝、丙肝、戊肝……还有吓死人的艾滋病，报上说都是由输血传播的。再这样输下去，她的女儿就会变成另外一个人了，早晚会染上了其他的病，不更是雪上加霜了吗！

魏晓日好似看穿了她的心思，苦口婆心道：“您不必把输血想得那样可怕，现在的检验措施还是比较完备的。假如不输血，我们就会失去最可贵的治疗时间……如果您不相信我的方案，可以再去请教别的医生。比如，我的老师钟百行先生，他是国内治疗此种疾病的权威。”

卜绣文若有所思。

钟百行先生的大名，是在报纸上经常见到的。

探视后，卜绣文一脚重一脚轻地向院外走去。一个粗壮的汉子拦住她说：“让我来抽血，地方在哪儿？”手指灰白，看来是从刷墙工地赶来的。

卜绣文把医院熟得如同自家，指完路后，还一直打量着汉子。

“请问，您叫什么名字？”卜绣文恭恭敬敬地问。她不知道面前这个人的鲜血，是不是就要流进她女儿的身体。反正自打女儿开始输血，她就对所有献血的人，有了一种半亲近半恐惧的敬畏感。也许，她会在给女儿输血的瓶子上，看到这个人的名字呢。

那汉子对面前这个衣着华贵的女人倦怠地挥挥手，意思是：乡野之人，何必问名。

卜绣文不介意献血人的漠然，继续问道：“您……的身体好吗？我是说……您得过什么大病，比如肝炎什么的……”

那人诧异地翻了翻他裹在红丝里的大眼珠子说：“您问这个干什么？”

“我……不干什么，只是随便问问……我看您是很忠厚的人，如果您得过什么不好治的病，比如肝炎，我……给您一点钱，您可以买点补养品……就别来献血了，毁身体呢……”卜绣文很难把自己的心思说明白，而且她知道在这种情形下，几乎不可能听到真话。可是她必须问，不然心里不踏实。

那人笑了，露出黄黄的牙齿说：“今天我真是碰上好人了，我真想说我得过肝炎……”

卜绣文的心往下一沉。

“……可是我得给您说实话，是不是？我这个人是一辈子没说过假话。我没得过肝炎，只是有一个从胎里带来的病，治了一辈子，什么药也治不好的……”

卜绣文的心凉了，遗传病，那还了得？更可怕！连声追问：“什么病？”

那汉子苦笑说："饿病呗。到了吃饭的钟点肚子就饿了，任什么药也治不了。下了岗，一家人等着吃饭……要不，怎么会来卖血……"那汉子说着，不是向抽血室，而是向相反的方向走去。

"您走错了。"卜绣文好心喊他。

"没错，那边是厕所。不瞒您说，大姐，我这是到水龙头喝一肚子凉水去。这样，抽血的时候，血就可以稀一点。用血挣钱不容易，卖菜的还往菜上浇冷水呢。舅舅不疼姥姥不爱的，咱得自己善待。您说是不是？"那人说着，拔腿就走。

"慢点。"卜绣文叫住他。

"大姐，您还有事？"

"凉水会伤身子，还是不喝的好。这是一点钱，买些营养品补身子吧。不过，要在输血以后。"卜绣文打开了钱夹。

"您看这……是怎么说的……嗨……怎么也轮不上您这么破费哇！"那人始终不明白这是为什么，看着钱发愣。

第五章

深夜了，卜绣文还在孤灯下读厚厚的医学书。

已经有了经验，在看这些书的时候，她要准备几样东西。保温的茶杯，茶要滚烫。厚厚的外衣，还有一双保暖的红外线的袜子。即使是这样，她的牙齿还是不由自主地打战。她真是还需要凿子和斧头，才能把那些书钻透。

全身的每一寸皮肤都在发抖，书页唰啦唰啦响，每一个铅字都穿上了火红的舞鞋，上蹿下跳。为了抵御寒冷，她不停地喝着茶。茶一落进嗓子，就冻成了直挺挺的冰棒，击穿脚底。心变成一块千疮百孔的石头，洞穴里积满了灰黑的苔藓。眼球是化石，凝然不动。

她不愿同人说起女儿的病，熟人知道女儿病了，说的多是宽心的话。大家都说，现在的科学技术是这样的发达，都能把人送到月亮上去，都能制造出足够把地球毁灭五十次的原子弹，这么一个贫血病还能就没得治了吗？再说，小孩子得病快，好得也快啊。无缘无故得的病，没准儿也会无缘无故就好了呢！俗话说，偏方治大病。先在大医院里看着，请有名的医生把病情稳定下来，再慢慢在民间寻医访药，孩子一定会欢蹦乱跳的……

卜绣文爱听这些话，愿意信这些话。人是很有办法的，对不对？古往今来的，有多少惊人的发明啊。她原来想得简单，自己只要多挣钱，就有经济实力来给孩子治病。每当她在生意上成功了，就不由自主地把这些钱折合成能买多少毫升鲜血，换来多少营养针……这当然是血淋淋的想象，但她那颗母亲的心，正是在血泊中得到宽慰。有血就有命啊！

这一本本厚厚的医书，好像铁杵，把她的幻想捣得粉碎。她知道了现代医学是怎样的脆弱，知道了人类救人的技术，远远比不上杀人技术的高超。

女儿不过是在苟延残喘，是被判了死刑缓期执行的囚徒。死亡之剑时刻高悬在早早的头顶，只要一不留神，那剑锋就落下来了……

卜绣文无数次地想把手中的书扔掉，或者干脆烧掉。她再也不想看到那些可怕的字了，每一个字都蒸腾着黑色的毒雾。可是她像上了鸦片瘾的赌徒，越不想看越要看下去，而且过目不忘。每句话都如同施了炮烙，永不磨灭地痛在心里。

刻骨铭心的冷啊。

她艰难地站起来，要去再找一件毛衣。不然，枯坐到天亮，她会被内心的寒流冻死的。其实，死了好！真希望就这样一了百了，抢在女儿死之前死掉，不然，倘若女儿先行，她怎样忍受那撕肝裂胆的剧痛！

但是，不能啊！死，是一种福分。她不能在女儿之前死掉。那女儿岂不要经受更大更多的苦痛！一个小小的人儿，自己得了不治之症，备受疾病的煎熬。重病之时还要再遭失母的哀痛，真是太命苦了！

就算不能救了女儿的命，在她生命的每一天里，母亲都要尽可能多地给她欢乐才是。这才不枉被这幼小的生命称作一回“妈妈”啊。哪儿能自己惧怕痛苦，就抢先死了的！

死是不能抢的。谁坚持活到最后，那才是大智大勇，大悲大恸。待下了不死的决心，卜绣文的怒火就升腾起来——难道这书上写的就不可变更了吗？

医学的发展就到头了吗？

很多年前，麻疹、伤寒、天花、鼠疫不是也不可治吗？现在不都让人类治服了吗？女儿还小，她为什么就等不到贫血可以根治的那一天呢？

卜绣文干脆从卧室抽出一条毛毯披在肩上，胡乱一裹。这使她像一个逃难的阿拉伯妇人。她的眼睛在黑暗中像鹰隼，闪着雪亮的光芒，她抓住自己的思绪，一厢情愿地设想下去。

先用输血的办法延长女儿的生命，再遍访天下名医，吃尽人间药草，等待医学的突破进展。

卜绣文的身体轻轻地抖动起来，这次不是因为冷，而是因为发自内心的激动。在这个世界上，谁能救女儿呢？只有她的亲人！

卜绣文呆呆地坐着。飘忽的念头像柳絮，一会儿飞上九霄，一会儿落入泥沼。但一个信念渐渐在寒冷中凝结得像钢铁一样坚硬：她要想尽一切办法，挽救女儿的生命。

她把毛毯裹得紧紧的，好像那是一件钢铁的盔甲。她不止一次地想把丈夫叫醒，分担她的凄苦和她的觉醒。可一看夏践石熟睡的模样，就又不忍心了。看医书上描写自己亲人的病症的语言，那些毫无感情色彩的话，特别是指出预后险恶的论述，真是字字剜心。先生是个书呆子，假如一家注定有一个人要看这些可怕的文字，就让自己承担好了。她也不是勇敢，只是不能想象，丈夫在这种精神酷刑前崩溃的惨状。到那时候，她自顾不暇，还要拔出精气神支撑先生的信念，岂不更苦？如果一家注定有一个人要下地狱，就让自己承受吧。

在黎明灰色的晨曦里，夏践石冷不丁醒来。身边的羽绒被铺得熨熨帖帖，一如昨夜他睡下时的模样。

绣文哪里去了？她竟一夜没睡吗？

夏践石披衣起身，走到书房。

厚重的窗帘，像一道谢了的大幕。浊黄的灯光，打出一个惨淡的圆晕。在灯的暗影中，卜绣文纸人一般坐着。一条粗糙的毛毯，浮动着斑驳的花纹。竖起的绒毛在灯影的映照下，格外粗粝。

“绣文，你这是怎么了？”夏践石惊惧不止。

“我在想……”卜绣文用一种灰烬般的语调说话。

“想什么？”夏践石追问。

“想我们什么地方出了差错？早早一生下来，我就按照《婴儿指南》上面指示的去做，什么时候喂奶，什么时候喂橘子水，简直分秒都不差的。到了该添加菠菜泥的时候，我就到处买菠菜，鱼肝油钙片，什么都没缺过……以前的人，带孩子肯定没有这么细心……”

夏践石打断她说：“以前的人，粗放，孩子照样长得欢蹦乱跳。现代的人，活得这样精细，怪病却层出不穷。”

卜绣文说：“我听医生说，早早这样的病，几百万当中才有一例。就让我们赶上了。”

夏践石苦笑道：“几百万当中的唯一，这就是概率了，一个苦难的大奖。”

卜绣文下意识地捂住那些书，好像如此就能把概率拦在里面。

“你在看这些书？”夏践石瞥见杂乱翻开的书籍。

“是。不看害怕，看了，更怕。”卜绣文回答。

夏践石用手摸着书上的插页，那是一枚骨髓穿刺针的结构图，针中套针，仿佛一种巨蝎的利器。

“你……不要看了。”卜绣文伸手遮挡。

“你以为我要看吗？不！我才不看呢！我是教书的人，我不看书！书上写的都是无数人试验过的真理。可事情都有个例外是不是？我们的女儿就要争取一个例外。书上说我们不能活了，我们偏要活一个样子出来！是不是？是不是！”夏践石在安眠药的协助下，睡了一个深沉的觉，说起话来很有分量。他有力地摇晃着卜绣文的双肩，并把自己的力量输送过去。

他是才情内敛的人，平日所有的能量，收缩成一个点，如同激光。在其他的方向一眼看去，是孤独和黑暗的。如果你正面对准了他，就会感受到极高的亮度和穿透性。

卜绣文把头倚在丈夫的胸前，隔着睡衣，她听到丈夫心脏的跳动。在这个世界上，谁还能为她的孩子这样披肝沥胆？只有这个男人！孩子是他们两个人的，突如其来的灾难使他们更紧密地依靠在一起，为女儿的生命而奋斗。

又逢探视时间。

“见到你很高兴。”魏晓日医生说。这不是客套话，他真的很想见到她。

“您好。”卜绣文用最大的热情说。她的心很苦，怀疑自己呼出的气息都是苦的。她像一个储满了苦汁的罐子，一不留神，苦水就潸然而下。

此刻她最不想见的人就是医生了。医生总是打破她片刻的宁静，告诉她一个又一个坏消息。可是，她不能得罪医生，所有良好的愿望都要靠医生的双手才能实现。

“您的气色很不好。是不是也病了？要不要我为您检查一下？除了那些不治之症，医生对常见病还是很有办法的。”魏医生今天心情不错。

“不不，我很好……”卜绣文忙不迭地否认。她真的不会病，在女儿的病面前，所有的病就都不是病了。

片刻的宁静。

这往往预示着沉重的话题。

“您的孩子在发高烧。”魏医生小心地挑选着字眼，既要把事情说清楚，又不要给病人家属造成太大的负担。

“我知道。”卜绣文简短地回答。

“我们已经使用了进口的广谱抗菌药物，但是效果不理想……”魏医生字斟句酌地说。

“我知道。”卜绣文木然地说。

魏医生有些吃惊，这个女人怎么什么都知道？他来不及细想，继续按照自己的思路说下去。

“如果感染一直控制不了，高烧不退，孩子的生命就会有危险……”

“我知道。”卜绣文机械地重复。

魏晓日医生不由得端详面前的女人。她的目光呆滞，但有一种火焰样的物质在深处燃烧着。脸色苍白，颧骨却一片猩红，她的手抖着，身体却僵直如铁。

“您是不是哪里不舒服？”魏医生担忧地说。

“不不，我很好，您说下去。”卜绣文的语调深不可测。

“我们需要给您的孩子输专门的白细胞混悬液。就是把多个健康人的白细胞混在一起，输入到您的女儿身体内。白细胞是人体的卫士，会大大加强您女儿的抵抗力……”魏医生的语调放得很慢，好让病人家属有个心理准备，“相当昂贵的。”

卜绣文很快回答：“我知道。”

魏医生不由得反问：“您怎么什么都知道？”

“我看了你们的书。几乎所有有关我女儿的病的知识，我都知道……”卜绣文用毫无起伏的声调诉说着。

在魏晓日博士的行医生涯中，历来都是由他在相当长的时间内，将这些惨痛现实缓缓地告知病人的家属，还从未遇到过面前这种境况。

阅读医学书籍需要极大的勇气，特别是自己的亲人患病，就是当医生的人，读到有关的章节时，也会冷汗顺着脊椎流淌。

这个女人的神经要比一般的女人粗一些吧？她的丈夫比她要逊色得多啊……他配不上她……魏医生的思绪一下滑远。

两人谈话，距离近在咫尺。魏医生不敢走神，强作镇定地说：“您确实对您女儿的病了解得很深入了，这样，我们谈起话来，明晰多了。您对治疗方案还有什么意见？”

“我没有意见。在现今的情形下只有这么办。”卜绣文的脸上是枯井般的冷静。

“那么好吧，我们今天就谈到这里吧。”魏医生想结束谈话。不知从什么时候开始，和这个女人在一起时，他有些心慌意乱。

“可我的话还没有说完。”卜绣文固执地不想结束。

“您还有什么要说的？”魏医生有些吃惊。

“我想问输血以后的事。”

“噢，是这样的。我们将不断地寻找最好的血源，比如最年轻、最健康的献血员，因为多个人的血混在一起，要是有一个人的血有问题，就会一颗老鼠屎坏了一锅汤。我们会格外慎重的，您放心好了……”魏晓日解释。

“我问的不是这个。我的意思是除了输血，你们还有什么办法？”

“这个……这个……”魏医生口吃了。

“你说啊，你们还有什么办法？”卜绣文一改刚才沉静的模样，咄咄逼人地问。

魏医生索性横下心来，说：“有关的医学书籍你不是都看了吗，我看你在这个疾病上的水平，已经相当于一个医学院校的学生了。那咱们就打开天窗说亮话吧，我们只有不断地输血……”

“就是说，只要我能不断地赚到钱，不断地找到健康的献血人员，我的女儿就能一直活下去了……”卜绣文像落水的人抓住一根救命稻草，眼里迸出希望的火星。

因为太恐惧了，那厚厚的医学书，卜绣文是跳跃着看的。

“不是这样的。”魏晓日想长痛不如短痛，面对这样一个坚忍的女人，不如竹筒倒豆子，一次说个明白。

“由于血型是一个很复杂的问题，别人的血终不是自己的血，肌体最终会发生排斥反应。到那时候，就什么人的血都不能输了。别人的血输进去，就像给她喂了毒药……到那个时候，医学就完全无能为力了……”

“到那个时候，我的孩子就死了？”卜绣文又恢复了那种冰雪样的冷静。

“是的。”面对这样的女人，你不可能骗她。魏晓日只有坦然相告。

“从现在开始，到无法输血的日子，孩子能有多长时间？”卜绣文追问。

“这可不好说。你知道，医学毕竟不是电子计算机，没有办法说得十分精确。而且每个人的情形是不一样的，也许几个月，也许几年……”魏晓日说的是实情。

“最长能有多长时间呢？”人们总是这样，当厄运临头的时候，先是诅咒命运，然后又祈求命运把其中相对较好的那一种可能，分配给自己。

“大概能有几年吧。”魏医生把这个时间特意说得长了一点，他实在是不忍心扑灭这个女人眼中最后的火种。

面对面地坐着，对方睫毛抖动都看得十分分明。卜绣文看出医生在撒谎，她明白这是一份好意。

但是，她不接受。

“请您坦白地告诉我，这个时间到底有多长？”

“最多两年。”魏医生不得不据实相告。

“好吧。我们还来得及。”卜绣文说。

“什么来得及？”魏医生不解。

“时间。我们还来得及想很多办法。我相信科学，时间也许会创造奇迹的。”卜绣文是对魏医生说，更是对自己说。

魏医生没有作声。每一个病人家属刚开始的时候都会很有信心，但时间会把他们的意志粉碎。

第六章

卜绣文更精心地做生意，频率快得惊人。与客户谈判的时候，软硬兼施，手下生风。有时候，简直一反常态，要么风情万种，要么步步进逼。这样做，风险当然就大，但利润也大。

她和匡宗元成了生意上的密切伙伴。

匡宗元身材高大，其貌不扬，口臭难闻，身上的西服虽说是赫赫的名牌，但领子和衬衣之间的距离，永远能塞进一个鸡蛋。头颅有点前锛后勺。俗话里，管这种头叫“梆子头”。头发冷冷地后背着，水溶性的高级发胶，让每一根发丝如同电镀过，威光四射。

卜绣文心中好笑，后天的暴发可以让他从价钱上知道，什么是富——富贵的标志，可惜没有人手把手地教给他细节。比如——只有衬衣和外衣的领子服服帖帖地粘在一起，才为贵——高贵。

她几乎是咬牙切齿地看到，在匡宗元身上，有着对金属贸易魔鬼般的直觉。某种金属，他看涨，那金属的行情，就像被火焰烧烤着，呼呼地膨胀起来。他看落，那行情就像水银柱被扔进了雪堆，飞快地萎缩。和他合作，从未失手过。商业也是有天才的。这种东西，具体到一个人身上，就像歌手的喉咙和冠军的长腿一样，长了就是长了，没长就是没长。你嫉妒得眼睛出血也没用。

刚开始，卜绣文这一方投入的还比较少，但获利也就小。卜绣文需要钱，正确的描述是夏早早需要钱，钱只能靠卜绣文挣。挣钱要快还要多，有水早流，肥水快流。慢了少了，就来不及了。为了获得更大的收益，卜绣文就要更紧密地与匡宗元合作，投入更多的资金。从这个意义上说，她庆幸自己在如此危难的时候，遇到了匡宗元。他的人品虽说值得推敲，但他有力量。夏践石倒是大大的好人，可好人能卖现钱吗？不能。所以，好人没用，魔力有用。对着电脑显示屏几小时，价位起伏的红绿数字，仿佛小妖的鬼眼，一个上午盯盘下来，眼眶里含的就不是有弹性的眼珠的感觉，而是两块鹅卵石。下午行情稳定，看来不会有大的波动了，卜绣文惦记着早早，站起身，推开一块看盘的匡宗元，微笑说："我有点事，先走一步。要是风云突变，行情剧烈动荡，你就急呼我。拜托啦！"

匡宗元不回应她的礼节性微笑，黑着脸说："我这人没别的优点，就是记性好。好像卜总前两天答应过，和我共进晚餐。看来，今天是有比我幸运的男士，得到这份荣光啦？"话虽调侃，不悦的机锋却是暗藏。

卜绣文想起这两天冷淡了匡宗元，看来又须加紧怀柔，忙说："我干吗骑驴找驴？能和你这样的男士合作，是我的福气啦。今天真是有事，是去见一位小姐。"

匡宗元敲一下键盘，说："卜总，你不要骂人不带脏字啊。"

卜绣文愣了，反问道："我何时骂你了？"

匡宗元说："我抓了个现行，你还能不认吗？你这话还没落地呢！你说我是驴啊。"

卜绣文一惊，心想这家伙怎么知道我心里想骂他？糟了，露馅了。看来是心里有什么，嘴上就很容易带出来。以后还得高度警惕。现在正是用人之际，切不能惹他不快。虽是玩笑，也要就地消毒。忙把嘴角吊高，咧得比微笑时大得多，说："匡总挑我的眼了，是不是？我是个绿色主义者，主张动物植物一律平等。所以啊，在我的字典里，凡是提到动物的时候，没有一点贬义，都是亲密的意思……”话说到这儿，看到匡宗元面上渐渐有了春风，松了一口气。看到匡宗元脸上的春风渐渐泛滥，有了洪水般的肆虐之意，又骂自己慌不择路，贸然吐出了“亲密”一词，让对方多了非分之想。看来，女人对男人的“度”，真是不好把握啊。

特别是你看不起的一个男人，又要与他合作，还不能让他察觉这种反感和利用，你说难不难？匡宗元果然就坡下驴，说道：“卜总把我当亲密伙伴，真是令我感动。好好，我记下了。”

“从此，当卜总说我是骑驴的时候，我就当自己是骑士了。”他趁机拍了拍卜绣文的肩膀，就在这电光石火间，居然在抬手时，隔着外衣，准确地用小指勾了一下卜绣文胸衣的松紧吊带。那绷起的尼龙带，弹弓一样击打着卜绣文的肩胛。

这男人的手指虽说位置偏向后背，距离前胸还很远，卜绣文已顿生恼火。匡宗元以前还恪守着兔子不吃窝边草的古训，如今，赤膊上阵了。这可是合作中从未有过的冒犯动作。

但是，卜绣文不敢大动干戈，长远利益大于暂时吃亏。卜绣文一闪道：“匡总，你别误会。我说的亲密伙伴，就像中国和美国，是亲密的战略伙伴关系。没别的意思。”

匡宗元笑笑道：“我正是这个意思啊。不知卜总起了什么误会？对我，还想到了什么关系？”

他调情和他的生意一样，都有出其不意的狠招。要是往常，卜绣文不能让他得寸进尺，特别是这种耳鬓厮磨的生意伙伴，唯一的方法就是绝不后退，寸土必争。但今天，她一挥胳膊，看看表，知道再耽搁就赶不上看早早了，只得草草收兵，说：“匡总，得罪了。改天我请你吃饭。”

这其实是婉拒。本来做生意的人，并不拘泥于一定是男士请女士吃饭，而是有一条更深刻的商业法则笼罩其上——那就是看谁更有求于谁。但刚才的话题已偏离了商业轨道，卜绣文就用此盾牌，表明我和你势均力敌。

匡宗元并不追得太紧，绵里藏针："好啊。你不怕我点的菜太豪华吗？"

卜绣文匆匆说："没有金刚钻，我就不揽瓷器活了。匡总，再会。"来不及换衣服，直奔医院。

衣着华美、口唇鲜红的模样与静谧洁白的医院气氛，实在是不大协调。但夏早早很高兴妈妈穿得这样漂亮。医院里到处都是雪洞样的白色，一天看得人憋气死了。

"在所有到医院里来的人里面，我妈最好看了！"夏早早很得意地同魏晓日医生说。

魏晓日正在给夏早早做例行检查。

全力救治下，小姑娘的一般情况还好。

还好——这是好消息吗？魏医生见过许多这样的家庭，病孩子活的时间越长，给他们家庭带来的负担越重。最后孩子死了，一个家也被拖垮了。从这个意义上说，那些注定要死的孩子，是不是早些死了，会更好一些？不论对他们自己还是对他们的家人，都是一种解脱。

魏医生当然是不会把这个观点对任何人讲的。对病人说这话太不人道，对家属说这话是一种残忍。甚至对他的导师钟百行，也从未说过。因为老师是坚持救到最后一分钟的。

"也许对这个病人是没有意义了，但是他的资料留下来，对医学就是贡献。什么时候该死什么时候不该死，你拿什么做标准？用现在的医疗技术？哪怕这一个病人死了，是失败了，我们可能会从他的病中取得教训，下一个病人就可能生还。这就是这个家庭和这个病人对人类的贡献了……"钟老师捋着他的白胡子说。因为干燥和静电，那些胡须像金属丝一样四下飞舞。

钟老师很在意他的白胡子。当医生的，一般不留很长的胡须，因为不方便。如果做手术，胡子长了，就会从口罩的边缘龇出来，像一只凶恶的老猫。从外观上好不好，就不去计较了，但从消毒的角度来讲，胡子是藏污纳垢的地方。

所以，钟百行在医疗一线的时候，没法留胡子。当他不再亲临手术以后，他的第一件事是蓄起了胡子。如今，他的胡子已经飘然若仙，和雪白的头发相呼应，当你面对他的时候，有一种经验和威望的魅力，从每一根不同凡响的银丝根部向你辐射，你就不由自主地生出深厚的敬意。

不管怎么说，夏早早的病情没有飞速恶化，这对大家来说都好。魏医生希望夏早早能活得久一些。这不但有一个医生的职业自尊在里面，还有一个属于男人的心思——他想常常见到夏早早的母亲。想想看，假如她的女儿死了，她还会到医院来吗？不要说到医院来，就是在别的场合万一碰面，也一定会佯作不识。

医生都知道，全力抢救病人，可他最终还是死了，无论家属在一旁看到你多么恪尽职守，他们仍旧会把对命运无常的怨恨，转嫁到你的头上。他们推着死去的亲人走了，再也不回头看医生一眼。以后就是在某个公开的场合同医生相遇，他们多半也会扭头就走。魏医生不怪病人的遗属们，自己是同人家最惨痛的记忆连在一起的，人家不愿意回忆，你也就知趣地悄然走开。从这个意义上讲，那个梁……什么，对了，叫梁秉俊的人，是一个异数。魏晓日就把他的电话号码，记在自己的本子上了。

为了见一个病人的家属，而衷心地祝愿病人病得久些更久些，魏晓日觉得自己有些卑鄙，但他却不能驱除它。想想……可有什么坏处吗？好像，没有。对病人和对她的家属，并无实质性危害。那么，就没法强迫一个医生不能这样想了。

魏医生从夏早早的病房出来，见到薄护士。

薄护士说："魏医生对工作很负责啊，一天查好几次房。"

魏晓日说："你不觉得夏早早是一个非常惹人喜欢的孩子吗？"

薄护士说："我倒觉得她的妈妈是一个非常惹人喜爱的女人啊。"

薄护士心里暗恋着魏医生，魏医生竟完全没有感觉。魏医生不喜欢搞医务的女人，那理由很功利。你想，一家里有一个人从事这种悲悲戚戚的事业就足够了，找妻子不是为了开诊所。他对医学已经懂得太多太多，实在想换换空气。

因为全无这方面的居心，他竟听不出薄护士话中的酸意，反倒以为遇见了知音：“是啊，只有可爱的妈妈才能生出可爱的女儿来嘛。”

薄护士把手中的玻璃瓶子碰得叮当乱响，险些变成一堆碎渣。

每星期的这个下午，卜绣文会到医院里来看女儿。

魏医生就像一个知道野兽何时喝水的猎人，准时来查房。于是，他就会“碰巧”遇到卜绣文。他们就会海阔天空地聊天，逗得夏早早咯咯直笑。别看卜绣文在其他场合精明泼辣得像猎豹，在女儿面前，她总是做出快乐的样子，有的时候和夏早早笑得抱成一团，真像是一对姐妹呢。

每逢这时，魏晓日会看得走神，心想这个女人年轻的时候，小时候……是什么样子呢？一定和夏早早长得一模一样吧？

当然，这句话有语法错误，应该是夏早早和她母亲小时候长得一模一样。但魏医生不想换过来说。对他来说，妈妈比女儿更重要。当然，卜绣文的年纪已经不轻，魏晓日觉得年纪这东西很奇怪，双刃剑。让一些女人变得惨不忍睹，让另一些女人熠熠生辉。年纪不是最重要的，气质更甚。医院是年轻女人成堆的地方，魏晓日自认为对女人的鉴赏力，属于上乘。

女人应该像寒冷的空气，给人以新鲜振作之感。现在到处都是甜腻腻像奶油一样的女人，温柔得令人窒息，或者是酸得让人牙痛和倒吸冷气的女人。他喜欢冰雪一样宁静和镇定的女人。

魏医生有时觉得自己很唐突。他还从来没有对一个病人的家属产生过这种莫名其妙的好感，自己是否在乘人之危？心中忐忑。几次下决心洗心革面，对卜绣文如对其他家属一般一视同仁。有一两个星期，他管住了自己，在卜绣文来探视的时间，强迫自己不去查夏早早的房。但同卜绣文相见后那种清冷干净的生动感，又诱惑着他，在下一个星期，反倒使他更早地去了早早的病房。

好在没有人会知道这种异常。魏医生莞尔一笑，对自己这样说。是啊，医院的生活需要调剂，医生的色彩不能总是白色啊。

自己说服了自己，抛却负担，他到夏早早病房来得更勤了。

卜绣文并不是木头，她早已看出魏医生对自己有着非同寻常的好感。

最初，她吓了一跳，怀疑自己过于敏感，想入非非。但她不断看到魏晓日表示热情的目光和表情，她独自凄惨地苦笑了一下。在这种悲凉的境地里，自己还对男人有吸引力吗？特别是这样一个优秀年轻的男人？如果不是自己出了问题，那一定是他出了问题。

卜绣文知道自己属于那种年轻时不算特别美丽，但随着年龄的增长，内在气质高雅的女人。她以前是很为自己这点优势自豪的，自打女儿一病，她已完全不重视自己的容貌了。

她除了感觉自己是个母亲，已经忘记自己还是个女人了。甚至和丈夫的夫妻生活，也已减少到极点。她当然还打扮自己，但那完全是工作的需要，赚钱的需要，没有人愿意同一个蓬头垢面的女人谈生意。她机械地穿戴华美的衣服，那只是包装。

这一切是怎么发生的？难道自己在悲哀中，还诱惑了这个比自己年龄还小的医生吗？

卜绣文扪心自问。

没有啊。

她甚至没有把他看成是一个男人，就是说，如果他是一个女医生，她对他说的所有的话，都依旧会那样说。

他在她的眼中是抽象的，是一件高高悬挂的空洞的白衣。现在，这件白衣向她发出动人的微笑，露出雪白的牙齿，黑眼珠像苦杏仁一般发着柔和的光，并有莹莹的水汽浮动其上。

这件事对她意味着什么？

平心而论，魏医生是一个非常负责的医生。他对早早病情的诊断和治疗方案的确定，都显出功底的深厚和态度的勤勉。早早能遇上这样一位热忱的医生，也是她不幸中的幸运。

卜绣文从心里感谢魏晓日医生。

今后女儿的命，就像一根红丝绳，系在魏医生颀长白皙的手指上。一个医生半心半意地给病人治病和全心全意治病，差别大了。

就像在生意场上要准确地把握时机，卜绣文判断出魏医生对自己的热情，是一个契机。她应该抓住这个机会。她应该好好回报魏医生，无论从情从理，都会对她的女儿有好处。

所以，卜绣文尽量准时到医院来。最主要的当然是见女儿，同时也是不让魏医生失望。

今天她没来。

魏晓日心神不宁。他拿起夏早早最近的化验单，情形还好，没有什么理由把女孩的妈妈特地招到医院来。

魏晓日想，要是夏早早的病情突然出现异状，他就有借口见到她妈妈了。

想到这里，他连连骂自己该死。竟要拿那个女孩的生命做筹码，只为一见她的母亲。

他这才更深刻地发觉，自己平时总去关照早早，其实，他喜爱的是女孩的母亲。对女孩，不过是爱屋及乌罢了。

想到这里，他很觉得自己有些卑下。

但又一想，他为什么一定要爱一个病孩子呢？他已经给了她关切，医生对每一个病人都是关切的，这是一种工作的责任。但那不是爱，只是一件应该做的事。或者说，那只是一种普通的泛泛的爱，而自己对她的母亲，是一种突如其来的剧烈的情感，就像雷雨天的闪电一样，带着迅猛的力量，灼热的火球，毫无征兆地自天而降。

这件事很可笑，是不是？但世界上有很多可笑的事，不管你愿意不愿意，它还是发生了？对不对？现在要考虑的是，这件事，对孩子，对她的母亲，对自己有什么破坏吗？

魏晓日医生扭着蘸水笔，一步一步地拷问自己。墨水因为下垂的时间过长，沿着笔尖滴成一颗蓝色钻石的模样，欲坠不坠。

他永远不会对那女人说什么的，她就永远什么都不会知道。那个深陷在悲痛泥沼中的女人，只会感到他热忱的帮助。

为了博得那个女人的欢心，他会对她的孩子付出更多的爱心，让孩子在生命的最后时光感受到更多的阳光。

他自己的日子也因为有了这个女人，而变得欣欣向荣起来。

这有什么不合法的吗？这有什么不好的吗？这对什么人会有伤害吗？答案只有一个——没有。

他已经不年轻了。

也许是严肃的医学生涯囚禁了他的感情，他总想先立业再成家。当他在学术上确立了自己的位置后，天下的好女人多半都成了他人的妻子。当然，在这世界的什么角落，还有一些好女人潜伏着，等待着他的寻找。他相信如果自己找到了她们，她们是会答应做他的妻子的。

他有充分的信心。但是他很忙，忙是一件很可怕的事情，它会在无声无息中扼杀许多原本属于你的幸福。忙，这个字的一半是“亡”，因为忙，你有很多事，还没来得及开始，它就灭亡了。

也许因为他太谙熟人体的生理解剖，对所有经过他人介绍会面的女性，一见面，他就用挑剔的眼光，洞穿她们的肌肤。她们不是太胖就是太瘦，不是太高就是太矮。有了皱纹就不必用厚厚的化妆品覆盖，太光洁的额头又恐无法理解他沧桑的心境。寡言的女人使他沉闷，机敏的口舌又使他难以应付……总之，所有的女人都无法在短暂的瞬间引起他的兴趣。

“再见见面，不要一下子回绝。一回生，二回熟，人的感情是渐渐培养起来的，女方对你的印象很好呢。”介绍人大力撮合。

“感情这个东西是没法勉强的，它好像遵循着一条肌肉收缩定律：或者是有，越来越剧烈；或者是没有，无动于衷。很抱歉，我是属于后一种。”魏晓日回答。

一次再次的，他甚至怀疑自己爱的神经是否已经干枯。但是，你没法不忙。你要为自己的学术殿堂修甬道，你就只有忙，剩下的事只能忙里偷闲。当你连忙里偷闲也办不到的时候，你就只有听天由命了。对卜绣文的情谊，就是他在听天由命里的自得其乐了。

他是在卜绣文最痛苦、最震惊的时刻认识这个女人的，那几乎是最不能萌发爱情的场合。但是，爱情真的是不遵循任何法则，它就在这种死亡的气氛中姗姗降临了。你不能说它适宜还是不适宜，它反正君临一切地坐在他和她的中间了。

魏晓日没有想到自己内心深处，还潜伏着这样刻骨铭心地爱一个人——一个女人的渴望和能力。

他被自己感动了。他在暗处咀嚼着这份爱，就像乞丐在饥寒的路上捡到了一块硬糖，一个人在漫长的日子里悄悄含在嘴里，让它极缓慢地融化。

这个女人到现在还没来，这使魏晓日的心被卷成了一个筒，有飕飕的冷风穿洞而过。他无法安静地书写病历，也看不下去书，坠下的墨水，染蓝了好几张纸。

他再一次不由自主地走进夏早早的病室，问："你妈妈怎么还没有来？"

苍白的女孩说："这个问题您该问我妈妈，而不该问我啊。我比您还着急呢。"她正在用各种毛线织一条花色复杂的围巾。

魏医生被女孩逗笑了。是啊，如果不是病情突变，一个医生是没有理由探问病人家属的行踪的。

但他还是忍不住说："那你妈妈没说为什么吗？"

"没说啊。大概是忙吧。她要为我挣治病的钱，所以，我就不怪她了。"女孩很懂事地说。

就是说，她没说她今天不来。无论多晚，她都会来看她的女儿。也就是说，他今天一定会看到她……

魏晓日悬起的心悠悠落下。就坐在病房里耐心地等吧。要是回了医生办公室，自己就要过一会儿来看一下，薄护士她们又该开玩笑了。那倒不怕，怕的是万一她有急事，来了就走，自己恰好赶不上，岂不扫兴。

斜阳照在屋里，给一切镀上了淡金色，有一种安宁的家庭气氛。

“这条围巾是给谁织的啊？”魏医生有一搭没一搭地问。其实不问他也知道，这是一条男式围巾，一定是送给父亲的。

“您猜。”女孩歪着头说。

既然是猜，当然不能一下子猜中了。那样，小女孩会失望的。魏晓日搜肠刮肚地想让女孩开心，尤其希望能在他们其乐融融的瞬间，卜绣文突然走进来。他知道，所有取悦她女儿的行动，她都会毫不怜惜地回报以灿烂的笑脸，这是他百试不爽的。

“我猜啊，是给你的白马王子的。”魏晓日笑眯眯地说。

他本以为女孩会惊愕地瞪大了眼睛，红着脸说：“才不是呢！您真是瞎说，我是给我的爸爸织的呀！”

当然，关于女孩的脸色发红，是从理论上讲的。因为小女孩严重贫血，所以，无论她怎样害羞，实际上根本就显示不出来。

女孩真的惊愕地睁大了眼睛，说：“魏医生，我让所有的人猜，他们都没有猜对，怎么只有您一个人说对了呢？”脸色果真依然是惨白的。

这下轮到魏晓日医生惊愕地睁大了眼睛。不过，由于他刚刮过胡子，下巴青着，所以，也看不出脸红来。

他想，这个女孩怎么这样早熟呢？也许是她感觉到了死亡的迫近，对所有的爱都更敏感了吧。

面对夏早早探询的眼光，他只有说：“我每天都用听诊器听你的心脏，你心里想的是什么，当然我知道了。”

没想到夏早早说：“才不是呢！中国的古人傻着呢，不知道脑的作用，所以，才把所有和想有关的字，都写作了‘心’字旁。其实，脑子是管‘思’的，你用听诊器才不会知道我想的是什么呢！”

住院真是能把人住成妖精。多机灵的孩子！可惜，死神是绝不会因了人的聪明，就放谁一马的。

“可是……可是，你别忘了，我还经常给你做脑电图啊。”魏晓日继续骗下去。当然这么说，他有点违心，脑电图是不能知道人的思想的。骗一个小孩，不地道。可他有什么法子，逗她高兴是第一位的。

小姑娘果然被唬住了，但她明亮的眼珠一闪，说：“不对不对。我这个想法是前天才有的，围巾是昨天才开始织的，这两天我并没有做脑电图啊，您怎么知道的？”

嗨！面对这样的孩子，你还能说什么？

“但是我不断地给你验血啊，人的所有念头都萌生在血液里啊。你的血把你所有的秘密都出卖给我了。”

明明是假的，魏晓日急中生智，说得一本正经。

小姑娘相信了。

她盘根问底：“那您说，为什么所有的人都猜不对我的想法，就您一个人说对了。薄阿姨她们也都看了我的血啊。这是为什么？”

“你先告诉我，这所有的人都包括谁？”魏医生转守为攻。

“所有的人——当然就是指的我爸爸、我妈妈、薄护士，还有邻屋的几个病人。除了他们，我还能见到谁啊？我倒是想见别人，可哪儿见得到！”小姑娘叹了一口气，那么轻，那么长。

自从梁奶奶去世给孩子造成大刺激以后，卜绣文就坚持让早早一个人住病房。这样，虽说比较寂寞，但安全。孩子白天就到其他病房串门。表面上看不出老奶奶的逝去，给夏早早带来多少创伤，但这个女孩，就像很小就遭到虫咬的果子，反倒更快地成熟了。

魏医生心酸了一下。是啊，凶残的疾病使这个孩子永远失去了同别人一样的童年，她没有小朋友，一天见到的除了医生、护士就是病人，难怪她早熟。

“你说的这些人，都没有我了解你啊。你到医院里见的第一个人，不就是我吗！”魏医生胡搅蛮缠。

“那是的。魏医生，我告诉你，你可别骄傲啊。除了我妈，这个世界上，我最信服的人就是您了。”小姑娘郑重其事地说。

魏医生当然爱听这个话了，他很希望那个女人此时此刻走进来，看到这一切。他把开心的笑容停在脸上许久，好像有一架看不见的摄像机对着面孔。可惜啊，很遗憾，那个女人不知在哪儿奔波着呢，走廊里只有护士的软底鞋发出的轻微摩擦声。

“那你爸爸呢？我看他也特爱你的。”魏医生的这个话有刺探的意味，好在小姑娘就是再聪慧，也是听不出来的。

“我爸是我朋友，他跟我玩。但是，他比我自己还害怕这个病，他太胆小了。我有时候哪里不舒服了，都不敢跟他说，怕吓坏了他。我得保护他……”女孩静静地垂下眼睑。

魏医生涌起强烈的感动。这女孩子是不该死的，因为她太善良。

善良，是不是也像人的长相一样，是遗传的？那她的母亲也一定是非常善良的……

“你长得真像你妈妈……”魏医生神情游移，自言自语。

“但我妈妈，在这件事上，可不了解我。”小姑娘摇着头说。

“她是怎么说的？”魏晓日愿意知道关于那个女人的任何事情。

“她说，我的围巾是给她织的。”

“那是因为她喜欢你亲手做的任何东西。”

“但这明明是一条男士用的围巾啊！妈妈这不是小瞧我吗？我就是送她礼物，也不会犯这样低级的错误啊。”早早不服气地说。

魏医生无言。他知道那女人在说这个话的时候，心中一定很苦。

“不！我知道他们为什么都猜不对！”停了半晌，女孩突然地说。

“为什么？”魏晓日惊奇。

“因为他们都以为我活不到能找白马王子的年龄。他们总是用一种看死人的惨惨的眼光，盯着我看，里面充满了怜悯。我就是要用这条围巾告诉大家，我打算活好多好多年呢！自打老奶奶不在了，家里人看我的眼神更古怪了，好像我是冰糖葫芦上面挂着的又薄又脆的糖片，一碰就稀里哗啦地碎了。”女孩愤愤地说。

魏晓日医生连连点头，除了点头，他不能说出其他话来。

女孩误以为这是对她的赞同，高兴得钩住魏晓日的脖子。

魏晓日闪开了。

“为什么，魏医生？您是嫌我是病人，太脏吗？”女孩子非常敏感地缩了回去。

“不不！我不是嫌你脏，我是嫌我自己脏。”魏晓日赶紧解释，“你记住啊，医生的工作服看起来很白，其实，沾满了病毒。因为我们在医院里走来走去，整天和疾病打交道，你得防着我。”

很热烈的话，就此停了下来。

魏晓日发现自己所说的一切，是真心的，但也是为了拖延时间。这种和病人的深入谈话，对一个医生来说，并不轻松。虽然这是一个挺讨人喜欢的孩子。

医生不愿意同自己的病人建立过分亲近的关系，人们往往以为这是医生的冷漠。其实，这是医生为了保护自己修筑的心灵城堡。每一个病人都值得同情，医生若是都与他们情同手足，一旦他们死去，医生都要痛不欲生。天长日久，医生就会被眼泪腌透，哪儿还有精神钻研医学！

从事这种与人打交道的工作，首先得学会把对方物化。这说起来不人道，但其实一代代的医生都这样保护着自己，这就成了医生的基本功。

“你妈妈也是用那种……就是你说的那种惨惨的眼光看你吗？”魏医生重新提起话题，围绕着他感兴趣的范畴。

“她……她比别的人要好一些，也不怎么样。玩的时候，会假装开心。没准儿啥时候，她就像停了电，紧紧掐着我的手，好像我会张开翅膀飞了似的。我只好使劲摇晃着她说，你怎么了？妈妈！她就醒过来了，和我继续玩。她装出什么事都没发生过的样子，可骗得了谁啊？我知道她愣神的那几秒钟，一定想到了一件事，那就是我死……”

女孩说得很平静。

正是这种平静，给医生带来了一种毛骨悚然感。

“所以啦，我要织这样一条围巾，让所有的人知道，我能活下去。”女孩说。

“那是……那当然……”魏晓日支吾着，连自己也说不清话中的意思，是说织一条围巾应该，还是人们应该相信女孩能活下去。

夏早早快乐起来，还没有成年人这样支持过她，而且这个人还是她最信服的医生！

“魏医生——”

夏早早并不像一般的少年病人，称医生为“叔叔”，而是像成年人一样，称魏晓日的职务——“医生”，这就使她很稚气的嗓音带上了凝重。

“哎——”魏医生应道。

“您说，我还能不能活三年？”女孩直视着他的眼睛说，好像他是神。

“能。”魏晓日几乎是出于本能地回答。他不愿养成骗病人的习惯，但此刻只能如此回答，这是一种仁慈。

说完以后，他又飞快地在心中算了一下。假如不出现险恶的变化，孩子或许会活到这个期限？但愿吧，他将竭尽全力。

女孩点了点头，又向他微笑了一下，好像接受了他赠予的一件无价之宝。

“那您说，我还能活五年吗？”女孩探询地说，那神情好似在问天。

“这个……能……”魏医生说。

他尽量使自己的口气坚定，但心里发虚，尾音飘忽。

“那您还能让我活十年吗？”女孩仰着脸问他。

魏晓日把自己的眼睛避开了，他无法正视这种近在咫尺的逼问。

女孩的声音里满含着真诚的祈求。魏晓日看着雪白的窗纱。由于日影西斜，天地已是一片蟹青色。屋里已很暗淡，床头柜端正地不声不响地蹲在沙发与病床之间，好像一个证人，倾听着医生和病人的谈话。

魏医生站起身。

“天暗下来了，我去把灯打开。”他遮掩地说，借此好调整一下情绪，让以后的谎言编得更流畅些。

这女孩，接下去的问题，可能会问她能不能活到一百岁呢。

“魏医生，请您别开灯，好吗？”女孩说。

“为什么？”魏医生不解，僵立在从沙发到电灯开关的半路上。

“开了灯，我就能看清您的脸，我就知道您是在骗我了……”女孩的声音依旧很平静。

魏医生的身体像遭遇了炽热的火山岩浆，炭化了。

女孩挪下床。她很虚弱，轻微的活动都使她气喘吁吁。

她走到魏医生跟前。暮色中，只见她的眼神灼灼。

“医生，求求您！让我活下去！我不想死！我想上学，我想知道这世界上的好多好多事！我想和我的爸爸妈妈在一起！我需要别人爱我，我也爱这个世界！我没害过谁，我要活！”

女孩紧紧地缩小她的身子，好像这样就能躲开死亡的爪子。

“我害怕死，害怕一个人到黑暗的地方去！我不愿意被烧成灰，我不喜欢我的头发被火焰烤得冒出青烟。我不喜欢美丽的衣服都煳了，发出怪味。我不喜欢最后把我的骨头装进一个小匣子，无论那个小匣子外面画着多么美丽的花，或者是象牙的，看起来多么精致光滑……”

魏晓日大骇，慌忙打断孩子的话：“不是这样的，你不要瞎想，不会的……”

女孩冷笑了一声。

“我知道，你的意思是不一定要烧我，我妈妈有钱，可能会为我买一块上好的墓地，是不是？你们大人以为埋在土里，就比烧成灰烬好吗？才不是呢！我讨厌躺在泥巴里！蚂蚁会在我的眼睛里做窝，蚯蚓会穿过我的耳朵，我的鼻子会叫棺材盖堵得喘不过气来，一年到头那里都是没完没了的黑暗……不！我不要去那儿！叔叔，求求您！救救我！我不是一个贪心的人，童话里都说那样的孩子是没有好下场的。我不要活很多岁，我只要活到二十岁就行了……”

女孩子在灰暗中大声地说着这些话，好像她四周的桌子、沙发、病床都有生命，她要它们支持她。

“孩子，你不要说下去了……”魏晓日的声音颤抖着。

“叔叔，您是不是嫌我太不知足了？那我不活到二十岁了，我能活到十八岁就行了……”女孩子咬着嘴唇，轻轻地叹了一口气，很舍不得地把她的生命缩短了两年。

“不，不要减少，就二十岁吧！我一定想办法让你活到二十岁……”魏晓日医生咬着牙说。

女孩今年十二岁，这中间需要漫长的八年，假若真的能使她的生命坚持八年，那该是医学史上的奇迹了。

“真的？”女孩极其严肃地问。

“真的。”魏晓日像发誓一般说。

“那我后悔了。”女孩说。

“后悔什么？”魏晓日不明白。

“后悔我向您要求得太少了。现在我不要活到二十岁了，我要活到二十五岁啊！”女孩热切地说。

魏晓日默不作声，他甚至忘了继续撒谎，被这生命的乞求震撼。屋里完全黑下来，他们好像在地狱的走廊里对话。

突然，灯亮了。病房特有的日光灯，像闪电一样照亮了所有的角落，使每个人脸上的表情暴露无遗。

门口站着卜绣文。

不知道她是什么时候来的。

“妈妈……”夏早早大叫了一声，扑过去，搂住妈妈的脖子。

卜绣文紧紧地抱着孩子，头却偏向魏晓日，说：“想不到您这么晚了，还在查看病人。”

魏晓日说：“不来看看，不放心。”

卜绣文疲倦地说：“有什么要找我谈的事吗？”

魏晓日当然想说——“有”。但是他说：“没有。”把宝贵的时间留给她和她的女儿吧。

“那么，谢谢您了。”卜绣文笑了笑。魏晓日觉得这笑容很凄凉。

魏医生走了出去，他实在没有理由再待下去了。见了她，今天的事情就告结束了。

他最后看了一眼这个女人——她今天很漂亮，蓝色皮衣里，上穿黑色高领高腰衫，外披鹅黄长袖开衫，下配过膝的 A 字长裙，露款款腰肢，着尖头细高跟短靴，既与冬令时尚同步，又有肃杀干练之气。白色的肌肤和乌黑的头发光彩照人。

他不敢太久地注视她，就遮掩地把目光移到了早早身上。瞥到女孩的颈子，在上面停留了几秒。

“有什么吗？”卜绣文察觉到异样。

“噢……没有。好，再见。”魏晓日医生匆匆地离去了。他真的不能再停留，否则目光会牢固地粘在女孩身上，就像好猎手寻觅到了野兽的踪迹。

女孩皮肤上出现了一块豆沙样的出血斑——很轻很淡，好像死神轻轻的一吻。它是那么若隐若现，但在医生眼里，它是死亡的请帖。女孩子的病又向前危险地挺进了。

他今天不想惊动她们了，明天再说吧。死亡是一个漫长的过程，像今天这样母女欢聚的时光是有限的。

既然生命一定要消失，就珍惜它存在的时光吧。

魏晓日在办公室里，写下长长的病程记录。走出病房的时候，天色已是漆黑一团。

他在医院的大门口，见到卜绣文。

“没想到我们碰到一起了。”魏医生先是意外，马上转成惊喜。

“不是碰到一起，是我特意在等你。”卜绣文纠正说。

“噢！那好极了。我们一起坐一会儿好吗？我知道一家很好的咖啡厅。”魏医生热情相邀。他不止一次地想到邀请她，平时实在师出无名。

“不要到咖啡厅，假如您不介意，我想到您的家里坐坐。可以吗？”卜绣文似乎站立不住，倚在大门一旁的水泥柱子上。

“当然欢迎。只是我的家，一个单身宿舍，比较简陋，又没有打扫……”魏晓日有些意外。

“我也不是检查卫生的，只是想坐坐，找个人说点什么。”卜绣文低着头说，她的脖子软弱地耷拉着，仿佛支撑头颅的筋骨被人折断了。

“好。我买一点食品，冰箱里的储存，要是我记得不错的话，似乎弹尽粮绝了。”魏晓日活泼起来。这个女人在身边，让他充满愉悦的弹性。

“不要麻烦，我什么也吃不下。”卜绣文说。

“我还要吃啊。一个医生的手上，至少负担着十个病人的生命。就是为了大家，我也得吃得饱饱的。”魏晓日希望气氛轻松一些。

“那是的。”卜绣文机械地应和着。

他们缓缓地在萧瑟的街上走着，彼此不近也不远，让人闹不清他们的关系。每当魏晓日想靠得近一些的时候，卜绣文就拉开距离。当魏晓日知趣地闪开时，卜绣文又凑了过来。

第七章

魏晓日的家在一座僻静的单元楼。

“楼道里没有灯，你小心些。”魏晓日一手拎着鼓囊囊的食品袋，一手很自然地扶了卜绣文一把。卜绣文顺从地把手交到魏医生手里。医生的手是很有劲，不是体力劳动者的那种强硬的粗糙，而是有力度的操作锻炼出的外柔内刚的质感。

手牵着手，因为楼道窄，他们只得稍稍错开。魏晓日走在前面，兼有向导之责。他手心不断地出汗，好像在执掌一台大手术。平日里，他无数次愤恨过走廊的电灯。年久失修的公共住宅，灯泡安上就丢，最后只好让夜晚死心塌地沉浸在黑暗中。今天他太感谢偷灯泡的贼了。

“到了。”魏医生把手中的塑料袋交给卜绣文，掏出钥匙开门。

“屋里乱，请不要介意啊。”他说着，闪在一旁，请卜绣文进门。

卜绣文进得门来，装作不在意地打量着。

一室一厅的小单元，但在魏晓日的布置下，显出雅致舒适，和走廊里的漆黑寒冷形成鲜明对比，到处是轻浅的藕荷色，藕荷色的麻丝窗纱，藕荷色的织锦缎沙发，藕荷色的纯毛地毯……甚至连宽大的写字台，都铺着藕荷色的台布，给人以暖意的爽滑感。

“很整洁啊，为什么把自己说得那样不堪？是不是先抑后扬，故意让我吃一惊？”卜绣文环视四周说。

“能得到你的夸奖，真是很高兴。一个单身汉，不过瞎凑合罢了。”魏医生说着，很熟练地到厨房加工那些半成品的食物。不一会儿，就把餐台摆得满满的，还拿出一瓶红酒。

“一个人，还挺奢侈。”卜绣文已脱下蓝色的皮草和外套，只穿黑色羊绒内衣。屋里暖气烧得很热。

“不是一个人，是两个人。”魏晓日摆出两只精致的酒杯。

“我不喝，不会喝。”卜绣文推辞。

“久在生意场上走动的人，没有不会喝酒的。”魏晓日不由分说斟出两杯，醇厚的酒香弥漫全室。

酒在酒杯中，液面拱起，好像椭圆形的红琥珀。

“我是真的不会。”卜绣文拒绝。

“不要骗我，我有好几次闻见你身上有酒味。”魏晓日端起酒杯，“为了我们今天的聚会……”

卜绣文端坐不动，说：“我只为一个祝福喝酒——就是为了我的女儿。”

魏晓日说：“你太着急了。我马上就要说到这个愿望。”他一仰脖，独自把酒喝干，“我知道，你到我这里来，只有一个目的，是为了你的女儿，你心中只有你的女儿。”

卜绣文听出魏医生隐隐的不适意，解释说：“没有我的女儿，我们不会相识。”

魏晓日说：“但我们相识以后，除了你的女儿，就不能再说点别的了吗？”

卜绣文苦苦一笑说：“我所有的心思都在女儿身上，她就像一个吸盘，喔，说得更确切些，她就像一个磨盘，她的病是我的轴心，磨出来的都是血。”

魏晓日说：“人生本身就是痛苦，所以，我们更要珍惜短暂的快乐，为了我们今天晚上的相聚。”他重又把酒杯斟得满满的。

这一次，卜绣文没有拒绝。她一口气把酒喝干了。

她真的没有什么酒量，平日的生意场上，都是姜娅帮着她应付。一杯醇酒下肚，立刻像火焰似的燃烧起来，红色镀到脸上。她的眼睛变得亮晶晶，颊部飞起两坨红色。

“这酒很香，是窖藏多年的上等货。”她用手帕掩着嘴角说。

“咦？一般不会喝酒的人，是品不出酒的好坏的。”魏晓日说。

“我是一般人，但因为不喝，所以敏感。看不出来，你还是一个酒徒。我原来以为，医生是烟酒不沾的。”

“好的医生，不会烟酒不沾。多年的行医中，病人会惯坏一个医生。他们和他们的家属会不停地给你送最好的烟和酒。在你忧郁的时候，你就忍不住会试一试……”

卜绣文说：“噢，杯中原来是贿赂之物。我听说，有人专门买假烟假酒送人。”

魏晓日也不再劝卜绣文，自斟自饮道：“酒是一个病人家属送的，大约是真的吧。别人都可能骗，但是一般不骗医生，没有人用自己的生命开玩笑。”

“病人家属常常送你礼物吗？”卜绣文问。

“这个……你问这个干什么呢？”魏晓日歪着头，欣赏着卜绣文忧郁而端庄的美丽。酒精使她浓郁的悲哀稀释了，增添了凄艳的魅力。

“我只是随便问问，因为我也是病人的家属啊。”卜绣文说着，伸出纤纤素手，倾斜起仙鹤颈子一般的酒瓶。

“你不必灌我的酒，以求酒后吐真言。”魏晓日探手去拦，两个人的手就碰到一处，蜻蜓点水地沾了一下，极快地散开了。

“那就请你直说，酒中吐真言好了。”卜绣文盯着魏晓日。

“说什么？我都忘了，我们刚才谈到哪里了？”魏晓日说的是实话，他的感觉都集中在相撞的手掌上，竟不记得谈话的题目了。

“礼物，常常吗？都是什么？”卜绣文很清醒，紧紧扣题。

“喔，几乎所有的病人家属……都会这样做的，什么都有。如果把它们陈列起来，像个百货公司。”魏晓日说。

卜绣文点了点头说：“那就是我的不是……疏忽了，急糊涂了，我竟没想到这一点，我家那个书呆子也没有提醒我……”

魏晓日莞尔一笑说：“这个责任不在你，是我的。”

卜绣文吃了一惊道：“怎么这样说？我忘了给你送礼，反倒责任在你？”

魏晓日说：“你想啊，若是我对你们的女儿态度不好，或是不认真，你们必然就急了。一急就会琢磨，想是不是亏待了医生？那样，我的礼物不早就得到了吗？所以说不怪你们。”

卜绣文难得地微笑了，说：“你说得有道理。你对我们的孩子太好了，我倒忘了关照你。”魏晓日真想再编出这样有兴致的话题，逗得这女人一笑。可惜还没容得他想出来，卜绣文的脸色陡地一变说：“魏医生，您刚才在医院病房里同我女儿的谈话，我都听到了……”

魏晓日伸出的筷子停在了半空，然后缓缓放下，说：“你听到了，不要信就是了，那都是骗小孩子的话。”

卜绣文说：“我也看到了。”

魏晓日问：“看到了什么？”

卜绣文说：“出血斑，这就是我要找你的原因。我懂，它的厉害。”

魏晓日长叹一口气。

卜绣文说：“我信你和孩子说的话，我愿意信，我非得信，我要是不信你，我还信谁？你得救她。”卜绣文一字一顿地说。

“我将尽力而为。”魏晓日也是一字一顿地回答。

卜绣文说：“我讨厌你这样打着官腔说话！尽力而为——这是一句应付人的话！模棱两可！你一定要想出办法救我的女儿！”

她越说越紧张，好像女儿的生死存亡就在这一瞬决定，突然而至的激动像高压锅爆炸，她的嘴唇涂满了酒汁，字字如泣血。

魏晓日知道极度压抑的人会崩溃。他心痛地走过去，抚摸着她不停颤抖的肩膀，温柔地说：“我一定尽力而为！”

他很想说出一句充满阳光和力量的话，哪怕是骗得这个女人一时的欢心也好。但是，他不能。话一出口，依然严谨和留有余地。他很生自己的气，他知道自己这时假若能斩钉截铁地说出热切的话，哪怕彼此都知道是空头支票，这个女人也会紧紧地贴在自己的胸膛上……那是他的向往啊！但是，他不能！医生要为自己的每一句承诺负责任。他所受过的职业训练，让他在最紊乱的情形下，也无法放浪形骸。

可惜啊，机会稍纵即逝。有什么办法呢？教条已经溶化在血液中，即使在情感的旋涡里，他也无法违背科学。

一个男人和一个女人的身体拢得这样近，彼此散发出的热量猛烈地烘烤着对方。神秘的属于男女之间的气味，因了酒液的蒸腾，像岚气包绕着他们。

魏晓日嗅到了一种类似五月的槐花的味道，使他心旌摇动。

卜绣文觉得一种男人特有的水仙花样的味道扑面而来，一阵眩晕，使她几乎忘记了这是在什么地方。她只觉得自己累极了，从女儿病了以后，就再也没有一时松弛过。她不断地扩大生意的规模，甚至负债经营，想攒起一大笔钱，给女儿治病。多亏了和匡宗元的铤而走险，她总算积攒了一部分钱。她不踏实，觉得这笔钱好像是偷来的，不定哪一天就会飞走。她要趁钱还在自己手中的这段时间，用它挣更多钱，为女儿治病。她四处求医，但专家钟百行已经不应诊了，没人知道他的行踪。听人说，他现在有一多半时间，是在天上度过的——因为医术高，总有各地的显贵病人邀他会诊，他就到处飞来飞去，成了空中门诊。没有身份的人，单凭着钱，要想找到好医生，谈何容易！

今天下午在医院里，她又听到女儿同医生的话。

女儿那么渴望活下去。本来她以为她什么都不懂，没想到她什么都懂。

让一个什么都懂的人，明明白白地去死，是多么恐怖残忍的事啊。这个人年纪如此之小，她还是你的女儿……

要救她！

卜绣文既然选择了这一目标，就要万劫不复地去实现它。

她绝望而疲惫，箍着意志的铁环，在这藕荷色的空气和红琥珀般的酒汁里，散了。一块块意志的残片，在冰海沉浮……她的意志漂不起来了，只想有一个宽阔的肩头靠一靠，不管是死是活，此刻只想歇息……

藕荷色有麻醉作用吧？面前这个高大的男人，化成一个旋涡，她想被淹没……

但在一片眩晕之中，她仍然清醒地意识到——年轻的医学博士是有保留的——他只是说他“尽力而为”，而不是千方百计赴汤蹈火，百折不挠万死不辞！

可你有什么权力，要求一个局外人为了你的骨肉，殚精竭虑，鞠躬尽瘁？

是啊，你没有权力。权力如果不是因为金钱而俯仰，那只能来自更亲密的关系。

卜绣文陷在一连串的沼泽之中，但她很明白——她只有这最后的机会了。让这位医生努力更努力，加油更加油。并通过他找到钟百行教授，让教授也呕心沥血地帮自己的孩子同死神抗争。

可是，她还有什么？

站在死亡和希望之间的，是她的女儿。你不能让她独立地面对这一切。你既然给了她一次生命，你就得做得更好一些，更多一些，你再给一次吧。

她只有……

她站起来，用双手环着魏晓日年轻而富有弹性的脖子，由于两个人相距太近，眼睛无法聚焦，魏晓日英俊的面孔变成重影。她便闭了一只眼睛，睁着一只眼睛，像雌猫一样看着他。她在这一瞬把一个模糊的想法变成决定。她的气息挑逗地吹向魏晓日，利用身体同魏晓日接触的每一个触点，向对方的肌体施加着越来越重的压力……

魏晓日的皮肤大面积地爆炸了，他听到自己全身的血液从头顶倾泻到脚底，又从脚底倒灌到天灵盖。事情进展得太快了，这个女人匍匐在他的怀里，吐出的气息吹得他胸口发烫，好似一把电钻，直捣心房。

他不是一个童男子。在学校里几次恋爱，也许因为医学生对人体的谙熟，总是很快地进入胶合一体。他甚至很清楚自己性欲的进展阶段，他感觉到自己年轻的肌体正在脱离意志的控制，渴望独自翱翔。

他承受不了这巨大的诱惑，猛地俯下身，将那女人殷红的嘴唇含在嘴里，拼命地吮吸。他最先感受到的是浓烈的葡萄酒的味道，然后是长久的口鼻对接，让人喘不过气来，心跳急骤呼吸短促。他真想这样维持到地老天荒，无奈缺氧阵阵袭来，只得恋恋不舍地暂时放开对方的嘴唇。

屋里一时变得死一般的寂静。吸足了新鲜氧气，魏晓日突然惊醒，双方不由得各自退后了一步，好像陌生人一样对峙着。

魏晓日舔舔嘴唇，唇间还留着那个女人的香气。那个女人就在跟前，气味也是千真万确的，可他觉得她像一个幻影。

这就是他渴望的爱情吗？这个陷在大悲大苦中的女人，是在爱他吗？

魏晓日问自己。

这件事有什么地方搞错了，她太迅速了，有点迫不及待，并急功近利。她把魏晓日看成是什么人呢？把自己的肉体当作礼品了吗？

魏晓日的激情像龙卷风一样，澎湃地旋转着，思绪卷动，风暴眼的中心却宁静下来。

只有最冷静的医生，才能在这种激情汹涌情欲不可遏止的关头，考虑这种理智的问题。

为什么？

卜绣文望着魏晓日渐渐宁静的面庞，心中惴惴地想：这是怎么回事？我分明看到了他情欲高涨，他是喜爱我的呀！怎么眨眼之间，就平息下来了？我已经老到乏味吗？已经毫无魅力了？不，这件事不能这么就完了啊，我还没有从他那儿得到任何允诺啊……我要把它进行下去，如果现在结束，还不如根本就不曾开始！

喔，我知道了。魏医生是一个正人君子，他不愿意这样不明不白地同我在一起。我要把这件事做得周到谨慎……

卜绣文想着，拢了拢头发。她向着魏晓日笑了一下，那是她最动人的笑脸。每当她要做成一笔大买卖的时候，就向客户发出这样的笑容。

魏晓日果然被这笑容震慑住了，呆呆地看着她。

卜绣文走到电话机前，拨通了自家的电话。

“践石吗——”她的语调平稳而沉着，没有一丝急躁。

“哎呀！绣文，是你！我刚往医院里打了电话，说你早就走了。怎么还没到家？可把我急坏了……”夏践石的声音很大，魏晓日站在一旁也听得很清楚。

“有什么可急的。我很好。”卜绣文稳稳地说。

“你现在在哪里啊？在做什么？”夏践石关切地问。

“我还能在哪里？我还能做什么？”卜绣文反问道。

“噢……那是。你在忙，你在工作啊……”夏践石恍然大悟。

“女儿没事吧？”夏践石转了话头。

“还好。”卜绣文的语调暗淡了。

“明天我到医院里去，就可以看到她了，你可要保重啊。没什么事了吗？”夏践石说。

“没事了，晚安。”

“晚安。”

魏晓日默默地注视着这一幕，有一种离心的力量渐渐充斥在他们之间，他领略到这个女人操纵他人的能力，觉得她精明太过了。

他不喜欢一个女人这样熟练地撒谎。

卜绣文放下电话。

“没事了。”卜绣文对魏晓日说。

“原本也没有什么事啊。”魏晓日医生说。热情退了潮。

卜绣文愣了一下，敏感到自己错过了一个机会。男女交往，也像商务会谈一样，机会是很重要的，许多重大的决策都取决于一念之差。

但是她不灰心，退一步，进两步吗。魏医生是正人君子，对正人君子，要把障碍全部打扫干净。虽然这样会费去一些时间，但没有后顾之忧的欢爱，才会有更好的结果。卜绣文兀自微笑了一下。

在这种气氛中，这个微笑有着说不清的含义。

“你经常这样吗？”魏晓日说。

“哪样？”卜绣文抱着肘说。她感觉到些微的寒意。

“就是……”魏晓日尽量挑选着不伤人的词汇，“就是向你的丈夫请假……”

“是的，经常。他很爱我，为我担心。凡是我应该在家的时候，我若有事不在家，都会告知他。”卜绣文很肯定地说。

“我很同情……”魏晓日慢吞吞地说。

“同情谁？”

“同情你的丈夫。他那样相信你，他甚至都没有问你一下，你甚至都没有留下一个口实。你什么都没说，都是他自己说的，可你却……”魏晓日挑选不出合适话语，留下长久的空白。

“你觉得我是人尽可夫，是不是？你没想到一个重病孩子的母亲，还有心思寻欢作乐，是不是？你觉得我是一个寡廉鲜耻的女人，是不是？”卜绣文把这些惊心动魄的词，说得平静如水。

这些话未尝不是魏晓日想说的，只是他还没有梳理得很清楚。他自认为是一个正派人。虽然现在的社会这样开放，男女之间的事已趋淡然，但他恪守着自己的生活准则，希望女人只是因为爱才接纳和欢愉。如果不是爱做胶水，任何黏结都是低级游戏。

一个悖论。一方面在暗恋着别人的妻子，一方面又为那个丈夫不平，魏晓日觉得自己很虚伪。

他掩饰着说："没有那样严重。我只是想说，天已经不早了，我送你回家吧。"说着，站起了身。

气氛一下子变得很尴尬。

卜绣文再留在这里，就是耍赖了。

但她必须留下来，为了她的女儿，她得留下来，直到得到一个确切的允诺。

卜绣文只有一件礼物可送魏医生。越是珍贵的礼物，受礼人越要推辞客气一番，这也是人之常情。她要不屈不挠，必要的时候，她也会寡廉鲜耻。

她这样想着，换了更柔和的口吻说："我已经同我的丈夫说了，今夜不回去了。现在回去，叫我如何解释？"

这当然是个不成借口的借口。

"那我送您回您的办公室去。"魏晓日说着向门口走去。

"好吧，等我穿上外衣。"卜绣文走到她的皮草前。

魏晓日看着她。卜绣文缓缓地解开自己的衣服，毛衣像鳞片似的脱落，然后是华丽的衬衣……

一件件丢弃在地毯上，最后只剩下一套粉色的内衣裤。

魏晓日惊呆了，他刚开始没有意识到这个女人不是在穿衣而是在脱衣。当他意识到这一点的时候，女人已经把自己像荔枝一样剥了出来，站在地毯中央，冻得瑟瑟发抖了。

"你怎么能这样？赶快把衣服穿上，不然，你会得肺炎的！"他慌忙叫着，又不敢过分靠近这个半赤裸的女性胴体，急忙从衣柜中抽了一件睡衣，远距离地甩了过去。

那是一件淡藕荷色的厚睡衣。

也许是寒冷的确令人难以忍受，卜绣文乖乖地披上了睡衣。

突然有一种家庭的气氛笼罩着他们。

睡衣上残存着水仙花的气味，卜绣文不由自主地嗅了一下，又一下。

情欲又如潮水似的漫卷而来。这一次，卜绣文不单单是想诱惑他人，自己也有了某种朦胧的欲望。

魏晓日被卜绣文身上熟悉的藕荷色所感动，一种家的感觉，一种亲人的感觉，好像她已经成为自己的妻子一百年。被强行压抑下的激情，又一次不受制约地膨胀起来。

“我喜欢这个颜色，我也知道你喜欢这个颜色……”卜绣文喃喃地说。她懂得欲擒故纵，这个时候，对男人不能逼得太急，欲速则不达。

“我没想到，你也喜欢……你怎么知道的？”魏晓日果然又有了亲近她的热情。藕荷这个颜色太温柔了，魏晓日上大学的时候，有同学说这是阴性色彩，也就是女性喜爱的颜色。从此以后，他就很注意在公开的场合藏起自己的爱好。只有在家里，才尽情地浸泡在藕荷色里。

“从手绢，你有一块藕荷色的手绢。人们外衣的颜色常常受时尚的左右，只有在这种微小的地方，才能看出人的个性。”卜绣文用睡衣把自己裹得像个粽子，懒懒地说。

“想不到……你如此善解人意……”魏晓日低声道。他的意志又开始动摇。情欲好似新的一波海浪，乘风而来。

“你想不到的事还很多。”

“喔，还有什么？”魏晓日问。

“我要送你一件永远不会忘怀的礼物。”卜绣文用力把自己包得更舒适些。

“我不要你的礼物。”魏晓日拒绝。

“为什么？”卜绣文问。

“因为我只收那些有把握治好的病人家的礼物。我不愿让人家人财两空。”

“这就是说，我的女儿是没有希望治好的了。”卜绣文依旧是悄声的。

“是的。我们已经说过很多次了，我不想再重复那个冷冰冰的结论。”

“可是，我想让你开一个先例。不管我的女儿治得好治不好，都请你收下我的礼物。这是我的一番心意。”卜绣文恳求着。

“那……”盛情难却，魏晓日说，“如果不是特别贵重的话，我就收下好了。”

“如果你看重，它就很贵重。如果你不看重，它就一点都不贵重……”卜绣文说着，一把扯开了睡衣的带子，里面的粉色内衣也应声脱落，一道耀眼的白光横陈在藕荷色的地毯上，卜绣文赤裸裸地躺在了魏晓日的脚下。

猝不及防。魏晓日早就觉得今夜要发生点什么，他一直用理智抗拒着。但压抑得越久，爆发力就越强。他的体液又一次澎湃，他俯下身，把自己的身体像被子一般地盖在女人的身上。

“扣子……痛……”女人轻轻地呻吟着。

魏晓日这才意识到自己还穿着全套的衣服。

“到我的床上去吧，这样下去，你真的会受凉的。”他狂吻着她，紧紧地抱起女人。

女人紧闭双眼，章鱼似的吸附在他身上。

他把女人安放在自己的床上，用羽绒被将她包得严严实实，羽绒嚓嚓响着，被角翘起。魏晓日细致地把被角掖好。

“我没有想到……”他注视着她的眼睛，呢喃地说。

“因为我知道你爱我。”女人柔声回答。

“我从来没有对你说过，我以为你永远不会知道。”

“爱是不需要说的，从你爱我的那一瞬起，我就知道了。”

“我以为这爱是没有结果的。”

“我现在就把结果给你。”卜绣文说着，用手来拉魏晓日。她在被子里已温暖了多时，手是灼热而柔软的。她引导着他的手，在自己的身体上漫游着，企图将他膨胀的欲望燃烧得更猛烈。

这就是向往已久的爱吗？

魏晓日的手在被子里的黑暗中摸索着，沟壑与隆起，干燥与湿润……

他感觉到女人的手富有经验和挑逗性，但她的身体却是僵硬呆板的。她尽力地在诱惑他、迎合他，但她的身体并不配合。

这是一种分裂。她不爱他，或者说，她的爱还远远没有到达这种水乳交融的需求，但是她强迫自己走到了这一步。她在欺骗他，用身体和语言。或者说，她的意志想要达到的目的，她的身体却没有反应。激情澎湃的女人应是饱满的葡萄，任何轻微的碰撞，都会汁液迸出。魏晓日感到一种巨大的悲哀，当然，对某些男人来说，女人想什么是不重要的，重要的是她们表面上的顺从，就万事大吉了。但魏晓日不是这种人。越是他看重的人，他越要求灵魂和肉体的一致。他觉察到了这种分裂的壕沟，他就立刻在沟边刹住了脚步。

魏晓日再一次冷静下来。他给自己的手臂输送力量，他的手就在女人的某处停顿下来。女人仿佛吃了一惊，下意识地放松了箍匝他的力量，他就势把自己的手抽了出来。

手上沾满了槐花的气味。

他突然觉得自己很愚蠢。

为什么要如此克制人最纯粹的欲望?

他用眼睛寻找女人的眼睛。他想找到一个答案，证明自己刚才的判断是错误的。

他看到了女人的眼睛。不，他没有错。女人的眼睛里并没有扑朔迷离的情欲，而是极冷静极淡漠的神色，甚至，有一种残花败柳的自暴自弃。

看到他在看她，女人垂下丝绒般的睫毛，说："不要怀疑我的热忱。当我们开始以后，我想，我会好一些的。自从孩子病了以后，我已经忘记了如何做爱，给我一点时间。"她的声音几近哀求。

她固执地拉住他的手，不让他躲开。

他用手抚摸着她的头发说："我爱你。"

她吻着他的手说："那你还等待什么？"

魏晓日说："等待你爱我。"

卜绣文说："我现在真的非常爱你。我从来没有主动求人做爱，你是第一个。"

魏晓日说："你说对了。这不是爱，是求。作为一个医生，我分得出女人的身体对爱和求的不同反应。"

泪水一下子充满了卜绣文的眼眶，说："你真的不要我？"

魏晓日闭上眼睛，艰难地说："真的。现在，不。"

卜绣文腾地坐起，羽绒被像水鸟的翅膀一般张开，扇起飓风："好你个魏晓日！我恨你！我恨所有的医生！你们不是人，是冷血的蛇！是畜生！是骷髅！"

魏晓日说："我知道你的心了，你现在爱的不是我，是我的手艺。你想用你的身体换取我对你女儿全力以赴的治疗。你可以收回你的礼物，但我答应你——我将竭尽全力。"

卜绣文傻傻地坐着，她费尽心机，等的不就是这句话吗？当这句话如此简单如此清晰地响在她耳边之后，她怅然若失了。她失去的是什么呢？她不是什么都没有失去吗？

不不……她还是失去了……女人疲倦地闭上了眼睛。

魏晓日抚摸着她的手说："你求我的，我收下了，没有别的还你，也请你收下我的请求。"

"什么？"卜绣文抽出了自己的手，闭着眼睛说。

"求你一件事，爱惜自己。"魏晓日说。

卜绣文没有点头，也没有摇头。这个男人，他居然看出了那么多东西！她很想琢磨点什么，思索点什么。这样的男人的确是太少见了。在这之前，她不爱他，只想利用他。现在，她有一点爱他了……她还想再明白些，但无边的困倦大雾一般弥漫过来。她平日有择床的毛病，换一个新地方，无论如何是睡不着觉的。但今天，在这个陌生的地方，在温馨的藕荷色中，却迅速安然地入睡了。

魏晓日走到窗前。

他凝视着窗外的黑暗。

他已经说了：竭尽全力。这不是一句空话，是一句用职责和信誉作抵押的话。

他看了一眼书架上的精装烫金外文书，他知道那里没有治疗夏早早疾病的方法。

只有去求老师钟百行先生。

第八章

幽静的小院，散发着古堡般寂寞的气息。几竿修竹，在冬天的劲风中摇曳着，绿中带黄的竹叶簌簌抖动，更平添萧瑟。

人都说，在这样北的纬度是不宜养竹的。钟百行先生硬是不信，去江南诊病的时候，特地带了名贵的幼竹回来，种在自家宅院旁边，精心养护。

“老头子，南丁格尔快冻死了！”钟伯母叫起来。

外人听了，一定不懂这是啥意思。聪明人可能猜想是在唤一只宠物。其实是钟先生给这祖籍江南迁居北地的嫩竹，借用了一位伟大的护士的芳名——南丁格尔。

“是吗？慌什么？一个生命，是那么容易就死的吗？大惊小怪。就是真的死了，也没什么了不起的，不过是从一种形态转变成另外的形态罢了。”钟百行漫步从室内走出，细细地观察了一会儿南丁格尔，撕了一片竹叶，对着太阳看了看，然后在嘴里嚼了嚼……

钟伯母笑道：“老头子，看你这上心，让我想起了一个人。”

钟百行说：“想起谁？要是郑板桥，你就闭嘴吧。他是竹痴，我跟他，道不同。我可不喜欢竹。我要在北方种竹子，只是为了证明这事，能办到，不难。”

钟伯母说："你至于吗？一丛竹子，也不是一个孩子。竹叶上落满了土，空气质量不是三级就是四级的，你嚼了这口竹叶，不知咽下多少细菌。要不要我把竹竿烤烤，滴下竹沥来让你尝尝？那倒是一味中药呢。"

钟百行笑笑说："有个成语，就是说你这种人的，要不要听听？"

钟伯母说："我不听，无非是编派着骂我。"

钟百行说："你不听，就算了，以后想听也听不到了。"说着走回屋里。钟伯母也不搭理他，自家找来几根木棒、一块草帘，预备在竹林的西北方向，搭个窝棚以避风，也不知到底能不能管事？老两口年事已高，按说该雇个保姆帮助做些杂事，但钟百行喜清静，多一个人走动，就难以集中精力整理医案。钟伯母又有洁癖，别人干的活儿，总是看不上眼。这倒好，同仇敌忾排斥异己，一切都是自力更生。

片刻之后，钟先生以食指和拇指，拎着一张墨迹未干的处方笺，走到直喘粗气的钟伯母面前说："老太婆，你也不要瞎忙活了，拿了我这张方子，到大药房去抓了药，回来以文火缓缓地煎了，滗出汤汁，放在一旁待用。再以双倍的水、双倍的时间，熬出第二煎。然后把两煎并在一处，放进瓦罐。记住啊，这瓦罐必得是旧的，新的是万万不可的，然后……"

钟伯母拍拍手上的灰土，说："老头子，你这是让我给谁熬药？真不怕麻烦人！"

钟百行说："这就嫌麻烦了？天下比这麻烦的事多了去了。大夫是不嫌麻烦的。"

钟伯母说："谁是大夫啦？你是，我却不是。"

钟百行说："好好，我改嘴。大夫的家属也是不怕麻烦的。"

钟伯母笑起来说："这倒说的是，要是嫌你麻烦，这辈子也就不嫁给你了。好了，甭绕那么大的圈子了，直说吧，还有什么地方要麻烦我？"

钟百行用脚跺跺地说："麻烦你的地方就在这里。"

钟伯母说："老头子，又说笑，这地方有什么可麻烦的？"

钟百行暂不理老伴，独自在地上走了几步，横着竖着比量了一番说：“好，就是这儿了。你挖一个浅坑，有半尺深即可。然后，把煎完的药渣埋在此处。不可太近，以免熏坏了。也不可太远，以免药力波及不到……”

钟伯母吃惊地问道：“哪里来的这样一位林黛玉，要我老婆子这么辛苦地伺候？”

钟百行说：“你现在不是就在辛苦吗？我正是为了体恤你，才费了这番脑筋。”

钟伯母说：“那么，这位贵人是谁呢？”

钟百行说：“就是南丁格尔嘛！”

钟伯母说：“你这大夫，竟给竹子开起了药。不管外头把你捧得多高，我是不服你。”

钟百行道：“这世上有猫大夫狗大夫，为何就不能有竹大夫呢？想这植物也是生灵，也和人一样，有乔迁之喜也有水土不服的。我开的这些药，想这竹从南方迁来，那变化之大，是绝不弱于林黛玉自金陵到北京的。林黛玉好歹还有个外婆，这竹可是孤苦伶仃啊。它不适宜北方的寒冷，已经病了。我要给它壮阳和滋补的力量。它经脉挛缩，不得舒展，我就给了它舒经活络的通达之药。刚才我嚼了它的叶子，感觉到寒气已然入里，这药里更增添了温中散寒的重剂……从今以后，你天天用那瓦罐里的药液 100 毫升，兑上十倍的温水，在正午时分，涂抹它的叶片，余水浇灌在根部。这是治标，至于治本，就靠这些药渣的力量了。”

钟伯母半信半疑地拿了方子，一边走一边说：“老头子，你以为你是武则天吗？竹子能听你的？等着明年夏天，用这些竹竿支蚊帐吧！”

钟百行在后面应道：“不管药效怎么样，蚊帐是不必支的，现在有空调了。”

临出院门的时候，钟伯母又回过头问：“老头子，你到底有多大把握？”

钟百行悠然答道：“百分之十吧！”

钟伯母一个急停，差点崴了脚脖子，说："老头子，你这不是要弄人吗？我不去了，还是在家给它们支个窝棚，心里踏实。"

钟百行说："百分之十就不错了。你支个窝棚，那只有百分之一的把握存活。我这法子，一下子比你提高了十倍，你怎么就不算算这个账？"

钟伯母想想，老头子说得也有几分歪理，便拎着个大提包走了。她估计那些药，体积小不了。

在钟百行先生的调治下，南丁格尔终于在北方扎下了根。凡到钟先生家来的人，都要欣赏这北方罕见的翠竹。不过，有这种运气的人不多，因为钟先生很不愿他人拜访，特别是无谓的应酬，一概全免。对南丁格尔，也再不上心了。就像他医治好的病人，他只在他们重病的时候，全力以赴。病一旦去了，和病人的缘分就尽了。或者说，他的兴趣就完全转移到新的病人身上了，视从前的病人为陌路。

魏晓日读博士生时，正是南丁格尔竹从灿烂归于平淡的转折期，他曾问过老师这是为什么。

钟先生说："这竹就像是一个婴儿，当医生的把他平安接到世上，看看四肢百骸正常，就送他出院。以后他长好长坏，就与医生无关了。我只是要证明在这样高纬度的地方能长竹，现在结论已得到，就不必拘泥于此了。"

魏晓日由此想到老师对待他的学生，大致也是如此吧？因此，他毕业之后，很少同老师见面。有时候，敬仰一个人，就是更少地和他联系。

这一回，不得不来。魏晓日鼓足勇气，按响钟百行先生家的门铃。

"请问，您找谁？"一个女佣探出头来。

"我找钟先生。"魏晓日许久没来，老人家看来体力终是不支了，只得雇人了。

"事先约好了吗？"女佣谨慎地问。

"我是先生的学生，叫魏晓日。先生给过我特许，什么时候来都是可以的。烦请通报一下。"魏晓日解释。

他知道先生的生活节奏，此时正是喝咖啡的时候，比较起来，是先生一天里最能接受被打搅的时间。先生一定在和师母聊天，借以知道外面的事情，他常戏称这是一天当中的“放风”。

女佣刻板地笑了一下说：“对不起，我刚来，不晓得先生的学生有多少，请等一下……”

女佣很快就回来了，身后跟着师母。

师母大嗓门，嚷起来：“我说晓日，你是不是成了亲了，怕我和你钟老师吃你的喜糖，所以才这样久地躲着不上门？”

当着女佣，魏晓日有些不好意思。“师母，怎么会呢！没有姑娘会看得上我一个书呆子。除了您家，我没有地方可去。只是最近忙得很凶……”

师母说：“晓日，你老师整天说你是个老实孩子，我看你是撒谎。”

魏晓日一惊说：“我哪里撒谎了？”

师母说：“什么忙？再忙，真要把老师放在心上，也抽得出时间。不过是借口。是不是我上次给你介绍了一个对象，你看不上人家，就不好意思到我这个媒人家来了？”

魏晓日抿嘴一乐，不说是，也不说不是。

师母像领小孩一样，牵着魏晓日的手，走到客厅。人还没进去，就嚷嚷起来：“老头子，你猜猜，是谁来了？”好像魏晓日今天的拜访，完全是她的功劳。

先生沉稳地说：“我不屑猜，就知道是谁。只有魏晓日，才能让你这样开心。”

师母说：“你一定是偷听到了我们的谈话。”

钟先生说：“你那样大的嗓门，还用偷听吗？”

魏晓日问过先生好，坐在先生对面，陪着喝咖啡。用小匙搅着咖啡杯，心想怎样才能把话引到夏早早的病上面。

“你今天找我，必有紧要之事。”钟百行先生开了口。

“只是好长时间没见先生，特来看望。”魏晓日恭敬地说。

“晓日，中医有一句古话，想来你是知道的。”先生捋着胡须，好像沉思。

“不知先生指的是哪一句？”魏晓日问。

“中医四诊八纲的第一句，是什么？”先生眯着眼睛问。

“望而知之，谓之神。”魏晓日回答得很迅速，但心里打鼓。这题目太容易了，当先生用太容易的题目考你的时候，通常另有所指。

“晓日，你眉宇中带凝重疑虑之色，口唇却又颇显光华。这说明你自身的健康状况是很好的，但亲近的人当中有人患了重病……”先生轻轻啜着咖啡说。

“先生是神。”魏晓日心悦诚服地说。

“我不是神，只是说明你太看重此事了。挂了相，只要是有经验的大夫，一眼都看得出的。有的人说出来，有的人不说。我是你老师，关切你，所以就说了。现在，轮到你说了。”钟先生说。

魏晓日惊佩不已。他知道先生幼时曾修习中医，后来留洋专攻西医，晚年又研习中医，表面上看来是绕了一个大圈，其实已高屋建瓴圆融贯通。如同齐白石的衰年变法，技艺已到炉火纯青的地步。他想表达自己的仰慕之心，又觉见外。既然被先生看穿，索性就单刀直入，也省了自己迂回辗转的困窘，说道：“有这样一个病人……”他把夏早早的病情做了介绍。

钟百行听完，没有说话。

“先生，恳请您救救她。”魏晓日满怀期望。

钟百行敲敲身旁的暖气管子，说：“晓日，你不是不知道。骨髓是什么？是一堆复杂而油腻的烟囱。我们平常都不理会它。如果它出了毛病，炉子就熄灭了。就这么简单。肉少力气小，吃上几天，补一补，肚皮就会挺，脸蛋儿就会红。可是，要让骨髓硬起来，难。或者说，根本就没有办法。”

魏晓日不屈不挠：“先生，您再想想主意！”

“晓日，在这个疾病的治疗上，我没有办法帮你。甚至可以说，在这个范畴，国内已然没有人在理论上比你知道得更多了。你的治疗方案，我看，业已无懈可击。剩下的，就是你的病人的造化了。”先生的声音，像从一个深邃的古洞中发出，一派怆然。

“是的……我知道……但是，您要再想想办法……您是我的老师，您总是会有办法的……”魏晓日不屈不挠地恳求。

“晓日，你为什么这样热心？是不是要等得这个女孩子长大了，娶了做妻啊？”师母不知何时端了盘水果进来，虽然有女佣了，她还是喜欢自己动手，特别是对自己喜欢的客人。

“喔，老太婆，快做好吃的招待晓日，才是你的正事。医学上的事，你不要乱搅，好不好？”先生摆摆手。

魏晓日郑重地说：“我以前真的不认识这孩子，只是觉得一个如花的女孩，就这样死去，心在泣血。先生，我知道您是喜欢挑战的，甚至可以说，您是喜爱冒险和独创的。面对这样的不治之症，先生是否愿意开创一个医学的先例？”

魏晓日知道自己走出了一着险棋。以先生的功力和阅历，哪里看不透他这是激将，或者干脆就是一种操纵呢？但他背水一战了，以自己的力量，挽救夏早早的生命，实是再无良策。用寻常的方法，哪里能在先生分秒必争的安排中，再插进一根针。先生虽然喜爱自己，但喜爱你和喜爱你的病人，那是不可同日而语的。况且，在最深层的意识中，魏晓日知道，先生是不喜爱病人的，先生喜爱的只是病。

先生淡然一笑说：“晓日，看不出你还挺滑头的，想逼我老头出马啊。”

魏晓日假装不懂，不接钟百行的话茬儿，继续沿着大而化之的路线走，说：“先生，我只是希望您在医学的史册上，留下更辉煌的记载。治死了，家属无怨言。治好了，您功德无量。恕我斗胆，这样的病例，是有价值的。”

钟百行放下咖啡杯，说：“你又不是她的家属，怎么这么积极地充当说客？你又怎么知道她家能接受任何试验性的治疗方法呢？人和人的差别，可是比人和猩猩的差别还大。”

魏晓日急得恨不能把自己的心掏出来，以证明所言非虚。但他不能显得太急迫了，这和他此时的身份不符。眼前浮现出卜绣文乞求的目光，他知道成败在此一举。他直直地凝视着钟先生说：“先生，我知道，做医生的，对自己的病人，不可太过关心。我在心底也修起了这样一道屏障，我会把一般的病人都阻挡在外面，以保持我心灵的宁静。但是，总有一些病人的命运像水滴一样渗透进来，进入了心底最柔软的地方。先生，我知道，您的心底，也是有这样一块地方的。做了您多年的学生，我从来没有求过您，但是今天，我求您一次，救救这个孩子吧！”魏晓日说得几乎落泪。他被自己所感动。

钟先生的注意力缓缓被吸引过去，他也深知自己的内心有一块地方，丝绸一般柔软。哦，是的，已经很长时间，没有哪个病人得以进入钟先生的特别关照区域。不论是首长还是显贵，钟先生知道他们都长着十二对肋骨、三十二颗牙齿，既然他们在生理上没有什么特殊，那么，他们有什么资格得到医生的特殊照料呢？当然了，亚当和拔过牙的人，不在此例，前者缺肋骨，后者缺牙。他看看眼球湿润的魏晓日，敲着自己的脑壳说：“晓日，你是我的得意门生。既然你这样为那女孩求情，那，容我好好想一想……”

钟先生说完闭上眼睛，依旧轻轻地敲着头颅，发出空椰壳一般的响声。魏晓日不敢打扰，甚至不敢言谢。

师母适时地招呼吃饭。大家寒暄起来，很是热闹。

回家的途中，魏晓日颇疲倦。支配一个比自己高深的头颅，是很费精神的。他想给卜绣文打个电话，告知她钟教授已答应考虑接诊。想想，还是放弃了。等到一切都更确切的时候，再通知她吧。他这样决定之后，又有些沮丧，因为他很想听到卜绣文的声音。在发生了某种特别的事情之后，再次感觉来自那个人的信息，就充满了新的渴望。在一个男子热切的愿望和一个医生沉稳的规则之间，他选择了后者，可情绪上总有遗憾。

深夜，魏晓日深深的睡眠，被急遽的电话铃声，毫不留情地打断。他愤怒地看了一下表，凌晨三点。

他一个翻身接起电话，心想，这是谁呢？病房有了危急情况？值班医生是干吗的？白吃饭的吗！

“晓日吗，是我。”一个苍老夹带咳嗽的声音传来。

“啊……钟先生啊。有什么急事吗？”魏晓日惊讶莫名。没有极要紧的事，先生是不会半夜三更找他的。

“我一直在想你白日说的那个病例……”

“先生，真是谢谢您啊……我代表病人的家属谢谢您啊……”魏晓日牙齿轻轻打抖。多一半是因为刚从被子里爬出，少一半是因为感动。

“谈不到谢，事情还完全没有眉目呢。我只是想问你一句，你和这家人家确实是没有任何关系吗？”老师的声音显得很严峻。

魏晓日一时愣住了。老师为什么一再问这句话呢？

这很重要吗？

看来是的。

怎么回答呢？

出于做学生对师长的礼貌，他必须如实回答。

那么，他和这一家人，到底有没有特别密切的关系呢？

他想，应该是没有的。对，没有。他和女孩的母亲之间萌发的纠葛，实在都是缘于女孩的病。假若没有这险恶的病夹在里面，他们就是路人。况且，真的，什么也没发生。

想到这里，魏晓日很坚定地说：“确实没有。以前素不相识，现在也只是平常的医患关系。”

钟百行是了解自己的学生的，虽说心里还有些迷惑，但他没有理由怀疑魏晓日的诚实。

“那么好，晓日，我想同你谈谈这个孩子的母亲……”钟百行的声音透出纯粹属于科学的金属腔调。

魏晓日握着电话听筒的手，渐渐颤抖起来。

第九章

魏晓日把电话打到卜绣文的办公室。

“对不起，卜经理不在。请问，您是哪里？”接电话的是姜娅。

“我是医院。”魏晓日的声调干燥古怪。

“请问，您是哪家医院？”

“就是夏早早住院的那家医院，我是孩子的主治医生。请卜绣文女士速与我联系……越快越好！”魏晓日预备挂上电话了。

“哎，您可千万别挂，我这就给您转过去……”

姜娅把电话接转给独处一室的卜绣文。

卜绣文近来太不顺，除了仰仗着匡宗元的魔鬼才能，收益较好以外，其他的商务活动都遭遇到了困境，很多电话是索要钱款的。她只好让姜娅一概挡驾。

“怎么，出了什么事吗？孩子怎么了？”卜绣文声音、身体一齐弓弦般紧张。

“没什么……我只是想请您吃一顿饭。”魏晓日冷冷地说。

“不。我不吃饭。没有心思。”卜绣文干脆拒绝。

“你必须吃。”魏晓日毫无商量地说。

“为什么？”

“因为，你那天求我帮助的那件事，我找了我的老师钟百行先生，钟先生想出了一个办法……”

“啊，是吗？那太好啦！我马上去……”卜绣文的声音立刻提高了八度，打断了魏晓日的话。

“关于这个方法，我们要尽快详尽地谈一谈。”魏晓日依然毫无热情地说。

“喔！我马上到医院去找你。”卜绣文激动得很。

“不要到医院，在医院里，我们无法谈论这件事。”魏晓日很强硬地坚持。

卜绣文觉得很奇怪。一件和医疗有关的事，怎么在医院反倒无法谈呢？也许，和钟先生对物质上有所要求有关。卜绣文很快按照商人的逻辑，推论了这件事。只要能医治好孩子，她什么都可以舍弃，何止金钱。这样想着，她反倒觉得不在院内很妥帖。“好，我听你的，在哪一家饭店？”

“在半坡烧烤店吧，它离我们俩的距离差不多。请你马上出发，”魏晓日说着，抢先放下了电话。

依着商人和女人的双重敏感，卜绣文觉察到魏医生好像不是很快活。为什么呢？难道他不为早早有了一线获救的希望而高兴吗？卜绣文有些疑虑。他也许还有其他的事吧？比如失恋什么的？想到这里，卜绣文涌出一丝惆怅。你总不能要求一个医生除了病人，再没有自己的隐私，卜绣文这样说服着自己。自从到魏医生家里拜访过以后，卜绣文和魏医生之间出现了一种很微妙的尴尬关系。对于一个见过自己身体的男人，女人在某种程度上就把他视为亲人。但对一个拒绝了自己身体的男人，女人又是幽怨和讪讪的。彼此好像很亲密，又好像很疏远。在病房相遇，只是淡淡地点点头，但目光偶尔对视的时候，却发觉对方也在凝望着自己。这种无言中的关切，让人迷惘。卜绣文常不由自主地想，他会不会把自己看成是一个坏女人，从此不再帮她？那天的承诺只是为了摆脱困境，虚晃一枪？所以，在其后的日子里，她格外谨慎或者说简直就是讨好魏医生。倒是魏晓日一如既往，仿佛什么事情都没有发生过。卜绣文又心里嘀咕——这是不是礼貌地拉开距离，为最终的撒手不管作铺垫？思前想后，又觉得自己傻和贱，觍着脸送上门去，却落得丢人现眼……各种念头如同沉闷夏夜的蜻蜓，点水即过，但留下的涟漪一圈圈荡漾，久久不散。这种情形持续着，对商务活动甚是不利。卜绣文决定自拔，把复杂的事情简单化。她对自己明确地说，不管怎么样，你得和他搞好关系，醉翁之意不在酒，你本来就是利用他。不管他要不要你，他答应了你的请求，这是最重要的。他是一个君子，君子一言，驷马难追。他是守信的。等到今天，等来了这个消息。既然他帮着找到了钟百行，钟先生答应出手援助，这就是初战告捷。

卜绣文风驰电掣到了半坡烧烤店。这是一座一半埋在地下的豪华建筑，特意布置成原始风味，外表粗犷笨拙，内里却十分考究精致。全部石桌石凳，生出安全的洞穴感。打制光滑的石凳上，铺垫着厚厚的丝绒椅垫，并无寒凉。盛饮料一律用的是新鲜的竹筒，散发着林木清晨的气息。

“想不到你到得这样早。”卜绣文走进餐厅，看到魏晓日已经先到了。

“我是有备而来，对你是突然袭击，当然是我早了。”魏晓日脸色铁青地说。

卜绣文猜不透魏晓日为什么闷闷不乐，但她很想把气氛活跃起来，就打趣道：“为什么要挑选这里？野蛮人的饮食方式，简直是茹毛饮血。”

“因为这里是母系社会的一个遗址。”魏晓日所答非所问。

正是就餐的时间，客人很多。这是靠近要道的一处小桌，更处在嘈杂的旋涡中心。

“我们另挑一家幽静的饭店吧，我做东。”卜绣文说着要起身。

“不，这里就很好。越乱越好，我们要谈的内容，在热闹的人群中比较妥当。”魏晓日开始点菜。

卜绣文满肚狐疑，这是什么意思？不过，和魏晓日在一起，有一种和其他人所没有的安全感。这是倚靠和信任叠加的感觉，仿佛蚕丝和新棉絮在一起，格外温暖，甚至比和夏践石在一道的时候还要放松。以夏践石的性格，你若在困境中突然靠上他的肩头，他没准儿出于内向会下意识地后退一步，让你猝不及防地扑空，而魏晓日绝不会。他总是稳定地站立着，脚下生根，卜绣文愿意乖乖地听他安排。

小姐记了菜单，转身走了。趁着瞬间的安静，魏晓日打开话题：“不好意思。先问一句：您今年多大年纪了？”他目光炯炯。

这个开场白真够独特的。就算是熟人，也欠缺礼貌，再伴以这般神经兮兮的眼神。什么意思？卜绣文愣怔之后大惑。

“比您大一些，但是，大得不多。”卜绣文保持镇定不失风度地回答，既实事求是又略带风情。且看他葫芦里卖什么药。

“我问的是确切年龄，我记得登记夏早早的病历时，您是四十二岁，是这样的吧？”

魏晓日完全不理会卜绣文答话中的微言大义，按照自己的思路继续发问。音色清晰，字字落地有声。这使得周围的人好奇地摆过头来，注视这个四十二岁的女人。

卜绣文立觉狼狈，强压着愠怒道：“您记性真是好啊，不错，是！又怎么样？”

魏晓日毫不理睬她的不快，自言自语道：“这很好，你还没到更年期。”

这叫什么话？一个风韵犹存的女人，被人在大庭广众之下，提到更年期这种带有贬义的生理阶段，实在唐突。就是以往再有好感，卜绣文也愤愤不已。她冷冷地说：“魏医生，我不知道您问这些，同治疗我女儿的病，有什么关系？”

魏晓日不理睬她的怨愤，自说自话：“我是为你高兴，为你的女儿高兴。不然，就来不及了。”

卜绣文说：“什么来得及来不及？我听不懂你的话。”

服务生开始上菜，魏晓日说：“先吃饭吧，我们一边吃，一边聊，这件事情不是三言两语说得清的。”

卜绣文推开面前精致的小碟，里面盛着墨绿色如水妖的头发一般的蜿蜒细丝，这是本店的招牌菜——素拌青苔，说：“你还是先说吧，不然，我什么也吃不下。”

魏晓日使劲嚼着苔藓，舌头都绿了，含糊地说：“你的女儿是骨髓出了毛病，根治的方法是移植健康人的骨髓。”

卜绣文说：“我知道。”

魏晓日说：“对了，我忘了，对不起。我知道你对于这个疾病的医学水准，相当于大学本科生水平。”

卜绣文说：“谢谢你的夸奖，我还知道，我的女儿的骨髓型很特殊。对于一般人来说，每十万人当中，可以找到一个骨髓型相同的人。可是我的女儿，连这个机遇也没有，她几乎是独一无二的。”

魏晓日说：“是啊，是啊。我在记载你女儿的家族史的时候，就很遗憾这一点。您和她的父亲都是独生子女，这就是说夏早早没有一个表姐表妹，或是堂兄堂弟。异体骨髓移植，风险太大，成功率极低。对于早早这样体质很差的孩子，成功率几乎是零……”

卜绣文说：“找丈夫的时候，谁想到了这些！要是找一个兄弟姐妹多的男子，多些亲戚，现在事情也好有个商量。”

魏晓日耸耸肩说：“这件事可以补救。”

卜绣文吃了一惊说：“你是说让我再找一个丈夫？”

魏晓日硬邦邦地说：“再找一个丈夫并没有用，我是说，请你再生一个孩子。”

卜绣文一字一顿地重复着：“你——是——说——让——我——再——生—— 一 ——个——孩——子？”

魏晓日说：“正确地说，这不是我说的，是我的导师钟百行先生，让我这样对你说。你不是要一个挽救你孩子生命的办法吗？先生冥思苦想，想出了这个主意。当然，这方案最后成与不成，决定权在你。”

卜绣文如雷贯耳，被这个建议惊呆了。

魏晓日总算跋涉万里，告一段落。不管答案是什么，他该做的，他能做的，在现阶段，都已做完。

当他第一次在电话里听到这个主意的时候，差点把话筒扔了。那是一个令人震惊的夜晚，彻夜无眠。在后来的日子里，他又同钟先生反复推敲了这一方案的细节，直到基本定型。他很不愿意承担向卜绣文宣布这一方案的角色，但是，这是他发起的事端，只有由他完成。

小姐把铁板炙鹿肉端了上来，热气熏得人不得不闭眼睛，奇异的香气如盘卷的小白蛇，直蹿人的肺腑。魏晓日感到自己可悲。

先生的主意真是鬼斧神工，让面前这个救女心切的女人，面临重大的决策！他如鹦鹉学舌一般，把教授的计划和盘端出了。从医学上讲，这是一个大胆到近乎荒唐的方案。但科学上几乎所有的突破性进展，都来源于人类胆大妄为的幻想。

虽说从医学上讲，这不是不可能的，但从情感上说，他难以接受。一个马上就要绝经的妇女，已经过了她孕育生命的黄金年龄。尽管无数的化妆品可以粉饰她脸上的皱纹，但她的脏器——她的子宫，她的卵巢，她的心肝脾肺肾……你有什么办法化妆？都不可逆转地衰老了。

况且，她孕育一个和她现在的女儿遗传类型相同的孩子的概率，只有四分之一。也就是说，即使怀孕顺利，如果孩子的基因与夏早早不符，这个后来的孩子也不可能为夏早早提供骨髓……而且，这个后来的孩子算个什么角色呢？他或她，是不是一个完整的人呢？还是只是一个悲惨的盛着骨髓的大号容器？

没有人负责回答，魏晓日不敢想下去了。

他无法设想这个奇异的方案，将涉及怎样复杂的医学及伦理学问题。

他真心希望面前的这个女人拒绝钟百行先生的方案。这样，事情虽说很糟，但总算没有糟到不可收拾的局面。

他是不敢批评教授的，只有这个女人，具有决定性的一票否决权。

女人久久地沉默着。

周围嘈杂真好。要是没有这喧嚣不已的人流，没有这呛人的青烟缭绕，将怎样度过如此难挨的时光？

“好吧，我愿意。”女人抬起头说。神情很随意，好像是在决定买不买一件时髦的裙衫。

“你可以拒绝。”魏晓日很着急地说。他知道老师期待尝试，已经进入了科学家的痴迷状态。作为学生，他不能唱反调。但作为夏早早的主治医生，他有义务提醒家长所享有的权利。即使是钟先生本人，出于各方面的周到考虑，也会一再这样慎重协商。

“我为什么要拒绝？”女人大口地喝着竹筒盛着的饮料，发出咕咚咕咚的声音，不再像一个淑女，而是十足的原始人。她的眼睛有磷火一样的光芒跳动。

“因为……它几乎是……闻所未闻的，要担很大的风险。”魏晓日坦诚相告。

“谁要担很大的风险？”抹抹嘴边的泡沫，女人反问。这并不是因为她听不明白，这其实就是她的回答。

魏晓日也不是不明白这问话的含意，但他不愿放弃最后的努力，强硬地明确地答复道：“你。”

“那么，我的女儿呢？她是否会有更大的风险？”卜绣文歪着头问，这使她显出一种不相称的蒙昧之态。

“她的风险起码不会比现在更大。”魏晓日如实作答。

卜绣文朗声一笑道：“那么，这件事还会有什么其他的选择吗？您说呢？魏医生，我觉得这是最好的选择了。”

魏晓日哑口无言。不单是卜绣文义无反顾的话语，更是她整个身体和面容所呈现出的决绝，还有他自从认识她以来，就从未见过的明朗笑容。那里含有一种视死如归的从容。他终于认识到——面对一个把女儿视作生命的母亲，你无话可说。你还能说什么，你还能希望她说什么。

事情就这么定下来了。魏晓日突然觉得自己的胃，在不知不觉之间，已经被一堆莫名其妙的树根草叶，填得死死的，再无缝隙。

“那好吧，我把你的态度报告给钟先生，我已经吃饱了……”他说。

“可我还没吃呢。”卜绣文说。

服务小姐端来一个红陶的浅盆，轻启朱唇报道：“半坡鱼羹。这是我们店里的名菜，是仿原始人的菜谱烧制的，盛羹的鱼盆，也是特意用半坡附近的土烧制成的红陶，很名贵的。”

魏晓日开始百无聊赖，悻悻地说：“我就不相信原始人能吃得这么考究。”

小姐面色不改地微笑服务，给他们二位分盛鱼羹。

卜绣文接过雕着古朴花纹的长汤匙，搅着白如乳酪的鱼羹，轻轻地说：“我们自己来吧。”先给魏晓日盛了一小碗。

“我说过了，我不吃。”魏晓日冷硬拒绝。

“魏医生，我有一个感觉，说错了，请不要在意啊。你好像对我女儿有了这样一线生机，并不很快乐？”卜绣文单刀直入挑开了隔膜。

“哦？是吗？你有这样的感觉？那怎么会？医生总是与人为善的。况且，是我为你求的钟先生……”魏晓日竭力否认，脸上现出迷茫。他不是装的，经卜绣文点穿，他也觉察到自打知道了先生的方案，自己就闷闷不乐，到底为什么？

“你脸上阴晴不定的样子。”卜绣文轻轻吹着鱼羹的热气说。

“也许我对这件事懂得要比你更多一些。”

“正因为你懂得多，如果你是我的朋友，你就应全力以赴地帮我，为我高兴。”

就在这一瞬，魏晓日明白了自己痛楚的原因。因为他爱她怜她，知道这一方案对她是那样凶险莫测，她却不爱自己。

现在，不管是因为职责还是感情，他要同她一道向前。

“你怎么这么能吃啊？真像史前时期的女酋长，一个人独喝了一大盆汤，够一个部落喝的了。”魏晓日把自己的脉络整理清楚了，就清醒起来，他想让气氛活跃一下。

“我要做好准备啊。”卜绣文一本正经地说。

“什么准备？”魏晓日发蒙。

“再生一个孩子的准备啊。我已经不是一棵年轻的树了，可我要结一个大红的果子。我要做好各方面的准备。”卜绣文思忖着说。

夏践石讲课回来，立即感到一种与往日不同的气氛。久违了的温馨渗透在家的每一个角落，桌上甚至摆了一束娇艳的红玫瑰。莹莹的水珠像女儿的笑靥，在花瓣上滚动着。

怎么，女儿的病有了好消息了？

这是闯进夏践石脑海里的第一个念头，他刚想张口问妻子，又憋了回去。

关于那个病，他虽说始终拒绝了解，但耳濡目染，也知道它的厉害，明白这病发展得慢些再慢些，就是天大的福分了，哪里还敢奢求其他！

那么，就是生意上有了大笔的进项。如今钱和孩子的病是连在一起的，没有钱，就没有了命。有了钱，也不一定有命。但有钱，就还有希望，也是值得庆贺的事情啊！

“你好久没有这样高兴了。”夏践石投石问路。

“是啊，我告诉了你，你也一定会高兴的。”卜绣文笑吟吟地说。

“那你快说，我记得自打早早住了院，我们就再也没快乐过。有时候，我在外面遇到了可喜可贺的事情，或是有人开了玩笑，大家都乐成一团，我的心都翻不起一丝高兴的浪花。一想起病床上的早早，我就想，我还有什么资格和别人一样的笑呢……”夏践石说着，眼圈就湿润了。

卜绣文想不到很书呆子的丈夫，心中也埋着这么深的一潭苦水，忍不住喉头也热起来。但她很快抑制住自己，搂着丈夫说：“也许我们很快就可以放声大笑了……”

夏践石说：“快告诉我吧！”

“不！这个谜底要到晚上才能说。”卜绣文不通融。

“好吧，就依你，只是不要把好事等成坏事。”夏践石好脾气，就乖乖地开始等着。

晚上，慢慢地到了。

卜绣文把房间整理得十分洁净，在景泰蓝的香炉里，燃起了袅袅的藏香。奇香缭绕，给人以飘飘欲仙之感。

夏践石不知妻子葫芦里卖的什么药，莫名其妙地看着。“来，帮我把床的位置搬一下。”卜绣文招呼。

“深更半夜的，搬什么床呢？”夏践石大不解。

“不要问，随我搬就是了。”卜绣文干脆挽起胳膊。

“你若觉得这床的位置看着不顺眼，明天叫小时工来搬就是了，何劳你亲自动手。”夏践石抱着肘，不伸胳膊。倒不是他有意偷懒，实在觉得无必要。原来的位置就挺好的，拖延就是反抗。

“等不到明天了，今天夜里就需要。”卜绣文意志坚决。

夏践石只好跟着折腾，把床调整成坐西朝东的走向。

“再帮我找一样东西。”卜绣文抹着头上的汗水说。

“夜都深了，有什么东西非要今天找呢？”

“那架旧的收录机。”

“哪台啊？”夏践石一时想不起来。是啊，收录机这种物件，更新换代多少回了。

“就是……最早的那一……一……一台……还是你从国外带回来的……”卜绣文急得结巴。

“干什么用？”

“听啊，找录音机还能是看电影啊？”卜绣文一副“你怎么这么笨”的神气。

“听音乐有先锋音响，还要那台老掉牙的录音机干什么啊？”夏践石大惑。

“不要问那么多，帮我找就是了。”卜绣文开始翻箱倒柜。夏践石嘟囔着：“幸亏是找这一台，因为是结婚纪念物，我还保存着。要是找其他的品种，对不起啦，早到了废品收购站。”

终于找到了那台早已过时的录音机，被夏践石精心地包裹着，同时还有几盒旧录音带。

卜绣文如获至宝地抱着它们，站在卧室中央，偏着头说：“让我想一想，还缺点什么？”

夏践石一头雾水，说：“绣文，你最好把事情说得再清楚些，我也好帮你想。两个脑袋的容量，总比一个脑袋大吧？”

卜绣文不理他，走来走去。她有个习惯，一遇到棘手的问题，就像老虎似的，在地上绕圈子。绕到第十圈的时候，她一拍额头说：“对了，还缺蜡烛。”

夏践石恍然大悟说：“原来今天晚上要停电。不过，咱们有应急灯，还要蜡烛干什么？”

“要蜡烛的气氛。”卜绣文说。

“好，好，只要你高兴我就去找。”夏践石说着走出去。

颇费了一番工夫，才在犄角旮旯处找出一根蜡烛头，献宝似的拿来。

卜绣文瞥了一眼说：“这不成。”

夏践石说：“挪威进口的上好蜡烛，别看短，保险你点一个晚上都不会熄。”

卜绣文说：“我要的是红蜡，可这根是白的。白蜡烛是给死人守灵时用的，怎么成！”

夏践石说：“这会儿深更半夜的，到哪里去找红蜡？干脆用红笔把这根蜡涂成红色吧。”

卜绣文说：“赶快去找。如果找不到，今夜就算了。”

夏践石这才知红烛必不可少，再去寻找，乒乒乓乓翻箱倒柜之声。许久，捏着半截蜡烛头回来。那红烛因为年代久远，已经成了暗褐色。

“这么短的蜡烛，只怕燃不了五分钟就会熄的。”夏践石遗憾地说。

“够了。”卜绣文倒很满意。

一切准备就绪。卜绣文走过去，熄了明亮的电灯。

屋内顿时一片朦胧的灰暗。

卜绣文用火柴点燃了红蜡烛。

如豆的火焰跳荡着，把人的身影放大了，投在墙壁上、窗棂上，仿佛有岁月的烟尘在两人之间掠过。

“你看，这像什么？”卜绣文颜面潮红，颇有深意地问。

堂堂的大学教授一时竟被考住了，想了一下回答：“这像是农耕时代的一幅夫妻夜话图。”

卜绣文叹了一口气说：“没那么古老吧？缩短一点年限。再想想，像什么？这是我们一道经历过的时光。你还不老，一点都不老啊，哪能就这么健忘啊？”

说着，她温柔地揉搓着丈夫的头发。

这久违了的亲近，唤起了夏践石久久冬眠的情趣。

红蜡淌下的珠泪，缓缓地流动着，在桌面上积成小小的红湖泊，好像那是一座小小的火山，流淌的岩浆。

“蜡，就要熄灭了。”他说。

“灭了好。”她说。

“我想起来了！这像我们的新婚之夜，只是还要有……”夏践石刚说，卜绣文捂住了他的嘴。

“你总算想起来了……还要有音乐……”

卜绣文灵巧地从床上跳下地，显出和她的年龄不相符的敏捷。果绿色的睡衣裙裾飘飘，如一丛浮动的水仙。她跑到老式的录音机前，揿下按键。

顿时，贝多芬的《月光奏鸣曲》像一腔水银，流泻大地。

红红的蜡烛跳起扇形的火花，发出噼噼啪啪的爆裂声，猛地颤抖了一下，蜡芯弯出一个优美的曲线，浸泡在烛油中，熄灭了。

“像不像十三年前的那个夜晚？”卜绣文庄重地问。

“像……像极了……这静谧安详的气氛……红蜡烛……还有这种老式录音

机放出的乐曲……还有这床头的方向……都是一模一样的，亏你记得这样仔细……只是……”夏践石感动地说。

卜绣文伸出一根手指晃了晃，止住他说：“嗨！等一等。”

她又一次灵猫似的蹿出去，噼里啪啦地换磁带。等她再次回到床上，接受夏践石温暖的抚摸时，空气中响起中国古曲《春江花月夜》的丝竹之声。

一时间，好像天地之间的精灵都会聚于此，翩翩起舞。美妙的音乐使人心旷神怡。

“现在，一切的一切，都与十三年前我们的新婚之夜一样了。只是我们的人，已经老了……”夏践石感慨万分。

“不，我们还不老！”卜绣文在黑暗中大声地说。

乐曲袅袅散去。

四周是死一般的寂静。

“现在，我们可以开始了。”卜绣文说。

“开始什么？”夏践石的手停止了抚摸。

“十三年前，你现在的此时该干什么了？”卜绣文诱导他。

“绣文，你这是怎么了？很长一段时间，夫妻生活你都说毫无兴致，今天真是太阳从西面出来了。好了，你说的那件事是什么？告诉我。”夏践石说。

他故意将话题在紧要处岔开。

因为长时间的荒疏，他对自己的能力产生怀疑。

“等我们完了这事，容我细细告你。”卜绣文用身体迎合他。

夏践石只有遵命。心想，反正老夫老妻的，纵是不成功，彼此也能体谅。

大家都是中年以上的人了，又很长时间没有温习爱的功课，兴奋来得很缓慢。特别是夏践石，颇有力不从心之感。幸好卜绣文表示了极高的热情，千方百计地配合，才使过程基本圆满。

夏践石迅即响起了轻微的鼾声。

“喂！你不是还要听我告诉你那件事吗？”

夏践石抑制着怦怦的心跳，说："书上说了……做爱一次……所消耗的体力……相当于爬一座山……我现在只想睡觉，有什么事明天说好了……"

卜绣文摇撼着他说："我现在就要告诉你，我们就要造出一个和早早一样的孩子来。"

夏践石立即像昏过去的革命志士，被敌人泼了一桶冰水，睡意顿消，坐起说："绣文，你疯了？不是在说梦话吧？"

"我清醒极了。从来都没有这么清醒过。"卜绣文朗声答道。

"你再说一遍，我没听清楚。"夏践石把脸对着妻子，由于距离太近，彼此的呼吸都像飓风，吹向对方。

"我们再生一个和早早一样的孩子。"

"天哪！你不要早早了？"夏践石大惊。

"不，我不是不要早早，我是不要我们新生的这个孩子。"卜绣文解释。

"请你……请你说得慢一点。女人都是跳跃性思维，男人跟不上。你先说说，我们哪里还有一个孩子？"夏践石想先理出个头绪。

"就在这里。"卜绣文把夏践石的手放到自己的小腹上，用力向下按了按。

夏践石觉得自己的手指，好像探到了一盆发酵过度的面团上，柔软而空虚。妻子的肌肤以前可不是这样的，细腻而有弹性。现在呢，像一张松垮的鼓面。他赶紧把手指缩回，好似发面的盆底有一枚铁钉。

到底是大学教授，他很快明白过来，吃惊地问："你没有用避孕的药膜？"平时此类措施都是由卜绣文执掌着，从未疏忽过。

"是啊。"卜绣文顽皮回答。

"你现在这个身体，哪能再养一个孩子？你是不是叫早早的病急糊涂了？我们得全力以赴地给早早治病，你这不是添乱吗！"夏践石平日对妻子百依百顺，今日也生起气来。

卜绣文索性披衣坐起，黑暗中，她的牙齿琴键一样闪亮。"我不是不要早早，我是要生一个和早早一样的孩子，然后抽她的骨髓，移植到早早的身上。这样，早早的病就可以从根上治好了……”她被这个绮丽的前景，激动得微微发抖。

“什么？抽那个婴儿的骨髓以救早早？天哪，这是哪个巫婆神汉给你出的鬼主意？”

夏践石嘴张得如鳄鱼。

“是医学专家钟百行先生，今天由魏晓日医生同我商量的。”卜绣文安静地回答。

“这太可怕了……不可思议……简直是惊世骇俗……不不！这可不行，我不同意，你冒的风险太大了……而且那个孩子……也是我们的孩子啊！用一个孩子去救另一个孩子，是不是太残忍了……”夏践石语无伦次，全身起了密密一层鸡皮疙瘩。他被惊骇击倒，无法想象将来的情景。

“那么，看着早早就这样死去，你就不残忍了？我告诉你，早早死了，我也马上就会死的。那样，这个世界上就剩下你一个人了，留着你仁慈地独自活着吧……”卜绣文看着丈夫，心想幸亏没在做爱之前告知丈夫实情，那样的话，这个孩子从孕育之初，就得神经兮兮的。

“别，绣文，你可别死……那是比死更可怕的情景……让我们一块活着……”夏践石拥抱着妻子，感觉到她的身体像果冻一样凉。

他被这种冷峻的母爱所感动，他知道妻子在这件事上所承受的风险，无论从生理上还是心理上，都比自己要沉重得多。

卜绣文缓缓地但是坚决地把丈夫的手，又一次放在自己的小腹上。夏践石畏惧地想躲开，但卜绣文强硬地用两只手固定着他的一只手，狠狠地压下去。

“它……已经在里面了吗？”夏践石战战兢兢地问。

“我想是的。我特意创造了一个和我们新婚时一模一样的夜晚，就是想得到一个和早早一模一样的孩子……”卜绣文把头伏在丈夫的胸前，但是她迅即离开了。

丈夫的心跳并不有力，反倒充满了慌乱。

卜绣文知道，她不可能从对面这个男人那里得到力量，只有依靠自己。

第十章

卜绣文萦绕着双重感觉。一方面她依旧是忙碌和紧张，处置诸多繁杂业务，风风火火披荆斩棘。她现在几乎是孤注一掷了，把能够筹措的资金，都投入与匡宗元的合作之中。由于其他项目的漏算，出现了大的财务危机。虽然靠着她的周旋，债主们表示可以稍稍等待，但她知道，自己可以斡旋的余地越来越少了。她必须要打一个大胜仗，才能挽回颓势。与匡宗元打交道，好像面对一面惊险的放大镜。以她以往的经验，你投入得多，收获就多。你投入得少，收益就少。救早早的钱，她必须及早赚出来，越多越好。她如今想得更长远了，如果她真的要孕育生产，那么，在相当一段时间内，将无法打理生意。未来的岁月，有不可预料的变化，未雨绸缪，要赶快储备啊。

另一方面，卜绣文感到从未有过的平和力量。她觉得一个幼小的胚芽，在田野里萌动。自己的心血凝成的希望，如今切切实实地存在了，并一天天地长大，她体验到创造和拯救的神圣。当她稍有独自一人的闲暇，哪怕只是一两分钟，她的思绪都会飞速地滑翔到自己的腹部。好像那里不再是自己躯体的一个组成部分，而是上天赐予早早的再生之地。

当然，她偶尔也会想到——那个“它”，算什么呢？一个人吗？不不！

卜绣文立即心灵急刹车，她不敢也不能想下去，封闭是一个好法子。刚开始不习惯，但操练了几次之后，她变得能控制自己的情绪，一碰即走，躲避思索。

“卜绣文女士，我现在要为你建一份医疗档案……”魏晓日与卜绣文端坐在两张桌子的对面，拿着新的表格，开始登记。

“……月经是否正常？”语调公事公办。

“以前一直正常，但是这个月已经过期八天了……”卜绣文不好意思地说。

“为什么不赶快同我们联系？”魏晓日有些急了。

“我已经四十多岁了，我想，是不是到了更年期，就不那么规律了……我想等到再有把握一些，就跟你说……”

“咱们上次说的那个计划，钟百行教授命名为‘血玲珑’，你是否已开始实行？”魏晓日紧张提示。

“你是说……我们夫妻……”卜绣文略感羞涩地挑选词汇。

“我是说，你们夫妻之间的性生活是否正常和谐？这对这个新生胚胎的发育，是极为重要的资料。”魏晓日一语道破。这个女人有时那么大胆放肆，此刻竟如个少女。

“我们……很好……”卜绣文说。

魏晓日低头在表格上做了记录，他的心没来由地抽搐了一下。

明明是自己拒绝接受这个女人，明明是这个女人同她的丈夫做爱，这是情理之中而且完全正常的事情，而且是“血玲珑”计划之急需，他却觉得浑身不自在。真反动！他暗骂自己。

魏晓日飞速地开了厚厚一摞化验单，垂着眼睑递过来，说：“到底是不是怀孕，就会有明确的答案了。还要为你做一系列的检查，施行动态监测，留下原始资料。”

卜绣文诺诺地接过来。

她在各个检查室内转圈，把标本送去，没等着出结果，就又赶着工作去了。一边走一边想，为什么要叫“血玲珑”呢？她很喜欢这个名字，红色，晶莹剔透，还复杂，像镂空的水晶球。没有残酷和血腥……不过，也不温暖，有一种精巧和人为的痕迹。这还好。可是，为什么会想到残酷和血腥呢？是因为……打住打住，不能想下去了，她赶紧让思维封闭，拐弯。

标本送了几天了，还没有回音，但是卜绣文已经确知自己怀孕了。清晨起来，强烈的妊娠反应盘绕在咽喉，那个胚芽好像不是埋藏在她的子宫，而是寄生在嗓子里。哪怕是咽一口水，都会引起强烈的恶心。

她扶着水池，呕吐不止，直到吐出黄绿的黏液。“天哪！怀孕原来是这么可怕的事情！”夏践石不忍看。

他和卜绣文婚后，就又到国外去了，回来时孩子已经会爬了。他真是不知道一个生命的初始阶段，竟如此艰难。

“没什么，早早也是这样的，过些日子就好了。”卜绣文抹抹嘴巴，安慰丈夫。

肉体上的痛苦，并不能扑灭她创造的欲望。自从女儿病了以后，她似乎与欢乐绝缘。现在，她开始由衷地微笑了。新的希望在远处明确地闪动着，再不像以往，只是一团稀薄的鬼火。

“妈妈，您最近好像很高兴？”早早问。

“是啊，妈妈有了一个办法，能把你的病治好。”卜绣文抚摸着女儿的头发。原本油黑的头发，变得脆而软，发梢在妈妈的指缝悄然断裂。

她的心先是痛了一下，孩子因为缺乏血脉的濡养，连头发也显出苍老。但紧接着就舒展开来：孩子，别着急，等妈妈来救你。

她以为早早一定很高兴，没想到孩子说：“妈妈，您不要骗我了，我知道，这个病在世界上是没有办法治的。”

卜绣文一把堵住孩子的嘴说：“早早，别瞎说！你好好等着妈妈，妈妈一定有法子把你变得和从前一样。”

早早说：“妈妈，你要我等着你，是你要到很远很远的地方，去为我找药吗？”

卜绣文说："是啊。我也许会有很长一段时间不来看你，我去给你找药，大约要一年的时间。等我找到了药，马上就回来了，好吗？"

早早说："妈妈，一年，太长了，你就不能快一点吗？那么长的时间啊，我真舍不得你。"

卜绣文说："早早，妈妈也舍不得你啊。可是，那药，在很远很远的地方，坐火车、坐轮船、坐飞机……要到深山里才能找到。药一拿到手，我就快快赶回来。等治好了病，咱们天天在一起，再也不分离。"

早早亲吻着卜绣文说："妈妈，你可要快快回来啊，就是找不到，也快快回来。不然，我还没叫病害死，就想死你了。"

卜绣文握着孩子干枯得如同鸡爪一般的小手说："早早，你放心，妈妈一定会把药找回来。"

正说着，薄护士走进来说："夏早早的母亲，医生找您。"因为魏晓日近日对卜绣文比较冷淡了，薄香萍对卜绣文的态度就相应地和善些。

卜绣文就向医生值班室走去。

"喔，忘了告诉您，是在医院的贵宾接待室。"薄护士在身后补充说。

卜绣文缓缓地推开华贵沉重的红木门。

很难设想惨淡的医院里，还有这样一个吉祥的场所。贵宾接待室的基调是绛红色，给人一种火焰般的温暖。厚重的紫红金丝绒帏幔，把冰冷的白色拒绝在外。紫红色的天鹅绒沙发，围成折扇般的半圆形，亲切温馨。

"这位是我的老师钟百行先生。"魏晓日给卜绣文做介绍。

一位鹤发童颜的老人，微微颔首，带着悲天悯人的笑意。

这位医学泰斗，正是"血玲珑"的锻造者。

"钟先生，谢谢您，救我女儿，救我全家……"卜绣文虽说见过不少世面，已然遇变不惊，此刻也感激得鼻涕眼泪一起流。

老人长着老年斑的手臂轻轻摇了摇，像拂去一缕烟尘。他一生听的感激话赞扬话恭维话，不管是真心诚意还是逢场作戏，实在是太多了。

钟先生说："行医救人，也如修鞋补锅一般，是我的活儿，不必言谢。我只需病家配合，才得助力。你知道，任何方案都是有风险的，越是没人试过的法子，那风险就越大。晓日说你为了孩子万死不辞，我就姑且一试。但有几句话，我要亲自同你说，我是一个愿意把丑话说到头里的人。"

卜绣文忙不迭地说："我知道，知道。"

钟先生说："我想你未必都知道。比如，你的这第二个孩子生下来，他算什么呢？是否算得一个独立的人呢？"

这一次，卜绣文不能逃避了，只有正面迎上去，虚弱但是肯定地说："那……当然是不算的……"

"不能吧？四肢百骸都是齐全的，会哭会笑，你怎能说不算呢？你若是这么想，那咱们这件事就得再商量。不然，你以后心里的结就大了，你可得想清楚啊。"钟先生循循善诱地说。

卜绣文一下子急了，赶忙改嘴道："那……就算一个独立的人吧，算什么都行，只要能救我的早早。"

"行医一生，我能理解你的心境，但你又考虑得欠周了。一个独立的人，在他什么事情都不知晓的情况下，就抽他的骨髓，这在人道上是否说得过去？说轻了，是误伤。说重了，就是杀人啊。"老人的长寿眉被口中的热气吹得飘然而起。

"天哪……这……这……"卜绣文口吃了，她实在是不敢想到这样深入的层次。

"还不仅仅是这些，这第二个孩子被大量地抽取骨髓，势必给身体发育造成影响。这个影响到底有多大，医学史上是前无例子的。如果您救好了一个孩子，又伤害了另一个孩子，这个责任谁来负呢？我是负不起的。"钟先生并无恻隐之心，继续紧逼。

"这个……"卜绣文极度惶恐中，思维并未全面失守。她迅速判断着，钟先生说这些话，到底是什么意思呢？"血玲珑"计划如一个巨大的冰象，原来她只摸到了冰柱一般的大鼻子，现在，钟先生把冰象的皮和腿，都一一指给她看……这个过程令人恐惧，但老人家想达到什么目的呢？

撤销“血玲珑”计划吗？

如果真是那样，何必如此兴师动众？只需魏晓日通知卜绣文，一切都解决了。没有医生的周密计划，不要说“血玲珑”，就是血山血海，又有什么用呢？那么说，钟先生还是想施行“血玲珑”计划了？那他讲这些丧气的话，又是为什么？

卜绣文记起了钟先生开场白当中的一句话——我喜欢把丑话说到前头……哦！这就对了，这些都是丑话。说到前头？既然是前头，就有后头。后头是什么呢？就是“血玲珑”的具体实施。这么说，他对“血玲珑”还是抱有充分的热忱的。既然做，又要陈明利害，就是要我把责任全部负起来。以后若出了什么意料不到的变故，医生是不负责任的……

这样分析判断着，卜绣文的面庞渐渐由茫然转成决绝。她说：“钟先生，您的考虑我听明白了。是我强烈要求医家全力以赴地挽救我的女儿，为此，我将不惜一切代价。现在我身上的这个孩子，不管他是人也好，他不是人也好，都是我身体的一部分。我做得了他的主。”钟先生点点头，这位女士果然爽快。他继续说道：“关于胎儿是不是人，国际上有两种说法。一种说，是人。还有一种说，不是人。我们现在取后一种说法，这样，麻烦较小。原本我是想把这个胚胎，培养到可以有独立的骨髓系统的时候，就将它引产出来，用人工的方式维持它的生命，这样，既可以从它身上抽取到新鲜的骨髓，也不必承担法律上可能发生的问题。但是，这样做的把握比较小，失败的可能性比较大……”

卜绣文打断了钟先生的话，连她自己也惊讶哪来的这么大的勇气：“先生，您不必有那么多的顾虑了。我可以在此立下一纸生死文书，表明一切系我们家属的意愿。无论发生怎样的事态，与先生无关，与医院无干。”

卜绣文说着，拿起纸笔，刷刷地写开来。她虽然从未写过这种生命契约，久在商场出没，于各种文书合同很在行，稍事思考之后，一挥而就，写下了——无论出现何种情况，与医院与医生概无交涉的约定。写完之后，她长嘘一口气，直到重新瘫软在沙发上，她才带着一点点惊奇地想道——茶几上的纸和笔，都是早已预备好了的。

钟先生又点点头。晓日说得不错，这女人不是一个普通的女人。看到想达到的共识，基本上都达到了，钟先生很安心。但他并不就此罢休："我有言在先，这是一个科学试验，正确地讲，是一个用活人做的试验。成功了，自然好，大家皆大欢喜。失败了，您的那一个孩子挽救不回来，这一个孩子又蒙受重大创伤，今后如何处置？您本人也经历痛苦折磨，可能三败俱伤……这种最差的结局，你可曾想到啊？"钟百行的话说得很和缓，但分量很重。

"这个……"卜绣文又一次被抛入黑暗。

本来，她设想的是，生了孩子，就交给医生，一切由医院处理。到时候自己就领一个治好了的夏早早回家就是了。谁知事情还有一个下下的结果，万一真是如此，就算自己抵挡得了，践石他能承受吗？

"好了，这些个问题，你都不必现在回答。回去以后同您的先生商量一下，再答复我们不迟。但只能同您的丈夫商量，不要再告知他人。"老人结束了自己的话。

"还要保密？"卜绣文轻声重复。

"是的，要保密。如果成功了，这将是医学上的一个创造。如果失败了，我希望知道的人越少越好。"钟先生威严地说。

卜绣文的脑子停止了转动，下意识地想，不知肚子里的那个孩子长了耳朵没有？是否听到了这场决定命运的谈话？是否会带着憎恶和恐惧之心出生，以先天的智慧，感知到等待她 / 他的是一份精心绘制的残酷与苦难的清单？

她虚弱地靠在沙发的靠背上，好像一个跋涉了很久的人，在以为到家的时候，又看到了一座险恶的大山。

"好了，我们就谈到这里吧，很希望我们能继续合作。还有一个很具体的问题，我的学生魏晓日先生会再同你商量的。在我看来，那不是一个问题，但我们却必须解决它。当然，如果那个问题不解决，什么都无法继续下去了。”老头颇有深意地点了点头，就独自走了出去。

偌大的贵宾室里就剩下了魏晓日和卜绣文两个人。两人同时想：这就是医学的珠穆朗玛。他的冷，他的不可一世，他的傲慢和天真，都一览无余。

空气显得很沉闷。

“其实，这些话，你可以直接同我说啊。”卜绣文低声说。这种低低的耳语般的声音，深刻地表明了她对魏晓日的亲切。刚才这段时间，对魏晓日来说，很不轻松。他了解先生，知道先生会把这一场谈话进行得丝丝入扣。他知道会留下这样一份生命契约，这也是先生此次亲自出马的关键所在。但先生的出手，仍比他的预计要冷峻得多。一个孕妇，呕吐不止，当一般的女人缠着丈夫撒娇的时候，她还要面临这样艰难的选择。

他有意拉开距离，说：“是的，我可以同你说。但先生非常看重‘血玲珑’的方案，所以，他要亲自同你说。学生是挡不住老师的。而且这些问题，果真的十分紧要，先生想知道你们的确切想法。人命不是儿戏。”还有一句话，他无法和盘托出。在某些关键问题上，他同先生的看法并不完全一致。他不能代表先生，先生也不能代表他。

卜绣文说：“我懂了，需要我负全部的责任，我不怕。不必和我的丈夫商量，我就可以回答刚才的问题了。这件事，我不会同任何人说的，请你和钟先生放心。从现在开始，我就闭门谢客，找一个稳妥的理由，也不再工作。使所有的朋友都不知道我怀孕这件事。生下孩子，我就交与你们，生死都不再过问。只求你们医好我的早早。至于那个孩子，就当他不是一个人，只是一瓶药好了。就算这一切都空费了心血气力，我也无怨无悔。古人讲，谋事在人，成事在天。假若上天真要收了我的早早去，我费了这番心血仍不能挽回她的性命，这孩子也怨不得我把她带到这世上一回了！”

卜绣文说得椎心泣血，但魏晓日不为所动，淡然说：“你的想法，正是先生所要求的，只是你最好再同夏先生商量一下。”

“不，不必了，夏先生和我的意见是一致的。”卜绣文很有把握地说。

“但是，我们下面要谈到的这件事，您一定要同夏先生商量……”魏晓日皱着眉头说。

“什么事？”卜绣文诧异。

“这个……”魏晓日仔细地斟酌着词句，怕吓坏了眼前疲惫已极的女人。他不敢说，但他必须说。他不愿说，但他只有说。他想说得尽量婉转一点，但怎样婉转对事实真相都毫无裨益。他憋了这么半天，绞尽脑汁，也想不出还有什么点到为止的说法。他不断推迟着说出这句话的时间，希望能有什么变化，使得这句话不必说出，就瞒天过海而去。但是，时至如今，所有的努力都宣告无效，只有图穷匕首，背水一战吧，该发生的都要发生，说了，就单纯了。

“这个……你所怀孕的胚胎的基因系统化验出来了，一个女婴。但是，她和夏早早的基因系统显示极大的差异……”

“你的意思是……我现在怀的这个孩子的骨髓同早早的不一样，不能用……所以，我还得另怀一次孕……是这样的吗？”卜绣文惊恐地回答道。

“从理论上讲是这样的……”魏晓日语焉不详。

“噢，不要紧的。”卜绣文显示出令人敬重的大将风度，“魏医生不必担忧，我早已想到这种可能了。我不怕，一次不行，我就打掉这个孩子，再来一次。直到怀上一个和早早骨髓配型相同的孩子……我豁出去了。”卜绣文悲壮地说，带着破釜沉舟的勇气。

但是，他的话还没有说完。

他必须把话说完，这是老师交代给他的，“血玲珑”计划成功与否，全在于此。钟百行在这之前所做的重重铺垫，也是为了让这个环节出现的时候，该扫清的都已稳妥解决，独剩一个症结。

魏晓日眼睛看着别处，尽量使自己的声音很平淡。

他说：“根据基因化验的结果，夏早早与你身上现在的胎儿，不属于同一个父亲。”

第十一章

卜绣文天旋地转，往事像一个失禁的膀胱，无论她怎样克制，都又腥又烫地点点滴滴洒落出来。她机械地迈动脚步，不知怎样回到了自己的办公室。她不能回家，她不能面对自己的丈夫。她的思维千孔百疮，她要包扎一番，才能见人。

她对姜娅说："取消今天下午的所有安排，我一个人待着。谁也不见，包括你。"

姜娅被卜绣文的脸色吓得不轻，但她还是鼓足了勇气说："卜总，今天中午安排的是和匡宗元先生聚餐。上次就曾改过一次期，匡先生非常不满。他说，他和您是战略伙伴关系。如果再次出现临时变更，甭管什么理由，也是看不起他，那他将考虑和别人合作。"

这个该死的匡宗元！卜绣文恨得牙根酸软。但是，有什么办法呢？情况越是复杂，你就越是要有钱。钱有一种删繁就简化险为夷的能力。钱当然不是在所有的地方都管用，但它在很多地方管用。当一切搅在一起，乱成一锅粥的时候，你有钱，就可以把用钱能解决的那一部分打发掉，剩下的眉目就会梳理得清晰一些。积多少年之经验，卜绣文知道，你的钱，是你永不背叛的朋友。尤其在一个处处需要金钱的社会里，你越倒霉，越应该抓住钱。

“好！我和匡宗元，吃饭！”卜绣文咬牙切齿地说。那神情不是要吃饭，是吃人。

魏晓日心情复杂得难以描述。化验报告一出来，他呆若木鸡。嗓子眼一阵阵地发痛发紧，一道辣流涌入心口，好像要得重感冒。但他知道，这不是地道的感冒症状，而是一种心火，急火攻心。

在莫名的沮丧失落之后，魏晓日滋生出对卜绣文的蔑视和怨恨。这女人的情感生活这样复杂，她和自己的丈夫早就貌合神离。难怪那次在他家里，她投怀送抱，原来早有前科。魏晓日接下来很庆幸自己坐怀不乱的冷静，没有蹚这汪浑水。

藐视的心态一出现，思绪就比较集中了。从医学的角度考虑，那个女人的私德如何，他魏晓日也不是道德法官，自然不必也没有闲心评判她。情感封闭之后，事情就相对比较好办了。现在，他和卜绣文只有一个链接点——就是“血玲珑”计划，是否继续实施？

在医生这一方面，一切准备就绪，单是基因不合，完全可以重打鼓另开张。但对卜绣文来说，就是巨大的危机和再次抉择。夏早早的生父究竟是谁？她愿意暴露这个秘密吗？她和丈夫将怎样处置腹中的胎儿？

魏晓日无法判断，他只是“血玲珑”计划的一个操作者，他没有决定的权利。他惊奇地发现，自己对这一意外变化接受之后，竟出现了一点兴奋。这兴奋来自——不管怎么说，整个计划向后延迟了，并有可能被颠覆。

他奇怪自己为什么还在关切这个女人？这使他很生自己的气，又没有办法。当然，不论他怎样想法，钟百行才是关键。

钟百行到底道行深厚，对于胚胎的基因检验报告，他只看了一遍，就丢到一旁，说：“这不影响大局，晓日，我要和这位母亲谈一谈。”

老将终于出马。魏晓日应声说：“好的，我和她约定时间，不知您什么时间适宜？”钟百行说：“越早越好吧。”

魏晓日从中听出了隐隐的杀机。看来，老师的意见是倾向堕胎了。只有这一选择，才有越早越好的价值。唯有早，才能使“血玲珑”计划得以再次尝试实施。如果选择保留胎儿，就不存在早晚的问题了。谈话中，他本来以为先生的程序会是——首先告知这一爆炸性的检验结果，然后再和卜绣文探讨再次妊娠或是保留胎儿的两种可能性。医生即使有很强的倾向性，也不可能代替当事人拿主意。当然，紧急抢救除外，但“血玲珑”不属抢救状态，这是没有疑义的。没想到钟百行举重若轻，完全绕开了这个关键性的化验结果，只是按部就班地和卜绣文交代“血玲珑”计划的实施细节，包括它的法律障碍。当卜绣文亦步亦趋地接受了“血玲珑”的全盘方案之后，钟百行才轻描淡写地点到了最关键的“人”的概念。这就在心理上将卜绣文逼到了一个死角。在整个的谈话过程中，钟百行没有一句话提到自己的倾向性，但他所有的机锋都是倾向，他的意见已经再鲜明不过了。

一个老到的医生，不但医术高明，而且在伦理与生命的密林中，披荆斩棘坚守既定方针。

重剑无锋啊。

匡宗元近来的习惯，是在豪华的饭店，吃简单的饭菜。这是他从一位真正的大家子弟那里学来的，尽管刚做起来的时候，心中很是不平。觉得有点亏，得不偿失，生怕给人看不起。但试了几次之后，他就深得其乐了。你进得起这样的饭店，说明你的钱包鼓胀的程度。你在餐桌上敢要清粥小菜，说明你的胃对豪宴已然厌倦。这两点一结合，你的身价不用标榜就出来了。

一个精致的雅间，桌子较通常的大餐台为小，但对两个人来说，还是略嫌辽阔。几碟小菜偏居一隅，显得重心倾斜。

卜绣文进得门来，不经心地用余光一瞥，把外衣挂到衣帽架上，坐到了匡宗元的对面。

为了冲刷自己的晦气，卜绣文特地美容一番。发型是被称为“摄政”型的。前发蓬松高挺，在英勇地突出之后，优雅地后撤，恰到好处地暴露出女主人智慧洁白的前额。每一根发丝，都光滑地待在精心设计的拱形位置上。这要靠大量硬摩丝和发胶固定，当然，还有在社交礼仪上一丝不苟的决心和对自我形象的捍卫。

匡宗元说：“卜总，你不向我靠拢，我就向你靠拢了。”他说着，移动了原来的碗筷，坐到了卜绣文的旁边。

卜绣文一阵强烈的反胃。她不知道这是腹中的胎儿作怪，还是面前的这张毛孔贲张的面孔，让她顿生腻歪。但是，她得控制。如果她要表示出反感，那她就失去了来赴宴的价值。既然来了，就得达到预定的目的，让匡宗元对合作感到快意。所以，卜绣文笑笑说：“匡总不嫌挤，我也就恭敬不如从命了。”

话虽这样说，她还是把椅子拉开了一点距离，表示自己的独立意志。

穿着大开衩旗袍的小姐走过来，躬身问道：“两位要点什么酒水饮料？”

匡宗元说：“先问女士。”

小姐就把姣好的面容，像摇头风扇一样，摆向了卜绣文。

为了孕育出最优良的胎儿，卜绣文已经有一段时间，滴酒不沾了。今天，她喝不喝？她很想放纵地畅饮一番，这样，不求解脱，也会得到片刻的安宁。但是，她不能。她还没来得及理清自己的思绪，任何具有破坏性结果的举措，都不可贸然施行。即使在混乱中，卜绣文也牢牢地把持着这一界限。

于是，她礼节性地笑笑说：“我喝矿泉水，要加热。”

“您呢？”小姐又把头摇向匡宗元。

“我要可乐。”

小姐听了刚要转身，匡宗元说：“别慌，我的要求有点复杂。可乐要加热，内煮一颗九制的话梅，记住，只一颗。还要加上嫩姜三片。千万不要老姜，太辣。也不可放得太多，三片正好。”

小姐柳眉微聚，点点头，刚要走动，匡宗元说：“请你复述一遍。”

小姐说："加热的矿泉水一杯。加热的可乐一杯，内煮九制话梅一颗，嫩姜三片，不要老姜。"

匡宗元侧侧下巴，表示认可。小姐轻吐一口气，急着去操办。

卜绣文打起精神和匡宗元对话。说："看你喝得这复杂劲儿，好像一道中药汤。"

匡宗元说："我这是洋为中用，经过改良加工的中式可乐，别有一番风味。你可以尝尝，也许会爱上。"

卜绣文说："这是你自己发明的，还是跟人学的？"

匡宗元说："跟人学的。"

卜绣文说："谁这么有创意？"

匡宗元说："我老婆。"

卜绣文说："噢，你有一个好老婆。"

匡宗元说："乡下黄脸婆，我是糟糠之妻不下堂。"

卜绣文说："看不出啊，匡总还这样具有传统美德。"

匡宗元说："你好好看看，我的美德还多着呢！"

卜绣文说："咱们相识这么长时间，我还没听你说过自己的家世呢。"

匡宗元说："想听吗？我讲给你听。"

卜绣文暗骂自己昏了头，应对无方。这不是自投罗网吗？以她现在的心境，恨不能找一间地穴隐身，哪有兴趣听谁痛说家史。但财神爷得罪不起，便说："我想，你的身世一定很富有传奇性，相当于一部电视连续剧。今天时间有限，我们以后找个从容的机会，听你从头说起。"

一个婉拒。匡宗元很扫兴，但又没辙，顿了半晌，说："我是个乡下人……"

卜绣文说："我看你从里到外，刷洗得没有一点黄土味了。"

匡宗元说："我以前不好意思告诉人家，我是个农民的儿子。觉得那是先天不足的家丑。现在不啦，农民的儿子，更说明我非凡。和我今天做到一样位置的，有很多人。他们的基础是什么？就像一座山，高，谁都能看得着。但是，它是从什么基础上升起来的？有的人从零开始，有的人从那海拔五千米开始，我呢？我是从吐鲁番开始的，完全一个负数……”

对于贫寒出身的生意人，一谈到他们的奋斗史，那就像点燃了鸦片，醺醺然没完没了。

卜绣文正不知如何截断话头，小姐把热的水和可乐送上来，她赶紧端起杯来说：“好，匡总，那就为您从负数升到八千米而干杯吧！”

这种提议和这杯水，是不能不干的。匡宗元一饮而尽，抹抹嘴边褐色的汁液，刚要重开话匣，卜绣文说：“匡总，您今天点的什么菜啊？”

匡宗元说：“我按你的口味所点。”

卜绣文说：“咦，你可知我爱吃什么？”

匡宗元说：“这东西又清淡又松软又甜……又是你平日难得吃到的。”

卜绣文本来想好了要对匡宗元不卑不亢，尽快应付完事走人，也许是腹中胎儿作祟，她竟出奇地饿起来，听到淡、软、甜这些字眼，唾液的分泌开始旺盛。

匡宗元是何等人精，马上注意到这一变化，对小姐吩咐：“上热菜。”

菜上来了，先闻到一股木头发酵的味道，好像冬天的森林。待细细地看那道菜，一粒粒椭圆形的石子状物，表面好似很坚硬，但有着网状的致密花纹，闪着沥青一般油亮的色泽。

“这是什么？”卜绣文虽说美味佳肴领略无数，但这种古怪的东西，还是初次看到。

“猜猜看。是我特意不让小姐报菜名的。”匡宗元很得意。

“可以尝尝吗？”卜绣文不相信有什么她不知道的食物。

“当然可以。”匡宗元显得很大度。

这小水雷似的玩意一入口，先是有些发霉的味道，然后就变成浓郁的芳香，软滑无比。在表面的漆黑色之下，咬开的剖面呈浅褐色，有着年轮一般的纹路。

依着卜绣文的爱好，她不喜欢霉味的食物，但是此次怪了，她被这种奇异的味道所吸引，竟连吃了好几筷子。“好吃好吃。不知道是什么东西，你真把我考住了。”半真半假地认输，既饱了口福，也让匡宗元心理上得到满足。

匡宗元果然高兴，说：“告诉你吧，这是法国空运来的鲜松露，也就是蘑菇的一种。它可不是长在树根附近，而是埋在地底下。要想找到它，得靠训练有素的猪，用鼻子拱出来。空运的时候，要和鸡蛋储存在一起，这样才能保持住风味。法国人称这玩意叫——黑钻石。”卜绣文心想，看不出这个家伙，飞快地雅起来，居然也会点法国料理了。支撑他的是一只独角兽——钱。

匡宗元说：“你怎么不说话了？我点的菜是否合意？”

卜绣文说：“合意。你这蘑菇带有蜡烛吹熄后的浊鼻篝火味，还混合着一种轻度腐烂的桃子的味道，吃到最后，又蒸发出甲虫的味道……真够奇怪的了。要不是亲口品尝，真不知道世界上还有如此怪异的味道。”

匡宗元笑道：“难得你把这玩意的味道，说得这么到家。我吃过多次了，只是喜欢，却形容不出，真是亏了。要知道，得成打的法郎，加上人民币，才把这种味道输送到嘴里，不容易啊。”

卜绣文笑笑，不接茬儿。

匡宗元话锋一转：“你觉得咱俩的合作，合意吗？”

卜绣文说：“合意。”

匡宗元说：“今日约见卜总，就是想进一步地合作，你投入更大的资金，我们就会有更大的收益，看你的决心了。”

卜绣文说：“我没有钱了，能投入的都投进去了。”

匡宗元说：“女人总是会有私房钱的。”

卜绣文说：“连这种钱你也惦记着啊？”

匡宗元说：“你说错了，不是我惦记着，是我给你指出一条生财的路。不是我求着你，应该是你求着我的事。我是觉得和你合作得不错，给你一个机会。

说来，也是我这个人怪，那么多人抢着请我吃饭，把钱送到我手里，我不愿招惹，你却要我求着。你说，我图的是什么呢？”

卜绣文说：“我也正纳闷啊。”

匡宗元不语，看着卜绣文。他近来自觉有一个惊人的重大发现，什么女人最性感呢？就是高贵的女人。因为高贵，就让人摸不着头脑，这就有了点意思。假如把匡宗元征服过的女人列一个花名册，在“高贵女人”这一栏的记录上，基本上是零。匡宗元要有一个零的突破，不然，他就对自己大不满，觉得对不起父老乡亲。

不知是否加了话梅和姜片的可口可乐发生了神奇的化学变化，总之，匡宗元今日格外兴奋。他说：“绣文，你是真不懂还是假不懂啊，我图的是你这个人。我现在有一个巨大的商机，给了谁，就等于是把黄金送给谁。”

卜绣文心想：糟糕！这个流氓，把商机和色胆掺和在一道了。对这杯怪味鸡尾酒，是饮还是泼？看来，他说的财富不是假话，但邪恶也很明显。要是平时，卜绣文肯定守身如玉地拒绝了这明显的挑逗，但是今天，在医院的那场谈话，摧毁了她封闭已久的城堡，那只膀胱开始流淌了。

你是什么人？你早就没有资格侈谈贞节！

“你要做什么？”卜绣文明知故问。

匡宗元说：“我要做的是什么，绣文你不知道吗？”

卜绣文什么都知道。但她今日乱了方寸，她什么也都不知道了。那些法国松露里也许有迷魂药的成分，或者说，她知道，但她要装作不知道。知道了，太痛苦，什么都不知道，就有一种迷幻的麻木。

这顿饭，卜绣文吃得很多，吃相狼亢，一如饥肠辘辘的农妇。午餐过后，卜绣文同匡宗元开了一间饭店的房间。当饭店的房门在身后刚一掩上，卜绣文就迫不及待地扑向了匡宗元。没有前奏，没有爱抚，没有任何游戏，卜绣文如狼似虎，一把剥去匡宗元的衣服，把老到的匡宗元吓得不轻。当然，他不是真的害怕，只是惊叹自己的女搭档淑女的外壳之下，竟是这样放浪形骸的香艳肉体。

不过，很快这个情场老手就发现，除了疯狂，这个女人在性事上很简单，简直是个雏儿。她狂野的索要的，只是一样东西，就是——猛烈反复的撞击。她的呻吟，她的起伏，她的号叫，她的奋勇迎合……都是围绕着“力度”这一项回旋。

她好比一个深臼，他好比一根铁杵。臼毫无廉耻地要求杵，撞击再撞击……对于这样的要求，杵在开始的时候，无疑大喜过望。他原本以为她是一个性冷的女人，把这样一个女人燃烧起来，虽然很费工夫，但对老手来说，就像遇到了一块死木疙瘩，找准它的纹路，劈将进去，才是老斧头的英雄气概。所以，匡宗元起初以为是自己精诚所至，道行深厚，很有几分得意。但很快，他就发现大事不好。男人是最怕女人不要的，他要千方百计地刺激女人要。但女人一旦要起来，他又是最怕女人还要的。这个卜绣文，你还没要，她就发了疯似的要，要完了还要……一而再，再而三……匡宗元很快就发现，在这件事上，女人的潜能要比男人深厚若干倍。杵很快就山穷水尽，臼才方兴未艾……匡宗元的身子，被酒色淘得差不多了，虽说凭着西洋参印度神油之类，勉力支撑，在这种肆虐的攻势之下，很快也就如牵拉过度的松紧带一般，失却了弹性。

“还要！”卜绣文血红了眼睛，虎视眈眈地说。她精心修整的发型，被淋漓的汗水冲刷得沟壑纵横，再也保持不了优雅的造型。披散的发丝如同画皮中的妖女，遮挡了半张苦脸。

“不成了不成了……你厉害……甘拜下风……等我买到伟哥，再一醉方休……”匡宗元急急收兵。在他的冶游史中，从来还没有这般记录。但他不恋战，不行就是不行，休养生息后再卷土重来，来日方长嘛！留着家伙在，还怕没乐子？

卜绣文鬼魂一般回到家中，双腿酸软，腰骶之下，行尸走肉。她梦魇般飘浮着自己的双脚，面对镜中那个眼眶虚肿猥琐丑陋的女人，解嘲地想，就算是做了一回妓女吧，最昂贵的妓女。这一番云雨，联络了和匡宗元的情感，换来的代价，是要以多少万计算的。

对着自己的灵魂，她解释了自己方才的举措。然后，就比较地心安理得了。她怅然地看看闹钟，惊奇地发觉：肚子里的孩子的生父——她的丈夫——夏践石就要回来了。

卜绣文感到腹中的胎儿一阵不安的躁动……是啊，她受到了猛烈的撞击，佛头着粪，肯定闻到了不属于自己的父亲母亲的邪恶味道，她怎能不拼命抗议呢！

卜绣文残酷地冷笑了一下，对谁呢？对自己，对腹中的胎儿，对着那胎儿的父亲。

卜绣文这才发现，原以为靠着肉体的沉沦，可以麻木自己的神经，但其实，它在忙乱的运动之后，是更清醒和痛楚了。她所面临的困境，非但没有解除，更复杂龌龊了。若是说以前她还是被迫地欺瞒了夏践石的话，如今，她是否打算设下一个圈套，让夏践石永远不知真情？

她无力地瘫在沙发上，猛力敲着自己的头颅，好像那是一个踩扁的易拉罐。她的手下意识地沿着身躯向下移动，最后停止到了腹部，小腹部。她知道那里成长着一个胚胎，在今天致命的谈话之前，她对自己的这一部分躯体，是饱含期待和怜爱的。那里生长着希望，建设着新的生命结构。现在，它成了废墟。

卜绣文的手突然停住了。她感受到了指端下有轻轻的跳动，好像一颗小小的心脏在搏动。她吓了一跳，手指不由得抖动起来。她生过孩子，知道在这样早的时期，那个胚胎的活动，母体是感受不到的。那么，此刻的这个胎儿，是否知道了她的生命遭受到了极大的风险？卜绣文悟到，正是因为刚才激烈的性事，使胚胎受了袭扰。那个小人，用尽她微薄的气力，狂怒地抗议了。卜绣文直到这时，才恍然明白自己险恶的用心。

她戳破了自己挂起的帏帐——她知道要保全一个健康的胎儿，尤其是这种富有特殊使命的胎儿，是要静谧安宁祥和平稳的。她大行房事，同另外的男人，如此肆无忌惮。她明明知道这禁忌，却迫不及待地这样做了。

她觉得自己的身体很混乱，很肮脏。方寸之地，凝聚着多个人的信息。她自己的血液，夏践石的骨肉，匡宗元的体液……

那是一个恶棍，纵使是纯粹的商业利用，她也不至于如此下作。她卑鄙地把这个男人当作工具。她和他的交欢，不是出于欲望，而是杀机。在潜意识里，她已决定谋杀这个夏践石的孩子了。她狡猾地借用匡宗元，首先判了这个胎儿的死刑。她是希望自己流产的，在一种自己不负责任的情况下，让那个胎儿自动脱落。假借他人之手，让一颗立足未稳的青苹果，摔碎在地上，这就是自己的动机。

当她想明白自己的所作所为蕴含的意义之后，她为自己的卑鄙战栗不已。但因此，她也就坦然了。

她双手合十，仰望上天。她不是佛教徒，也不信那些有名有姓的神。但她为自己创立了一尊神，每当她陷入极大的恐惧之中的时候，她祈祷这尊神，期待着神理解她的苦心，原谅她的暴行，不要把更大的灾难降临在她的头上。

这样默默地祈祷了一阵之后，她的心灵渐渐平息了。她觉得自己是问心无愧的。为了拯救自己的女儿，她只能再次铤而走险。她的一切，并不是为了自己，是为了一个如一瓣露珠样清澈的稚嫩生命。她无罪，没有人能谴责她。当一个女人不知道软弱为何物的时候，勇气就会助她完成非凡的创举。是的，生活中没有任何事情，是一成不变的。她既然能够创造出一个生命，她还有什么事情是做不到的呢！

现如今，怎样对待腹中胎儿？问题的实质，就是如何对待夏践石。这个孩子，是夏践石的骨肉。在确切得知夏早早不是夏践石的后代之后，这个孩子就是夏践石唯一的血脉了。告诉夏践石，夏践石会怎样想？对于多少年前的旧案，他执何态度？会不会恼羞成怒？

卜绣文不知道。她无法想象夏践石在得知这一消息之后，那张平静的学者的面孔，会浮现怎样的表情。她从未觉得自己同床共枕多年的人，竟是如此陌生。

不管反应如何剧烈惨痛，她得如实告知他。如果说，夏早早究竟是谁的女儿，卜绣文还可以说是自己的隐私的话，腹中这一胎儿的去留，夏践石是有决定权的。

在这个问题的处理上，卜绣文和夏践石成了仇家。卜绣文是为了自己的亲生女儿而奋斗，夏践石也要为了自己的亲生孩子而奋斗。

何去何从，定有一搏。

把这一切都理清楚之后，卜绣文站起身来，给夏践石打了一个电话。

“践石，你此刻在哪里？我想立即见到你。”

夏践石说：“我在办公室收拾东西，马上就回家，别着急。”

卜绣文说：“你不要回家了，就等在办公室好了，我马上就去。”

夏践石说：“怎么，你是不是直接要到机场去？你身子不像往常，为了我们的孩子，为了你自己，事业上的活动，能减就减些。没了你，也就没了早早，也就没了我……”

卜绣文打断了夏践石的唠叨，说：“我这就出发，你等着。”说完，不给夏践石喘息的机会，放下了电话。

她不能在自己的家里同丈夫谈这个可怕的话题，换一个环境吧。如果谈崩了，也好有个缓冲。无论是丈夫留在办公室，还是自己找个饭店过夜，都比两个人待在自己的家里，却如路人一般冷漠要好。

夏践石围着围巾，坐在办公桌后面，一头雾水。见卜绣文风尘仆仆地赶来，忙说：“你坐沙发上歇口气，我这就给你沏茶。”

卜绣文说：“我不坐沙发，我就坐在你对面，这样正好。茶也不必沏了，我喝不下去。”其实，她担心的是，夏践石听完她的话以后，会不会把热茶泼到她的脸上呢？不管结局如何，她还要苦斗下去，她不能脸上带伤。

夏践石惊诧莫名。妻子表情怪异，端来一把椅子，坐在桌子对面，形成楚河汉界的局面，好像谈判双方。结婚十几年来，摆成这副阵势，这是第一次。

他说：“老婆，你又搞什么鬼？咱们都不是小孩子了，这种把戏，小年轻玩的啦！”他不是一个擅长开玩笑的人，此刻这样打趣，是为了让气氛和缓些。

卜绣文嘴角抽动了一下，勉强算是笑的回应。她明白夏践石的好心。她决定不顾一切，倾巢出动，是杀是剐，悉听尊便。

她说：“践石，我想告诉你的事，对你来说，很意外，打击很大。本来，我是想瞒你一辈子的。可是事关早早，我必得说实话。”

夏践石双手交叉，紧抱在胸前，这是一种拒绝接受对方所传信息的典型姿态，他害怕了。

卜绣文懂得这含义，但她一定要说下去，而且要快快地说下去，她的毅力也是有限的。

“践石，早早不是你的孩子。她到底是谁的孩子，我也不知道。这不是我对你不忠，实在是灾难来得太突然。关于这件往事，这么多年，我只想完全忘掉它，详情，我以后跟你说。可是，这次早早一病，医生建议我们再生一个和早早同父同母的孩子，现在化验结果出来了，我腹中的孩子和早早的基因不符。这胎儿何去何从，我们俩得从长计议……”

卜绣文一口气说完了。她变得很平静，好像风暴之后的海洋，再无一丝气力掀起涟漪。夏践石一声不吭，很久很久，叫人疑心他是否睡着了。

“你是说，早早不是我们的孩子？”夏践石的声音有一种不真实的梦幻音调。

“是，她是我的孩子，但不是你的孩子。”卜绣文冷酷地说。

“这——怎——么——可——能——呢？”夏践石咬牙切齿地说，“她不是我的孩子，她是谁的孩子？她从一懂事就叫我爸爸，难道她还在这个世界上管别的男人叫过爸爸吗？绣文，你忠不忠，你说不说，那是你的事。但我是早早的爸爸，这是千真万确的啊！”夏践石涕泪交集。卜绣文猛地站起来，伸出哆嗦的双臂，把这个男人拥在自己的怀里。“践石，早早是你的！是你的！”

“你肚子里的孩子，是我的？”夏践石目光如炬地问。

“是，这一个，千真万确。”卜绣文哽咽，不单是因为愧悔，她感到腹中剧痛。

“要是……把她生下来呢？”夏践石问。

“那……来不及啊……早早就没命了……”卜绣文强忍着痛说。

“……我都要……都想要啊……”夏践石号叫。

卜绣文没有答话。她痛得弯下腰去，一股鲜红的血液顺着袜子，洇红了脚面，很快充满了整个鞋子。

“践石，我对不起你，没有选择了……”卜绣文软软地滑在了地上。

卜绣文给魏晓日医生打电话，说明了她和夏践石的决定。

第十二章

魏晓日百无聊赖。病历懒得写，病史记不住，治疗计划也下得毫无创意，进入一种抑郁萎靡的状态。他真怕自己哪一天醒来的时候，发现医学是一门残酷的学问，残酷到自己无以为继，只好对几十年寒窗苦读积累下的知识，说声“拜拜”，落荒而逃。

他想让心事自生自灭，但是，他做不到。

也许，他真正想逃脱的，是他的处境。导师将“血玲珑”的计划委托给他。“血玲珑”执行之初，就遭遇到了巨大顿挫。卜绣文已流产，他们夫妇决定再度怀孕。夏早早的生父究竟是谁……

太想找什么人聊聊。电话本翻得如同洗扑克牌，几遭撂下来，也选不定和谁谈合适。医院的同事吗？太近了。大学的同学吗？太远了。几个与自己关系不错的长者？可惜目前在此地的，都是女的。魏晓日不想再和女人谈话了，很想听听几个和自己一起长大的男人的意见。可是，男人们都在忙。不是在天上飞，就是在地上跑，偶尔找到一个，那人倒是很关切，忙问：“晓日，到底出了什么大事？闹得你这么心神不定的？先告诉我一声，我去完局长家，就去找你！”

魏晓日兴趣阑珊了，说："没什么事，不必了，以后再说吧。"

他在电话本上看到了一个名字——梁秉俊。他一时没想起这个人是谁？要知道，被他记载到本子上的号码，应该是个熟人。他会接到很多名片，通常他都随手扔掉，只有极少的人名，有幸进入他的本子。名片是靠不住的，本子才是亲密关系的证据。

熟人而想不起来，看来自己是病了？

他就赌气，反复想。总算想起来，那个古生物学家。

他就给梁秉俊打电话，为了自己的这一番冥思苦想，基本没寄希望。古生物学家常在野外，巧，他在。

"您可能记不得我是谁了，我叫魏晓日，是回春医院的医生……"魏晓日的声音不很确定，毕竟，太冒昧了。

"记得，当然记得。"梁秉俊很热情很肯定地回答。然后，他沉默。并不问，只是平稳呼吸着，等待着。

魏晓日感到安心，他说："我很想和你聊聊，不过，好像也没什么大事……"

对方就笑了，说："干吗非得有大事？欢迎你。只是，我在做一个实验，走不开，你得到我的实验室来。"

实验室很大，博古架样的设施上，摆放着一些排球、垒球般大小的石块。一只电锅子样的容器中，装有黏液样的物质，一只机械手，执一玻璃棒，不停地搅拌着。轻微的摩擦锅底的声音，均匀刻板。

"你一定没想到我会给您打电话吧？"魏晓日说。他很满意这里的环境，不像酒吧那样喧闹，也不像茶室那样郁闷。有一种科学的味道，安宁隔膜。谈话，这样的氛围，最好。因为安宁，你可以敞开心扉。因为隔膜，你没有顾忌。

"我想到了。对于一个古生物学家来说，什么事情都是可能的。"梁秉俊说。也许是因为丧母的痛楚已然淡薄，再加上是在自己的领地，他格外从容平静。

“古生物学家，到底是干什么的，我还不太清楚。好在，医学和生物学，还有一点相通。”魏晓日说。

梁秉俊一指四周说：“我最主要的工作就是和它们打交道。”

魏晓日顺着他的手指，看到了那些排球、垒球。不待魏晓日发问，梁秉俊说：“这些是化石，恐龙蛋的化石。古生物学，是一个很大的范畴。就像医学是个很宽泛的概念，内里还有儿科外科耳鼻喉科等许多细致的分类。我是专门研究恐龙蛋的。”

魏晓日肃然起敬，好奇心被挑起，第一个问题是：“恐龙蛋，好吃吗？”问完之后，又觉好笑，解嘲道：“你看，我尽想着吃。”

梁秉俊平静地说：“这很正常。是一种集体无意识，几乎所有的人，看到一种没见过的植物或是动物的时候，都会下意识地问，能吃吗？这说明人类曾经有过多么漫长的饥饿的历史啊。”

魏晓日笑笑说：“看来，我也没什么不好意思的。不过，你还没告诉我恐龙蛋的滋味呢？”

梁秉俊道：“我也没见过新鲜的恐龙蛋，看到的只是化石。从理论上讲，该是好吃的吧？蛋吗，就是动物的卵细胞，储存了丰富的营养，从那里面，是要诞生一个崭新的生命的。每一个个体，都会把自己的精华储存到蛋里。这是生命的法则。一个物种，若是没有了繁殖，它也就灭绝了。”

魏晓日点点头说：“是了。繁殖和保护下一代，是动物的本能。”

梁秉俊说：“正是这样，特别是雌性。”

魏晓日环顾说：“这些恐龙蛋化石，都是你从野外挖出来的吗？”

梁秉俊说：“大部分吧。那个，椭圆形，像哈密瓜样的，是我从塔里木挖的。那个小的，有点扁的，是我从四川挖的。那个一头尖一头圆的，是内蒙古的……它们的年龄都有六七千万年了。”

魏晓日看着如数家珍的梁秉俊，不禁心生惭愧。在医院里，悲哀常常遮盖了病人家属的真实能力。病床前的梁秉俊是一个窝囊的孝子，但在这里，他指点江山，运筹帷幄。

魏晓日说："给我讲讲你在野外的生活，好吗？"

梁秉俊缓缓地说："在野外，当你和一块七千万年以前的骸骨相濡以沫的时候，什么烦恼，什么爱情，什么评职称，甚至连死亡，也变得微不足道了。你的手接触到的就是死亡，一场发生在七千万年之前的死亡，你想到了什么？你只有羡慕啊！生是无法保存这么久远的，只有死亡，才是永恒。再看看四周，蜗牛用身体铺出银白色的带子，很干燥。干燥已经持续很久了，再继续干燥下去，这只蜗牛铺出的带子，可就要变成粉红色的了，它要旱死了。有一只灰兔，不害羞地跑过去。它的一只耳朵耷拉着，另一只却骄傲地立起。这是一只奇怪的野兔。幸好它不知道，这使它很安详，甚至没发现我在注视着它。蝴蝶的翅膀，如同秒表一样，精确地一张一合，好像在掐算着世界的末日何时到来。蓝色的马蔺草花，不自量力地对着太阳歌唱，它的如同微型海带一般舒展的叶子，坚韧地铺排着。蛇莓精致小巧地红着，诱惑着不知何时才能出现的毒蛇。可能是因为等得太久了，它们气愤地变成了桑葚般的紫红……"

魏晓日听得神往，说："真奇妙。在这种大的时空背景之下，你会想到什么？"

梁秉俊肯定地说："会发生恍惚，你一定发生恍惚。如果你不发生恍惚，你就不是人，是神或者是魔鬼了。你必得想，七千万年以前，恐龙看到过这一切吗？它们，吃蛇莓和野兔吗？它们欣赏过如此绮丽的风景吗？有一种类似宗教的情绪悄悄升起。当然，我是不信任何教的，我相信生命的永恒。不单是人类的生命，是所有的生命，比如恐龙。"

梁秉俊停顿了。

魏晓日突发奇想，这梁秉俊，该是一只恐龙的转世灵童吧？从他的目光中，你知道在他眼里，恐龙不是化石，是有温度和血脉的。那些洁白骨缝里，有着天书的文字。

梁秉俊自言自语道："恐龙曾经多么强大啊，比今天的人类要强大得多。

如果不是有那么多的白骨为证，狂妄的人类一定不相信，在这颗蓝色的星球上，曾经繁衍过如此庞大的生物，你无法设想恐龙怎么能吃得饱？以今天地球的植被来说，怎么能养得活那么多生龙活虎的恐龙呢？当你和一个巨大的谜团朝夕相处，往来中的时间，动辄是以千万年计算的时候，你就发生了一种必然的变化，你对世事淡然如水。”

魏晓日频频点头，他被梁秉俊的口才惊呆了，看他出口成章的样子，他相信梁秉俊一个人在野外的时候，一定对着山岳河海和恐龙蛋，吟诵过这些话。他很想把感想剖白，但梁秉俊不给他这个机会，兀自说下去。

“白天，云中的光束，如同巨大的黄金麦管，把太阳的光芒，吐纳到辽阔的原野。夜晚，金属寒冷，星空浩瀚。我睡在帐篷里，抚摸着石头，我能感觉到石头内部的温暖和力度。石头是有生命的，一种非常缓慢的生命。星星是有生命的，一种非常遥远的生命。在帐篷的缝隙里，可以看到流星，如同失归之妖，无所着落地弥散在空中。我常常陷入极端的悲观，叹息生命的短暂和死亡的不可战胜。可我又是不可思议地乐观着。在如此阔大的尺度之下，还有什么不是草芥不是游丝不是云烟呢？如果你不乐观，你还是要死，你的创造性反而得不到淋漓的发挥。所以，我这个人啊，一方面非常出世，一方面又非常入世。”

梁秉俊停顿下来，屋子里很静。机械手刮锅底的声音，好像放大了许多。

魏晓日好奇地问：“那么，恐龙为什么灭绝了呢？”

梁秉俊说：“就是它们出了问题。”他用手四周一指，口气十分亲昵，好像致使恐龙灭绝的元凶，就藏在这间实验室里。

魏晓日惊惧：“谁？”他看到梁秉俊的手指停在博物架上。

梁秉俊说：“就是这些恐龙蛋啊。据我的研究，在恐龙生活的晚期，它的蛋都孵不出来了。也就是说，恐龙的繁殖出了问题。一个物种，没有了健康的后代，它哪能不灭绝呢？所以，何种生物，只要它的后代，开始患莫名其妙的病症，那么，这一物种，距离整体的灭绝就非常迫近了。”

魏晓日突然联想到很多，冷汗沁出，问道："那结局呢？"

梁秉俊说："恐龙做过抗争，尽它们的力量和智慧。但是，没效果，恐龙终于灭绝了，这就是结局，我们都知道的。"

魏晓日说："这太可怕了。"

梁秉俊说："这没什么可怕的，自然法则而已。我看，在某种程度上，还是好事呢！"

魏晓日说："怎么是好事？一个物种灭绝了。现在，一种蝴蝶、一种鸟灭绝，都是大悲剧，您却说得这样轻巧！"

梁秉俊说："恐龙当年长得太大了，超过了地球的负载，不灭绝，怎么办？如果恐龙不死，就没有哺乳动物的崛起，也就没有人类的辉煌。所以啊，灭绝是好事，虽说对那个物种是灾难。"

魏晓日让这些观念搅得目眩。他喃喃地说："那人呢？人类的后代，也开始得莫名其妙的病了。"

"人是应该灭绝的，因为人的发展到了顶峰。一个物种，发展两百万年，就该让位了，人类快到这个大限了。人类的污染和泛滥，造成了多少破坏和奇怪的病症？人把地球糟蹋得不成样子了，地球是无言的。但是，报复无所不在。人得收敛自己，不然的话，就会重蹈恐龙的覆辙……"

魏晓日急急争辩："可是人，是不甘心的。"

梁秉俊说："对，人也要抗争。但愿，人聪明起来。在最后关头，刹住脚步。那样，可以延长大限。"

魏晓日听着，沉思着。

梁秉俊突然害羞起来，说："魏医生，对不起。我啊，一个人在深山老林跑惯了，常常喜欢自说自话。因为若是总不说话，当我回到人群中的时候，就不知道怎么张口了。我倒忘了，您是有事来的。这倒好，成了我的独角戏了。我说完了，我不说了，轮到你说了。"

他可真是说话算话，真的就闭了嘴，很认真地等着魏晓日说话。

魏晓日突然就不知说什么好了，他原本就不知道说什么，但来时，有一团厚重纷杂的团块，堵在他的胸臆之间。现在，这团东西渐渐地软化了，变得有了一些缝隙，有一丝风微微吹过。是啊，生命就是一个过程。这个过程当中的人，都在全力挣扎，他只有投入进去。

看着梁秉俊期待的目光，魏晓日觉得自己一定得说点什么。

他说："有这么一件事，你肯定得问我和这件事有什么关系。关系，肯定是有的，我是一筹莫展了。但请你别问我，因为这关系到一个病人的事，我不能详说……"

梁秉俊点点头，表示能够理解，一切悉听尊便。

魏晓日开始讲。

"你就假装我是那个女人的丈夫吧，这样，叙述起来比较方便。"

那时候，我在国外读书。我的妻子是经人介绍认识的，我们书信往来，感情日渐加深……后来，我们就商定了日子，准备结婚了……当时，我正在做一项很重要的研究，说好了婚礼的一切准备工作都由她代劳了……她人很能干，包括看望两家老人和通知亲属等，都是她一个人操持，我只等着日子一到就回来做新郎官……

后来，就在我拟定到家的前半个月吧，我的母亲突然病了。她孤身一人住在乡下，说是不喜欢城里的热闹。平日还好，有远房亲戚们照料，病了的时候就很孤单。

我的未婚妻是很贤慧的，听到这个消息，就坐了火车去看她老人家。

我们家所在的地方，是很偏僻的。走了很长的路到家一看，老人是肠胃虚火，服了乡下郎中的多服汤药，已经好多了……

她在床前替我尽了两天孝道之后，我母亲对没过门的儿媳说，我好多了，你还是回城里忙你的事吧。我见了你，人漂亮也贤惠，病就好了一大半。过门这样大的事，该由婆家的人帮着张罗，可我们家人丁稀，帮不上你的忙。你不必守在这里照料我了，回去吧。你要再待下去，我心里不安，病反倒好得慢了……

就这样，我的未婚妻决定坐大清早的火车回去。我们那里是个小站，每天只有这一趟客车停靠。说好了由我的一个叔伯兄弟送她到车站……

一切都安排就绪。下半夜时分，我的未婚妻告别了我母亲，走到叔伯兄弟家，没想到那人突然病了，挣扎着说，大妹子，我送不了你了，我再给你另找个人吧……

我未婚妻看人家很忙乱，就说，不必了。我自己再找一户亲戚送吧。说着，就自己走出了家门。乡下人实诚，就放心地让她走了。

她一个人，人生地不熟的，到哪里去找人？想再回婆婆家，又怕老人家着急，她是个好强的女人，想到临近婚期，要办的事实在多，耽搁不起时间。看看东方已露出依稀的白色，她想，路也不很复杂，天色也越来越亮，就一个人上路了。

她真是个胆大的女子，胆大帮了她不少次忙。但这一次，胆大害了她。

她一个人往车站走去，正是秋天，乡间的小路被茂盛的庄稼围得严严实实……突然从草丛里钻出一个男人，将她强暴了……

“完了？”看到魏晓日医生长时间的沉默，古生物学家忍不住问。

“基本完了。”魏晓日说。

“没什么了不起的啊，这样的事，全世界每时每刻，几乎都在发生。”梁秉俊轻描淡写。

“你怎么能这样冷血？这对一个女人，是重大的伤害啊！”魏晓日痛心疾首。

“我看到您很投入，练了好多遍？预备着报案？”梁秉俊说。

“喔，是吗？那我是太入戏了。”魏晓日觉察到自己有些过分，不好意思。

“那您现在的难题是什么呢？”梁秉俊思索着。

“我要找到十三年前强奸那个女人的那个男人……”魏晓日答道。

“这并不难，您报案。”

“按照司法程序，已经过了追索案犯的时间，十三年了。现在，只有利用民间的力量，来查证这件事。”魏晓日解释。

“喔，原来是这样。那为什么女人的丈夫和那个女人自己，不来做这件事？”梁秉俊不解。

“那个女人刚流产，身体很虚弱。丈夫是一位学者，他做不了这件事。况且，由当事人自己调查，也太残忍。”

梁秉俊点点头，表示明白了。又说：“为什么这起强奸案当时没有报案？”

魏晓日回答：“因为女人的自尊或是说自卑吧。被强奸而不报案的女人，在这个世界上实在是太多了。”

梁秉俊盘根问底：“既然当时都容忍了这种暴行，为什么在十三年后的今天，又旧事重提？你刚才说了，已经超过了起诉的时间界限。”

魏晓日说：“我们想找他，并不是想起诉他，而是要求他……”事已至此，魏晓日干脆把情况和盘端出。“我的导师钟百行先生的这个计划，名叫‘血玲珑’，我是他的助手。这关乎到夏早早的花季生命，还有她的一家。梁先生，谢谢您。今天和您的谈话，使我获益匪浅。这件事，只有您和这些恐龙蛋听到，为了当事人的利益，还请您务必保密。”

人有时候真怪，会对一个素昧平生的人高度信任，比如在轮船或是火车的航行中。也许，正因为除却了利害关系，人才能坦诚相见。

讲了这么一大通纷杂混乱的问题，什么也没解决，但魏晓日觉得自己好多了，仿佛经历了森林浴吸足了氧气，又有能量投入到急流险滩之中。

听了魏晓日的话，梁秉俊，这位见多识广，知道七千万年以前恐龙长得什么模样的古生物学家，也如化石一般半张着嘴，僵在那里。

当魏晓日预备告辞的时候，梁秉俊说：“请再坐一会儿。我想问，您是一位医生，您打算怎么调查呢？”

魏晓日苦笑道："正在想。也许，要找一个私家侦探。我这些天，开始看福尔摩斯的小说。"

梁秉俊双手往下按了按说："我很想多知道一些细节。"

魏晓日不解："您想知道什么细节？"

梁秉俊说："女人遭受强暴的细节。"

魏晓日大惊失色，古生物学家至今单身一人，莫不是有什么性变态方面的疾患吧？他狐疑警觉地问："为什么？"

梁秉俊不疾不徐地说："要知道，这种湮灭多年的案子，只有细节，才能提供破案的线索……"

魏晓日说："谁来破案啊？"

梁秉俊说："我呀。"

魏晓日说："你？你不是古生物学家吗？"

梁秉俊说："这并不矛盾。有人可以一边做着总统，一边当着木匠，两不耽误。一个古生物学家是充满想象力的。他看到一个脚印的化石，就能推断出这只恐龙的身高体重吃什么是公是母多大年纪……这和破案，有异曲同工之妙。"梁秉俊说得很淡然，但有势不可当的自信。

魏晓日大喜过望说："您的……业余爱好……是侦破吗？"

梁秉俊有些羞涩地说："不是。我爱……写诗。"

魏晓日不死心地说："您以前当过侦察兵吗？"

梁秉俊回答："没有。我除了研究恐龙蛋，没从事过其他行业。"

魏晓日又说："您会少林棍吗？"

梁秉俊连连摇头："不会不会。"

"那武当拳呢？"

"也不会。魏医生，您可能还要问我会不会硬气功飞檐走壁什么的，非常抱歉，我一样也不会。"梁秉俊索性绝了魏晓日的探索和期望。

"那……您以前配合做过什么案子吗？"魏晓日还在苦苦挖掘。

“没有。”梁秉俊很干脆，或者说斩钉截铁地否认了。

“那么……梁教授梁学者……您很为夏早早的生命担忧，我可以理解。可是这件事，您恐怕……”魏晓日失望，但对方的心情可以理解。毕竟有人表示拔刀相助，虽说是个银样镴枪头。

梁秉俊说：“你不相信我这个和恐龙蛋为伍的书生，摇身一变，请缨出战，能有什么结果，是吧？”

魏晓日说：“您都看出来了？”

梁秉俊说：“看来，我得像请战上前线的董存瑞，把自己的有利条件摆一摆了。好吧，魏医生，你听听看。第一，我有便利条件。时间充裕，野外作业的时候，可以走南闯北调查研究，经费时间都有保障。”

魏晓日想想，嗯了一声，表示认可。

梁秉俊接着说：“第二，我的逻辑推理和想象能力优异。这除了得益于我的职业的训练，还有天赋。您这个案子，并不需要刀光剑影的打斗。我可扬长避短。”

魏晓日翻了翻眼珠，觉得此项尚可成立。

“第三，我有生物学的知识。我看这个案子里，一定会用得着这些。设备仪器药剂……”魏晓日频频点头，说得对。

梁秉俊正色道：“这最后一项，最重要……”

魏晓日说：“是什么？”

梁秉俊说：“我听到了母亲的呼唤，要我尽力帮助夏早早，这是她的遗愿。”

魏晓日沉思了一瞬，就把自己的手，交到了梁秉俊的手里，紧紧握了一下，两人都感觉到对方手心汗津津的。

分手的时候，魏晓日说：“我等着听你的好消息。”

梁秉俊说：“有些情况，得继续了解。你这么有信心啊？我现在反倒没有底了。”

魏晓日说：“你连七千万年前的事，都可以想象出来，十三年，算什么呢？”

第十三章

梁秉俊到卜绣文家中看望，关切之外，更主要的是亲做调查。

夏践石上班了，用人把客人接进来之后，就到厨房煲滋补的汤去了。卜绣文因知道梁秉俊来，穿着家居服，安坐在沙发上，甚至还化了淡妆，并不像想象中那样虚弱。或者说，她竭力想显得一切如常。

梁秉俊把一束半开的鲜花放在床前的小几上：“夫人，您好。别看它们现在不是很美丽，但过上一两天，所有的花骨朵都会大开了，那时就会好看了。”梁秉俊说。

“想不到，我们在这种情形下又见面了。”卜绣文说。虽然魏晓日已向她做了详尽的介绍，她仍然不知道自己该用哪种方式，会见女儿的逝去的病友的儿子，现在的业余侦探。

梁秉俊微笑着说：“我们有缘啊。”

卜绣文说：“我想，你会帮助我的，是不是？”

梁秉俊很郑重地点头，一切尽在不言之中。

卜绣文一下子热泪盈眶。她仿佛看到那个苍白而老迈的女人，在半空中慈祥地俯视着他们。

“我已经把这次怀的孩子打掉了，这是我丈夫的亲骨肉。我可怜老夏，这是他唯一的孩子，真正的孩子。可是，我狠心把他的孩子杀死了……我是一个坏女人……”卜绣文不知从何说起，先从骂自己开始吧。

梁秉俊充满关注地看着卜绣文，表示深深地理解她的内疚和哀伤。这种神态使卜绣文放松下来，觉得面前的这个男人，不会用世俗的眼光看她。

“梁先生，什么我都可以告诉您，反正我是不仁不义没脸没皮的女人了。只是，我所说的细节，千万别让老夏知道！”卜绣文说。

“他一点都不知道吗？”梁秉俊问。

“是，他不知道。或者说，他不想知道。他对我说过，我可以服侍你的身子，其他的事，原谅我，我做不了。老夏能做的他都做了，他是个好人。”

大滴的眼泪沿着卜绣文的脸颊流下来，粉妆被冲开一道透明的小溪，露出惨白的肤色。

“夫人，我保证，永远不会向您的丈夫吐露一个字的。”梁秉俊的话坚实平稳。

“好……那我们从何说起呢？我不知道怎样才能找到那个男人……”卜绣文刚擦干眼泪，泪水又不由自主地淌下来。她从未这样感到自己孤苦无依，甚至超过了十三年前。

“我也不知道。”梁秉俊说。

卜绣文露出失望的神色：“那……”

“别着急，你的不知道和我的不知道加起来，我们就可能知道他是谁了。”梁秉俊开了个玩笑，松动一下紧张的气氛。

卜绣文明白了这番苦心，双手握着拳，拼命使自己镇静下来。

“就从那一天的晚上说起……喔，正确地讲，是早上了。十三年前的那个凌晨……这当然对您来说很痛苦，但是，必须如此。”梁秉俊说。

卜绣文开始述说。

梁秉俊平静地听着。其实，某些细节都同魏晓日说的一样，没有新的补充。但他仿佛头一次听到，专注的神情使卜绣文的回忆渐渐活跃起来。

“下面，我要询问一些感觉方面的问题。因为这是一个十三年前的案子了，我估计查找那个男人——我就不称他案犯了，将是十分艰难的。您精细的感觉，也许是我唯一的线索。”梁秉俊说。

卜绣文咬着牙点了点头。

她知道下面的问题将很难堪，悲惨的记忆已被人的本能强压到记忆的深海，成为一具恐怖的残骸。现在，要将残骸打捞出水，一一复原，每一个细节都被绘声绘色地描述出来，而那正是一个女人最不堪回忆的事件。

为了女儿，她一切都能忍受。

“那个男人的身高，你判断是多少？”梁秉俊问。

“我想，他比我高……十几厘米吧……”卜绣文困难地回答。

“您是从哪里做出这样的判断的呢？”梁秉俊问。

“我的身高是一米六二。当他强暴我的时候，嘴唇强行亲吻我。由于他的身体比我高，胸膛和脖颈就弓了起来。我的丈夫身高比我高不到十厘米，当我们行夫妻生活的时候，同样的姿势，他的头部就不必弯曲得那样厉害……所以，我判断他比较高……”

卜绣文双目平视着前方，嘴唇哆嗦着，不过逻辑清晰，好像在述说别人的事情。

“我们再问下面一个问题。既然两个人近距离地接触，你闻到他身上有什么特殊的气味没有？”

“有烟气……很浓烈……劣质……”

梁秉俊强调说：“特殊的。吸烟当然是一个重要的线索，但吸烟的男子实在是太多了。”

“有汗气……”卜绣文痛苦地追忆着。

“请再回忆。”

“有……一种清凉的水汽……我不知道是不是因为被他推倒在草地上，所以才闻到水汽……但是，千真万确，从他的衣服里透出水的味道……”卜绣文努力回忆着，为自己不能提供更直接的线索而焦虑。水汽，这算什么呢？秋天的野地里，当然是有水汽的了……

没想到梁秉俊高度注意地说："您是说，水汽渗透到他的衣服里面了？"

"是的。甚至他的皮肤都有一种水的味道……噢，还有，他的鞋底粘有一种红色的泥巴……因为他用脚狠狠地踢我的腿……我的衣服背后是黄绿色混杂着青草汁的尘土，裤子的下摆都是红色的淤泥……那套衣服被我烧了……一回到家，我就把那天我携带的所有东西，都烧了……我不想留下丝毫痕迹，这些东西都是我受辱现场的见证人……我不能留下它们……"卜绣文神色恍惚。

"好。我们再来谈谈别的。"梁秉俊打断了卜绣文的话。

"他的手指不很粗糙，但一只指肚上有茧子，在他粗暴地蹂躏我的时候，揪心地疼痛……"

"喔，你能回忆一下，那是哪一根手指？"梁秉俊紧追不舍。

"这个……当时他的姿势是这样的……"卜绣文恐怖地扭曲着面孔，头像扒鸡一般极度后仰，姿势痛苦万分。但她另一只手顽强地模仿着另一个人舞动着，这使她分裂成罪犯和受害者两个人。

"是左手的食指。"卜绣文很肯定地说。

梁秉俊点点头，算是鼓励。然后紧接着问："还有什么？"

"他好像很慌乱，并没有经验。就是说，也是第一次……胡子很软，年纪不大……他穿的裤子很肥大，腰上系了一条皮带。因为我听到了金属搭扣的声音。他的衣服不是化学纤维的，即使在那样的暴力中，也是软绵绵的……"卜绣文艰难地回忆着，力求准确。

梁秉俊抱着双肘，沉静地听着。他不做任何记录，但罪犯的特征已经在他的脑海中形成。那个时机和场合太利于诱发邪恶了——一个孤身赶路的女人，而且肯定不是本地人……只是他身上的水汽，到底是怎么一回事呢……

梁秉俊止住自己的思索。继续问："你当时同什么人谈过此事吗？是否有你记忆不清的地方，别的人还可补充？"

卜绣文坚决地摇了摇头说："没有。这件事，我没有告诉过任何人。我当时想，一生当中，我将永远不说。哪怕是这个罪犯以后犯了其他的官司，被人捉到，他自己供出曾有过这样一件罪行，警察找到我头上，我都不会承认的。"

"为什么？"梁秉俊不由得吃惊。这种不配合的态度，对于他这一行的，实在是噩耗。

"因为该发生的都已经发生了。没有人能弥补我的贞节，那就让这个世界上知道这件事的人，越少越好。"卜绣文铁青着脸说。

梁秉俊点点头，他能理解。又摇摇头，他不赞成。

"谈谈以后的事情，好吗？"他换了一个话题。

"后来，我挣扎着爬起来，那个男人早就跑了。我以为我昏过去了很长的时间，由于我的剧烈反抗，他用拳猛击我的头部，眼前一阵金星，我就什么都不知道了。我看了看表，并没有过去很长的时间。他没有抢我的表，甚至连我身上的钱也没有动。我的第一个想法就是，不能回我的婆婆家去，让老人受刺激。那我只有一条路，就是继续到火车站去。我非常艰难地走着，全身酸痛，头痛欲裂。走了很久，我才到了火车站，那列开往我的城市的火车早就过去了。这时，一列相反方向的火车开来了，停在这个小站。我麻木地上了车，我只想远远地离开这个可怕的地方，到哪里都行……

"我到了一个陌生的城市，找了一家旅店住下来。我先在卫生间里洗了三小时的澡，把全身的皮肤都搓得瘀血……面对苍天我叫着自己的名字说：卜绣文，我告诉你，什么事都没有发生，你还是你。该干什么就干什么，永远忘记这一幕吧！

"于是，我又到火车站买了返程的车票……

"许多女人在发生了这种事以后，痛不欲生，述说自己的身心受到了极大的伤害。我对自己说，不就是一次粗暴的性交吗？我忍了。哪怕就是骨折，伤筋动骨一百天。一百天以后，那伤处也要愈合，人也依然要行走。至于心理上的痛楚，你觉得深重，它就时时刻刻鲜血淋漓。你不去理会它，它也就渐渐结痂弥合……

“您肯定觉得我这是自欺欺人。但一个遭受侮辱的女人，马上就是婚期，又不能对别人说，只有把这苦水咽到肚里，自己为自己寻一条生路。

“我面临的情境更令人窘迫。我的未婚夫就要从国外回来结婚，我受了这样的凌辱，不知他会怎样想？

“我考虑了三天，决定什么都不对他说。因为这不是我的过错，我没有对不起他，我是为了照看他的母亲，才遭此磨难的。我告诉了他，他会内疚终身。他要是就此同我分手，我想，他必将受到良心上的谴责。他如果口头上说不计较，依旧与我成婚，但我知道，所有的男人都不会对妻子这样的遭遇无动于衷。即使当时出于道义，他不说什么，在以后漫长的岁月里，夫妻间也会留下驱不散的阴影。

“所以，不论为他还是为我，我都不能说。说了，有百害而无一利。当然，我不是处女了，我不想伪装。在结婚的前一天，我很不安地对夏践石说，因为我以前做过剧烈的运动，很可能新婚之夜不见红。

“夏践石诚恳地对我说，大家都是受过高等教育的人，不会那样陈腐。

“他相信了我。

“我也坚定地相信自己还是处女。虽然，在生理上，不是了，但是，在精神上，我觉得自己是。这种坚信，产生了一种力量，一种幻觉。我不断地这样想，身体和整个记忆，就服从这一强大的指令和想象。于是，我成功了。

“我们处得很和睦，蜜月过后，践石又到国外去了。很快，我就发现自己怀孕了。因为时间相距很近，我无法判断这个孩子到底是谁的。

“当然，我的主观上，是绝不愿意这个孩子是那个暴徒留下的种子。我也曾想过是不是做个鉴定，但这无法悄无声息地进行，必须要取夏践石的标本，这会使我以前所有的努力化成灰烬。思前想后，我决定听天由命了。

“我在恐惧中等待了九个月。孩子降生的那一刻，我真是如在炭火上煎熬。别的产妇只是感到生理上的痛苦，我心理上的负担更沉重万分。当我历经千辛万苦生下早早的时候，心中夹杂着欣喜、忧郁与巨大的疑问。医生把孩子抱给我看的那一瞬，我吓得紧闭了眼睛……

“当我睁开眼睛的时候，我看到一个美丽的女孩……我一下子就喜欢上她了……我想，不论她是谁的孩子，我都是她的母亲。我既然把她带到这个世界上来了，我就是她最亲的亲人，我要用生命保护她……

“那些日子我的心，真是矛盾极了。我像研究一件工艺品似的，端详这个小小的人儿。我竭力在她的五官上发现属于我丈夫的特征，生怕看到另一个人的影子……其实，那个人是什么样子，我也不知道……

“后来，我渐渐地习惯了这个孩子。我想，孩子是无罪的。不论她的父亲是谁，我都要把她好好抚养成人。要让她受最好的教育，要让她成为一个优秀的人……而为了这一切，我必须对她的身世严守秘密。

“这个决心一下，事情反倒简单了。我再也不考虑她到底是谁的孩子了，她就是夏践石的女儿。

“时间长了，我居然把这件事淡忘了。

“真的。按说，这么要害的事是不会忘记的，但我确实是忘了。

“而且，夏早早真的越长越像我和夏践石的孩子。有人说，一家人吃一样的饭，长相最后也变得一样了。我不知这话有没有道理，但早早和她的父亲很亲昵，这是千真万确的。

“我们是幸福的一家人，假如不是早早的病，这世上不会有任何人知道早早的身世之谜……”

梁秉俊静静地听着，没有插过一言。

他不会轻易打断对方的叙述，人常常在不经意当中流露连自己也意识不到的重要线索。再说这个女人即使在悲痛虚弱之中，也依旧章法严谨，无懈可击。

“我要是查出了这个十三年前的肇事者，您打算怎样呢？”梁秉俊谨慎地问。

“我要他把十三年前的事情再重复一遍，我要再怀一个他的孩子，和早早基因一样的孩子。”卜绣文坚定地说。

梁秉俊点了点头说：“明白了。”

卜绣文说：“谢谢您。”她挣扎着要坐起来，脸色显出病态的酡红。

梁秉俊说：“请好好歇息，调养身体。我将到夏先生的祖籍进行调查，已经过了十多年，当时又几乎无人知道内情。而且我们这件事还不能得罪了当事人，因为我们并不是为了清算他，是要得到他的帮助……总之，我会尽力的。现在，请你最后做一件事，也许对找到这个男人很有帮助。只是，你的身体受得了吗？”

“没问题，我什么都能干。”卜绣文义无反顾。

“请你把当时的地形画一张图。”梁秉俊要求。

“这个……我不是当地人……多年前的事，怕记不准了……”卜绣文对自己很没把握。

“没关系，就按你的印象画好了。人的记忆，有时候，会在不经意当中，记下非常重要的线索。你想到什么画什么，没关系，也不是军用地图。”看卜绣文太紧张，梁秉俊打趣道。

卜绣文的精神果然放松了一些，拿出纸笔，精心画起来。

梁秉俊决定马上到事发现场去。准确地讲，那里不能叫作现场了，十三年之前的案子，实在已是陈旧场了。当然了，那里极有可能发生了翻天覆地的变化，沧海桑田。但他还会站在那里，细细地揣测一个启明时分的浑身沾满水汽的青年男性的心理。卜绣文把一张草图交给他。

“好，很好，请耐心等待。”他说着，站起来，告辞。并用手按住了卜绣文挣扎而起的肩膀。卜绣文感到那只手的温度和力量。

在院子里，梁秉俊遇到了前来探视的魏晓日。

“你开始了？”魏晓日皱着眉头说。

“是啊。”梁秉俊觉得魏医生不似以往热情。

“不要找到那个男人。”魏医生低声但是无比清晰地说。

“咦，这就怪了，老弟，不是你托付我的事吗？怎么，反悔了？”梁秉俊大为不解。

“不是我托付你，是‘血玲珑’的计划需要这样。”魏晓日说。

梁秉俊何等人物，立刻察觉了魏晓日和“血玲珑”有某些分歧。他不动声色地说：“魏医生，事已至此，就不单单是你我之间的事了。我已经答应了夏早早的妈妈，我得查下去。”

“她想找到那个男人，不是为了复仇，是为了再生一个孩子。可你看到她现在的情形了，整体情况非常虚弱，那会要了她的性命。”魏晓日继续低声说。

“你以为不找到那个男人，她就会好好地活下去吗？”梁秉俊睁大他那双看惯了恐龙蛋的眼睛说。

“我不是那个意思……我只是……从医学的角度……”魏晓日说。

“我有点明白你的意思。可是，你得尊重当事人。”梁秉俊说。

“你是不是看上她有钱了？你以为你帮了她，会得到一大笔钱吗？”魏晓日知道自己是刻薄和蛮不讲理了。不喜欢“血玲珑”实质性的进展，特别是在看到了卜绣文流产之后非常虚弱的身体，他力图阻挠梁秉俊的工作。他恨自己那天鬼使神差，找到了这位古生物学家并一诉衷肠。如今，欲罢不能了。

梁秉俊说：“魏医生，您知道，我们并没有一句话谈到钱。”梁秉俊并不恼，他从魏晓日的反常里，觉察到一些情绪。

魏晓日镇定了一下自己，转了话头说：“当事人喜欢‘血玲珑’，但这个计划，很可怕。”

“再没有其他方法了吗？再想想，再找找。”梁秉俊说。

“这就是今天的人们，所能想出的最奇怪的办法了。医学上很多新的进步，都会挑战原有的秩序。比如几十年前，为了治疗精神病，是要把病人的大脑额叶锯断……那个残忍地锯断病人脑组织的医生，后来得了诺贝尔医学奖。”

“你是说，钟教授也是为了得奖？”梁秉俊问。

“不知道。”魏晓日茫然。

正说着，姜娅趺趺撞撞地闯进来，全没了平日矜持文雅的风度，好像刚被人打了劫。

“姜小姐，您好。”魏晓日打招呼。

“您好……魏医生……我有急事找……卜总……”姜娅不情愿地停下脚步。

“有什么事，告诉我一下，好吗？”魏晓日口气柔和地说，但神情却是命令式的。姜娅踌躇了一下，她知道这位魏医生同卜绣文的关系非比寻常，但商业秘密也像战争情报一样重要。她勉强抽抽嘴角，算是笑了，说：“三言两语的，我也说不清。您也不一定会感兴趣的……”说着，就想绕过两个男人，进入卜绣文家。

“如果是长时间的谈话，我更要关切一下了。你知道，卜绣文女士的身体已极不适宜激动。我是她的医生，她是我的病人。这里虽说是她的家，但我是奉了钟百行先生的医嘱，来这里执行医疗业务。我的话是算数的。”魏晓日守土有责。

“这个……”姜娅被钉在地上。

这是一个优美的庭院，花草的布局都十分精巧，高的乔木、低的灌木和藤萝花架相映成趣，看得出主人曾刻意布置过。现在这一切都荒芜着，但春天是抵挡不住的，花在草丛中开放，把浓郁的香气飘散在空中，使人有一种身心膨胀的感觉。

两个男人一个女人，站立在葱郁的绿色之间，彼此靠得很近，像是在探讨将到哪里去郊游。

姜娅一狠心，反正木已成舟，纸里包不住火。再说，真要是这个消息引出人命，自己的责任就大了。听医生的话，没错。

她说：“卜总破产了。我们……卜总……账上所有的资产，都已被匡宗元输掉。除了债务，只可维持她一家最基本的生活……”

两个男人静静地听着。

“这个问题，就同我没有关系了。对不起，我先告辞一步。”梁秉俊告辞了。

魏晓日缓缓地同姜娅说：“事情还可补救吗？”他对商战是外行，只是按照医学的知识，在一场灾难性的病患面前，先判断一下是否可挽狂澜于既倒。

姜娅迟钝地摇摇头：“卜总很长时间以来，一直全力以赴地做着抢救的工作。商战就是这样，为了挽救危局，你必须投入更多的金钱。但这结果就是两个：一个是你从泥泞中爬起来。一个是你更深地陷入泥潭……”

她顿了一下，垂下浓密的睫毛：“很遗憾，我们卜总……这一次运气不好，成了后者……”

“她连早早的医药费也搭进去了？”魏晓日问。

“是的……她背水一战……除了在我一再劝阻之下，留了一点生活费，其余弹尽粮绝……”姜娅眼眶有些湿润，并不是为了自己的前途，以她的条件，很容易就可以找到新的工作，只是担忧这个心比天高的铁女人，该如何生活下去。

“既然一切已无法挽救，我觉得你就不必将这些告知卜总了。”魏晓日宁静地说。

“那怎么行？这是天大的责任啊！”姜娅惊呼。

“她的身体状况，实在是承受不了这样的打击。我看，你同夏践石先生谈谈好了，这样，你就从法律上解脱了责任。至于善后事宜，你跟随卜总多年，替她将最后的事情做好，也不枉你们相处一场。姜女士，拜托了。”

姜娅点了点头。业务上的事，这一段都是她经手的，善后还是有把握的。她的点头还有另一番意思，她被这个医生对卜绣文的情意感动。

“至于其他的事情，我们以后再说吧。”魏晓日似是无意地挡住了通往卜绣文卧室的花径。

姜娅知道此时自己的慌乱神情，是不宜见卜绣文的。那是一个何等精明的女人，一下就会看出破绽来。她说：“魏医生，我也拜托您了。”

魏晓日在花园里转了半个时辰，待自己气息平静如水，才走进卜绣文的临时病房。

“你同梁秉俊先生谈了这么久吗？又出了什么事吗？”卜绣文已若惊弓之鸟。

“不，没有什么事，你好好休息就是了。”魏晓日轻轻地拍了拍卜绣文的额头。他喜欢她这种病弱的样子，如同一个婴儿。而且她还破了产，这就更好了。

第十四章

魏晓日去见钟百行先生，一路上给自己打气：你呀你，一向对老师言听计从，今天可要顶住。

钟先生坐在宽大的皮椅上，微眯着眼，好像等着鱼儿自己上钩的老翁。

“‘血玲珑’的计划实施得怎么样了？”钟先生问。他胖胖的手指轻轻敲着宽大的写字台面，手法娴熟，好像那是一个虎背熊腰的病人的肋排。

“由于基因检查证实夏践石不是夏早早的生父，夏早早之母做了中止妊娠的手术，现正在休养，按您的指示，我们正在寻找夏早早的生父……”魏晓日简短地介绍了情况。

“就是说，我们，回到了出发地，等于什么也没有做。”老人平和地说。

“是的。”魏晓日说。心里想，现在的情形比什么都没有做时要坏得多。卜绣文的身体和钱财，都受到了强烈的伤害，不可同日而语了。

“不要紧，让我们从头来。”老师不慌不忙很肯定地说。

“可是，卜绣文的身体……”魏晓日吞吞吐吐。

“用药，营养药，她毕竟是一个健康人，只不过是暂时的虚弱罢了。”钟百行轻轻吹了口气，表示这件事不足挂齿。

“可是，那个孩子真正的父亲，还没有找到。”魏晓日隐瞒了梁秉俊必将破案的承诺，希望老师知难而退。

“找，千方百计地找。必要的时候，在缩小范围之后，可以从基因的角度，比照夏早早的基因，从可疑人群中提取相关标本，这个问题不是不可解决的。”钟百行一下子就点到了问题的要害和处理的捷径。

魏晓日连连点头，知道先生是不好糊弄的，暗骂自己首战失利。但他不灰心，待老师刚说完，立即叫难道：“这方法好是好，但需要很多的资金。”

钟百行说：“夏家不是很有钱吗？我记得那女人说，准备了一大笔医药费。”

“那是以前的事了，近日，她的生意赔了，只够维持温饱。”魏晓日几乎掩饰不住自己幸灾乐祸的声调。在他的心目中，卜绣文的安危始终是第一位的。听到她破产的消息，他想这会使这个女人现实一些，不再一意孤行。也许，在他的内心深处，更希望此女一贫如洗，这样，他和她就可以更平等，他就可以更好地保护她了。

钟百行轻轻抖了抖花白的眉毛说：“晓日，我有个奇怪的感觉，你似乎巴望‘血玲珑’方案不成功？”

魏晓日大惊，辩解道：“先生！我怎么会那样想？我只是觉得事情除了我们缜密的方案以外，其他的未知因素太多，希望很渺茫。”

钟百行说：“一个世纪以前，要说到征服肺结核，人们也都认为很渺茫。在进行医学探索的时候，医生必须有大无畏的精神，还要没有私心。”他意味深长地看了魏晓日一眼。

魏晓日说：“我追随先生，并无一点私心。”

钟百行说：“我知道你很爱学习，但我的经验，不是你的经验。它们是我戴旧了的手套，我扔了，你捡起来，是没有用的。小伙子，在你的治疗笔记上，记下这句话，下面还要画上波浪线。这次，是织你的手套了，并不仅仅是我的事。”

魏晓日进门时鼓起的勇气，顿时烟消云散。老师对学生永远有一种居高临下的威慑感。

况且，“血玲珑”方案的决策者——钟先生，实践者——卜绣文，都有赴汤蹈火的勇气，他算什么呢？说好听点是一个执行者，实质是一个工具而已！

他缄默了。

钟先生轻描淡写地说：“这样吧。关于‘血玲珑’方案所需经费，都由我来支付好了……”

魏晓日几乎从沙发上跳起来说：“先生，您不是开玩笑吧？这可是一笔相当巨大的开支啊……”

钟先生慈和一笑，说：“晓日，你做了我多年的学生，几时看到我开这样的玩笑？”

魏晓日说：“那……也要同师母商量一下啊。”

钟先生说：“我平生无任何嗜好，只爱医学，你师母她知道。这次，我将倾毕生所有，做一次医学试验，权当她倒霉，嫁了一个酒鬼、一个赌徒，一个铜板也没给她挣下。成功了，也许对整个人类是个贡献。失败了，我认命，给后人留下一个教训。只是我年纪大了，指手画脚还行，真正做起来，许多具体的事都得由你来干，希望你能同我肝胆相照，结伴而行。”

魏晓日一震，他听到了两个意思。一是导师提醒他不得三心二意，再次重申将革命进行到底的决心。另一层意思是明确了他在试验中的身份，不再是老师的助手，而是并驾齐驱的合作者。

责任重大，无以推托，他的原定方针土崩瓦解。

魏晓日说：“老师，请放心，晓日知道这是一项造福人类的试验。一定殚精竭虑，以不负老师重托。”

钟百行像南极仙翁似的，晃着硕大的头颅说：“好，我们就这样说定了。我知道有一家小院要出租，环境不错，你出面把它租下，待到那个卜姓女人再次怀孕后，就让她搬过去，找几个可靠的护士对她进行医疗和护理。她妊娠的所有的经过都要有详细的记录，直到分娩。这将是极其宝贵的第一手医学资料。

对那个符合基因要求的婴儿，更要严加保护。待他/她的骨髓生长到一定的阶段，我们就可以最后地完成‘血玲珑’计划了……”

春日温暖的阳光，透过宽大的落地窗，落在魏晓日身上。“血玲珑”像一块粗粝的岩石，在先生的斧凿下，渐渐露出清晰的棱角。

“是。”他只有执行。

钟先生站起来，看着窗外，悠然说：“晓日，对于人，我们懂什么？百分之九十九的事，我不懂。也许，你懂。”

魏晓日忙说：“先生，您只懂百分之一，我呢，只有万分之一了。”

钟百行说：“晓日，你别紧张，我并非调侃你，我说的是真心话。对于土星的光环，我们都比对人的眼珠懂得多，科技这东西，用于杀人的研究，比用于救人的研究，要多得多了。我们也许会在医学史上留下淡淡的一笔。”

魏晓日到病房看了夏早早。小姑娘的病情尚平稳，未见明显的恶化。

“我妈给我进山找仙药去了，等我的病好了，我的药要是还没用完，我就留给您。”夏早早说。

“你希望我也得和你一样的病啊？”魏医生说。

“不是啊！这病多吓人呀，我哪能希望您得它呢？那我不就是一个大坏蛋了吗？”小姑娘急了，“我呀，是让您把药好好保存起来，以后谁再得了这种病，不就有救了吗！”夏早早美丽的大眼睛里，闪烁着和她的年纪不相符的悲天悯人的光芒。

魏晓日待不下去，赶紧退了出来。

他去看了钟百行先生指定的房子，独立的院落，很是小巧清静，只是租金颇不菲。魏晓日与房东打了欲租的招呼。

“来看这房子的人可多了，我给您提个醒，回去和家里人琢磨琢磨可以，不过，可别嘀咕时间太长了。晚了，就租给别家了。你就是给我磕头，我也没有第二份了。”房东说。

“我一个亲戚说要来住，还没有最后定下来。一旦有了确信，我会马上来的。”魏晓日回答。

他在心里，祈祷梁秉俊一无所获。

待他重新回到医院办公室时，看到薄香萍正和一个男人悄声说话。听到开门的声响，两人一齐回过头来。

真是倒霉啊，那人正是梁秉俊。

“想不到你们这样熟，你们在说什么？”魏晓日警惕地问。

“我们在谈病和病人，总不能在医院里谈股票和食谱吧？魏医生，其实，我熟悉薄护士的程度是要超过您的。我妈在这里住了那么长时间，作为家属，见到护士的机会比见到医生更多。薄护士细心和气，我妈生前很感激她。”梁秉俊好像很高兴，话也格外多。

“您是来找我的吧？”魏晓日淡淡地说。他不想见到他。

“是的，您托我查的……”梁秉俊迫不及待地说。

魏晓日对在一旁听他们谈话的薄护士说：“请您再去观察一下 ×× 床的病情，她有点咳嗽，好吗？”

“医生的嘴，护士的腿。您吩咐就是了，有什么好不好的！”薄香萍看出魏晓日是想将她支走，悻悻地说着。

屋子里只剩他们两个人了。

“哦，对不起，我太兴奋了。”梁秉俊说。

“喔？因为什么啊？”魏晓日不愿猜测，淡淡地问。

“关于夏早早生父的情况，我要向您汇报，您是我的主顾啊。”梁秉俊面露微笑说。

“他在哪里？”魏晓日头皮唰地一麻，紧张地问。

梁秉俊把魏医生的惊骇理解为敬佩，说：“这个人肯定存在，是不是？”

魏晓日不耐烦地说：“那是，夏早早也不是从天上掉下来的。”

梁秉俊说：“没有雇主下一步的指示，这个人，或者说这个嫌疑人，目前当然还待在他往常待的地方。”

魏晓日变色道：“请讲得详细一点。”

“我到夏践石的祖籍去了，真是变化太大。卜绣文指认的那片田野，已经变成了一家制鞋厂……”

魏晓日看着梁秉俊疲惫的面容，心想，那你还不打道回府？查个没完干什么？！

梁秉俊只顾沉浸在对工作的描述中，尽管他具有高超的推理能力，也琢磨不到魏晓日此刻的复杂心态，兀自讲下去。

“我拿着卜绣文给我画的那张草图，找到了附近的老农。反复对照，画出了新的地形图。卜绣文把附近一条河的距离画得太远了，其实近在咫尺。还有，她把田野的面积画得太大，那可能是因为她赶夜路，心中十分恐惧，便觉得道路漫长。这不奇怪，通常，人在受到严重惊吓之后，记忆会发生某种偏差，女性尤甚。卜绣文虽说是难得的镇定，也难免俗。”

魏晓日知道在这貌似平凡的叙述里，隐藏着巨大的艰辛，但这并没有使他对梁秉俊生出敬佩，僵硬地说：“想必当地的年轻人也都搬走了？”

梁秉俊不计较他的态度，说：“是啊。当我把位置搞准确之后，又找到了当年的列车时刻表，确定了卜绣文当年欲乘坐的火车的确切时刻。然后推断出案发的具体时间，精确到分。”

魏晓日愤愤地说：“又不是发射火箭，有那个必要吗？”

梁秉俊说：“有啊。我找到了那一带的气象志，得知了那一日的具体气候，夜间的最低温度。那是一个很低的气温，卜绣文是城市人，装备比较厚实，又急着赶路，她没有意识到那夜的寒气……”

魏晓日不得不敬佩地点头。因为在卜绣文的叙述里，从来没提到温度的问题。

梁秉俊接着说：“我还查了当地的天文志，得知那一天之前日落和当日的日出时间，月亮所在位置和盈亏……”

魏晓日目瞪口呆地说：“这和破案有关系吗？”

梁秉俊说："当然了。当这些都查完之后，我站在案发的现场，当然，现如今那里没有任何绿色植物，有的只是一箱箱鞋子。如今它恰好是鞋库前的空场，我是特别贿赂了守门人，才得以在黎明前最黑暗的时候，站在那里，遥想当年的。当然了，我要扣除时间差，因为季节不同，日出的时间会有变化。这些我都是经过精确计算的。包括，我将自己所穿的衣服，调整到可以和案发当时皮肤所感受到的温度相符。还查阅了当时的报纸，看了各种广告……"

魏晓日在自己的心境里，顾不上基本的礼貌，打断梁秉俊的谈兴道："梁大侦探，我实在看不出这些同您所要破的案子有何相关？"

梁秉俊一点都不恼，安静地说："当这些准备都完成的时候，我站在鞋场库房前，那个强奸犯的模样身份就呼之欲出了。"

在那个特定的时间、特定的地点、特定的光线和特定的温度之中，梁秉俊进入另一个人的灵魂，变成一个罪犯……

魏晓日说："他是谁？"

梁秉俊严肃起来说："卜绣文提供了那个人的左手食指有茧子，在这个部位的茧子，只能是长期摩擦执笔所致。年轻人能有这种特征，说明他是一个苦读的学生。卜绣文还说性关系对于那人来说，也是初次，是什么特别的时间诱发了这个年轻人的犯罪呢？那一天正是当地高考发榜分数寄达的日期，这一点，卜绣文当然完全不知，不能怪她，她只是匆匆的过路人。

"当天夜里，前半夜是月亮很圆很亮，这种天象，常常触发深层的忧郁。据我的了解，当年附近有一家录像厅，每天半夜之后放黄色录像。囿于变更，我无法找到当时的节目单了，但那一类的场合，所演播的内容可以想见。当播出结束的时候，正巧有一阵小雨……有时候，当我把自己的思维进入罪犯的躯体之后，我觉得那些细节就自动地连在一起，向我显示出罪恶的轨迹。我可以想象出这样一幅景象……

"一个高考落榜的学子，接到失败的分数，看着天上的明月，触发脆弱和茫然的心理。他无颜见父母同学，独自一人坐在旷野之中，孤独沮丧，想了断此生……但生命的本能使他渴望生存，出人头地，于是，渐渐滋生出愤怒和报复的怨毒。他在斥责上天的不公的同时，也对所有的人产生敌视。为了排遣这种令他自己也躁动的情绪，他进了录像厅。黄色录像强烈地刺激了他的感官，他的精神进入亢奋的状态。当他走出录像厅，月亮隐去，冷雨飘下，他的布衣被水汽湿透，十分寒冷。内心的焦灼和欲火，外在的寒冷和黑暗，极大地诱发出犯罪的念头。正在此时，他看到了孤身赶路的卜绣文。邪念陡起，恶向胆边生，他立即凶猛地扑上去施暴……”

梁秉俊讲得丝丝入扣，魏晓日听得毛骨悚然，他凭着一个医生的直觉，感到这一番推理的无懈可击，但是，他不想让梁秉俊太得意，就这样说：“听起来，很像是一篇精彩的小说啊。只是，这个罪犯到底是谁呢？”

梁秉俊说：“十三年前的一个高考落榜生，左撇子。性格中有猛烈的爆发性和一种不计后果的果断。他善于抓住机会，哪怕是第一次，也绝不迟疑……还有确切的身高……有了这些条件，你以为在一处相对闭塞的农村，找到他还是很困难的事情吗？”

魏晓日不得不承认，古生物学家客串的侦探，并不是浪得虚名啊！

“不困难。你了不起。”他直视着梁秉俊心悦诚服地说。行业尽管不同，但他懂得敬重一个敬业者，一位道行深厚的专家。

梁秉俊此刻显得很谦虚，说：“其实也没有什么。只要想到了，谁都能抓住他。”梁秉俊说着，打开了随手所带的一个鼓囊囊的公文包，从中取出一个小箱子。

“这是什么？”魏晓日问。

“袖珍冰桶。你知道我们外出是经常需要保存一些标本的。”说着，梁秉俊取出一管鲜红的血液。

“这是什么？”魏晓日讶然。

“这就是那个人的鲜血。因为我想最后的确认，可能还是需要他的基因和夏早早基因的测定结果。我就把他的血液标本取来了。”梁秉俊淡淡地说。

直到这一刻，魏晓日才对梁秉俊佩服得五体投地。什么叫高手？这就是了。他把一切都在不动声色之中想周全了。

“你怎么知道我们需要这个？”魏晓日摸着那管血，爱不释手。这一刻，他也忘了对卜绣文的保护了，只记得对钟先生的“血玲珑”来说，这份标本举足轻重。

“我对血液的研究，可能比你想象的要多得多。我这一生，都会关注这一领域的进展。这不但是我破案中，经常要同血液打交道，更因为我的母亲死于血液病，我对她老人家有一个承诺。”侦探的目光暗淡下来。

魏晓日说：“你是怎么把他的血搞来的？”

梁秉俊道：“很简单啊。这种人的性关系，肯定是比较混乱的。我穿了一件白色的制服，找到他，说，我有特别的渠道，得知和你密切交往的女性，患有某种特殊的疾病。是什么病，为了不给你造成思想负担，我也就不多说了。我们需要对你做一个检查。如果检查结果无特殊，我们就不会再和你联系了。当然，也许会再次找你。你放心，这个过程是完全保密的。喏，就这样。他就乖乖地把胳膊伸出来了。”

魏晓日说：“看不出来，你骗人的手段还挺高。”

梁秉俊驳道：“哪里？我说出的每一句话都是真的。特别渠道、密切交往、特殊疾病、一个检查、完全保密……都是真的。你能找出哪一句不确实吗？没有。再者，我穿的是白色制服，并不是白色工作服。白衣服谁都可以穿，这是个人自由。至于他对此作何联想，那是他的事，和我无干啊。喏，这是他的有关资料。”说着，把一个文件夹递过来。

魏晓日对这番妙论击节赞赏，说：“你比一个医生想得还要周到，谢谢你。”

梁秉俊告辞，一推门，看到站在门外的薄香萍，说：“薄护士，为什么不进去听啊？我们并没有说什么秘密话。”

薄护士涨红了脸说：“我可没想听你们的话。不过是从病房里回来，刚要推门，就听到你要往外走，所以闪到一边。”

梁秉俊说：“不要解释，干我们这行的有一条规则，一件事解释得越多，越说明有鬼。”

薄护士搭讪着说：“你是干哪一行的？认识许久了，还真不知道。”

梁秉俊递过一张名片。

薄香萍看了说：“古生物学家？你刚才说什么来着？说你那行有规则，不解释。你跟谁解释呢？剑齿虎还是猛犸象？”

梁秉俊一乐说：“看不出，你对古生物还挺熟的。是的，它们不会听我的解释。我说的是我的业余爱好，当个侦探。”

薄护士惊叹不止。想不到昔日床前的孝子，还有这样的能耐。

梁秉俊说：“薄护士，不管你听没听到我同魏医生的谈话，我都再对你说一遍，有需要我帮忙的事情，尽管说。”

薄护士一脸感谢的样子，目送梁秉俊走。魏医生定下心来，对梁秉俊的迁怒就又涌动起来。这个古生物学家啊，你为什么要这么多管闲事，而且管得这般高明。一桩死案，查不出来是太正常的事了。这可倒好，愣是水落石出了。

他没好气地说：“薄护士，你将这些血标本开出基因检查的化验单，以便同夏早早的基因比对。”

薄护士说：“好的。这化验单上，患者姓名一栏，写什么？”

魏晓日说：“你就写夏早早父，然后打上一个问号。”

薄护士说：“夏早早的父亲不是夏践石吗？咦，这和夏早早有什么关系？”

魏晓日暗骂自己乱了分寸，透露出了相关信息，忙生硬地掩饰道：“叫你开，你就开。问那么多做什么！”

薄护士又问：“还有什么要我为你做的？”

魏晓日纠正她说：“不是为我做，是为病人做。”

薄护士拿着冰桶和魏晓日写下的一系列检验单，刚要走出门，魏晓日又把她叫住，心神不定地说：“还是我自己送去查吧。”薄护士知道魏医生在心里，不把自己放在亲近的地位，刚才讨了个没趣，也不再说什么。

魏晓日拎着冰桶，如同拎着一窝蛇蝎。他恨梁秉俊，为什么要这样千方百计地查出真相？他相信这桶里掩藏着的基因，一定是组成夏早早生命的一部分。这是没有疑问的。一旦化验结果出来，卜绣文就会不顾一切地奔向这个恶棍的怀抱……魏晓日简直不能想象卜绣文如何哀求这个人，再给她一次残暴的机会。那样的时刻，心灵旧伤迸裂，鲜血喷涌，为了缔造新的生命，卜绣文还得佯作平静，以求胎儿的完美和安宁。也许，在巨大的母爱的驱使下，卜绣文不再悲伤痛恨，而一反常态地投怀送抱，如胶似漆男欢女爱……天哪！这种处境，岂不更加令人黯然！试问，普天之下，可还有另外的女人遭遇过这等怪异的关系？

魏晓日想着，心灼痛无比。谁还能救卜绣文？

关键是，卜绣文根本就不让人救！

如果要救她，还有一个方法，只有这一个方法了。把“血玲珑”计划从根本上斩断。魏晓日边走边想，正好不知不觉中来到了抽血室门前。一个半熟脸的护士，看到了魏晓日手中的家用保温桶，打招呼道：“魏医生，家中有人病了住院了？你这是给谁送饭呢？”

魏晓日说：“啊……一个朋友……对了，有件事麻烦你一下。我最近吃饭不好，肝区也有一点疼，我想抽血查查肝功。化验单还没开，你先给我把血抽了吧。”说着，走进抽血室，不由分说地坐在凳子上，撸起了自己的袖子。

那位护士说：“抽血是没问题。只是那得空腹。”

魏晓日说：“我已经好几顿没吃什么东西了，绝对是空腹。”

护士就不再说什么，把魏晓日鲜红的血液抽出来，然后把试管插进准备送检的架子里。

“我自己送到检验科去吧。”魏晓日说。

护士很热情地说：“您还要给朋友送饭，多不方便，还是我来吧。”

魏晓日一把夺过自己的血样，说：“我还是自己送吧。”

在医院的小径上，避开别人的视线，魏晓日缓缓踱着步。他的左手心握着自己的血，艳而热，好像一管刚刚熬好的红豆沙。在他的右手心，握着夏早早生父的血样，冷而沉，好像冰雪中的铅汁。他想，这是最后关头。如果要在不声不响中粉碎“血玲珑”，只有这一个机会了。用自己的血样换下梁秉俊找到的血样，那么，基因检查就会否定该人是夏早早生父的推测。找不到夏早早生父，“血玲珑”就是无本之木。那样，卜绣文就会死了心，调养好身体，按部就班地接受通常人的命运。所有的尴尬处境都会结束，她要应对的只有一件事，那就是女儿不断加重的病情……在那种情形下，魏晓日会千方百计地关爱她，呵护她，陪她走过人生最痛苦的泥泞……

然后呢？

魏晓日拷问自己。然后，夏早早会死。卜绣文会悲恸欲绝。夏践石也会痛不欲生。钟百行的试验会终止在襁褓中……

当然了，这些都不是最关键的。最关键的是魏晓日做了这样一件瞒天过海的大事，他这一生都得保守这个秘密。如果哪一天此举大白于天下，他的处境会是怎样的？首先，他的老师钟百行会伤痛继而恨他，不单因为他破坏了他的计划，更因为先生觉得自己看错了人。他相信先生的痛，将是椎心泣血。夏践石会恨他，因为他剥夺了他的女儿最后的希望。甚至梁秉俊也会恨他，因为他使他杰出的工作付诸东流。最可怕的是，卜绣文会对他恨之入骨。因为他欺骗了她，让她所有的努力、所有的付出、所有的期待都销蚀一空……包括闻知此事的医学同人也都会嗤之以鼻，因为他丧失了医生的诚实和严谨。

他唯一得到的是捍卫了自己的爱。在这种命运燧石的击打下，他对卜绣文的怜爱和敬爱，与日俱增。他看到了一个女人广大而无私的母爱，这种爱，使这个女人圣洁。

面对着这种圣洁，你将何去何从？

多么想将她揽入怀中，永远相伴。人生找到知己不易，这种充满博大爱心的女人，找到了，就要万分珍惜。可是，她却是别人的妻子，别人的母亲……魏晓日嫉妒所有这些人！魏晓日的手心不断出汗。左手中的血，是魏晓日自己的血。由于脱离了心脏的滋养，渐渐冷却。右手握着的血，是夏早早生父的冷血。得到了魏晓日手心的热气熏腾，渐渐温热。现在，两管血无论从外观还是从内在的温度上，都是那样惟妙惟肖旗鼓相当，没有人能区分出来。

正在这时，远处传来薄护士的喊声："魏医生，原来你在这儿呢！我到处找你。不好了，夏早早的皮肤上出现了大片血斑，浑身到处都是，值班医生说恐怕内脏也有出血，你快来看看吧！"

薄香萍匆匆地向这边跑来。

魏晓日一扬手，把左边手中的血样，投进了路旁的垃圾箱。

在夏早早的生命面前，他别无选择。

"怎么样了？"卜绣文问前来查病的魏晓日，她的身体由于大量用补药，日见恢复。

魏晓日明知她问的是什么，佯作不解，说："什么怎么样了？"

"就是十三年前的悬案。"卜绣文一句点题。

"已经查清了。是一个……"魏晓日真不想这么快告诉她，可他不会也不能撒谎。

"喔，不要说那个人的具体情形，我一点都不想知道。"卜绣文用纤细的手指捂住魏晓日的嘴。"我只想知道——准确吗？"

卜绣文的手指上有她特有的水仙花气味，魏晓日多么想将这手指贴在自己的脸颊上，但他理智地推开了。

"准确。经过基因验证，确是夏早早的生父。"魏晓日干巴巴地说。

"那么，我怎么去找他？"卜绣文兴奋地从床上下到地上，丝绸睡衣发出窸窸窣窣迫不及待的声响，好像一个怀春的少女，急着见情郎。

"你一定要帮我把这件事办好，不要吓着他，我绝没有追究他的意思，只是为了救我女儿一命。要让他很愉快地同我做爱，这样生出的孩子才能是一个健康的婴儿……他可能会要很多的钱，给他。我的生意现由姜娅代做，打理这些事是足够的。早早那边我暂时顾不上了，由践石多劳。只是我已经四十多岁了，年龄不饶人，一定要抓紧。魏医生，你看我何时出发？魏医生，你要我怎样感谢你？”

魏晓日说：“只要你好好活着。”

卜绣文说：“那当然，我会的。”

魏晓日说：“夏早早生父已经调查出来了。你的再次怀孕，操作起来可能会有难度。因为根据调查来的资料，这个人，你认识。”

魏晓日把一张写有名字的纸，递给了卜绣文。

——匡宗元。

第十五章

卜绣文真希望自己昏过去。在如此凶猛惨烈的打击下，昏过去是一种享受。可惜，她的神经不听她的调遣，在需要它迟钝的时刻，锋利无比。既然十三年前她不曾昏过去，既然独生女儿患了绝症的时候，她不曾昏过去，那么，此时此地，她就是再想在魏晓日面前昏过去，被他呵护抢救一番，是一种福气，也无法达到目的了。

上天不肯把这路好运气降临在她头上，她就只有无比清晰地面对惨境、仇恨。这个浑蛋！在十三年的忍辱负重之后，你得知仇人的名字，恨不能食肉寝皮！当然，在法律上如何判他，另有一套说法，但那种强暴，给一个女人带来的身心的伤害和恐怖，那种践踏与侮辱，是深重犀利的。时间可以掩埋创伤，但那种掩埋，不是复原，而是冷冻。在让你失去知觉的同时，也新鲜地封闭了创伤的血脉。一切都保存着，在你以为忘却的岁月里。这种保鲜的痛苦，一旦在适宜的温度下复活，就有一种邪恶生猛的控制力，让那个女人在许多年后浑身颤抖不已。

特别是当你得知这个暴徒是你的一个熟人，那瞬间的感受惊骇怪异至极。你觉得自己不但被侮辱被欺骗，而且还有深深的被愚弄和自责。你和那个人的交往，突然具有了宿命的色彩，你那样无助，永远无法逃脱命运的捉弄。你无法将两个人统一，你又不得不思索比对着每一个细节，将两人重合。你怀疑那不是同一个人，你又悲惨地确认他们就是同一个人……然而，卜绣文连这种回忆都无法全部完成，那成为一种悲惨的奢侈。她只有全盘接受这个结论。迫在眉睫的问题是——下一步，怎么办？首要的是：这一切，要不要与夏践石开诚布公？

夏践石在得知妻子曾遭受强暴之后的态度，基本上还是符合一个现代人的表现的。他能够把仇恨集中在暴徒身上，理解这不是卜绣文的过失。对于卜绣文对他的长期隐瞒，也能想得通。一个女人，在大喜的日子之前出了这等惨事，也就是卜绣文，还算神不知鬼不觉地挺了过来，要是别人，还不得精神崩溃！与其得到一个精神恍惚愁容惨淡的夜夜失眠的老婆，还不如这般浑然不觉得好。

夏践石拒绝得知细节，这就使得他对本案的了解只限于理论上的层面。他知道钟百行先生利用关系，在查找当年的罪犯，但不是把他送进监狱，而是让他作为一个人工献精者，再次使卜绣文怀孕，以期可能获得一个和早早骨髓型相符合的胎儿……仅此而已。他不想再深入地了解任何东西了。他让自己绕开基因这个可怕的层面，他坚定地认为夏早早就是自己的孩子，为了挽救这个孩子，他愿意同卜绣文同舟共济。

但是，这是否就意味着夏践石可以接受有关那个暴徒的一切？在得知他曾是妻子最密切的商业伙伴之后，还能一如既往地谅解，平静地接受以后的措施？

卜绣文没有把握。也许，善意的欺骗，是保护这个老夫子的最好策略吧？

于是，卜绣文尽最大镇定对魏晓日说："关于这个人，请不要同夏先生说，此人是我生意上的伙伴。"

魏晓日说："经过我们的基因测定，他的确是夏早早的生父。后面的步骤，本来是想同您和夏先生一道研究一下，如何进行。既然您这样说了，那就得回避夏先生，由我们商定了。

“首要问题是——‘血玲珑’计划还要不要继续实施？”

几乎是明知故问，但还要问。就魏晓日的本意，他是坚定的反对派。但是，他不能越俎代庖。他不能表达自己的真实意图的，事关生命，他能做他能做的事。就是在“血玲珑”进展的每一个阶段，都反复提示卜绣文三思而后行，告知她有随时中断“血玲珑”的权利。

卜绣文纵是机关算尽，也无法全面得知魏晓日的真实意图。再说啦，就算卜绣文知道，她也会一意孤行的。母爱将她燃烧，死而无悔，她还有什么迟疑的？于是，她斩钉截铁地说：“当然要执行啦！我看，上天可怜我的早早，让我们这么快地就查到了她的生父，这是她命中有救啊！”

魏晓日一言不发。

卜绣文说：“咦，魏医生，我看你好像不大高兴啊？”

魏晓日忙说：“哪里，我只是很佩服你在得知这家伙名字之后的冷静。我本来以为你会痛哭怒骂他一番呢！”

卜绣文说：“魏医生，谢谢你替我着想。痛哭怒骂，在十三年前，都已经发生了。十三年中，我企图忘了它，每当想起的时候，我都会痛哭和怒骂。我现在不是哭和骂的时候，我得赶快求他……”

魏晓日把复杂情感暂时压入心底，说：“钟老师让我同你商议，一俟您的身体复原，可以再次怀孕，用何方法？”

这是一个模糊的问题，但当事人却再清楚不过了。

沉默，压榨性的。

卜绣文一下变得口吃起来：“我……想听听你们的意见。”

魏晓日说：“我们可以人工取精受精。但是，匡宗元并不是一位职业捐精者，若想取得他的精液，是否要同他说明原委？以利配合？”

“不……不不……”卜绣文拼命摇头，头发都晃散了，看得出她的深藏不安，“不要说。我永远不想让他知道他是夏早早的生父，他是一个恶魔。我了解他，所有的东西在他的眼中，都是商品，都会被他利用。假如有可能的话，最好在他不知道真情的情况下，完成这件事。”

魏晓日说：“我明白你的意思了，我再同钟先生商量具体方法。一旦取到了匡宗元的精虫，我们会妥加保管，直到你的身体可以接受再次妊娠。”

卜绣文激动地抓住魏晓日的手说：“魏医生，拜托了！我知道，你们为我耗费了心血，我会报答你们的！”她瘦骨嶙峋的手指，微微有些汗意。

魏晓日知道卜绣文指的是钱。她不知道自己已经被匡宗元骗得几乎一贫如洗了。魏晓日温和地点点头，收下了卜绣文允诺的不存在的谢仪。

魏晓日给匡宗元打了一个电话。秘书挡驾，魏晓日很有权威地说：“我有非常重要的关于匡宗元先生健康方面的信息，要同他本人直接通话，请您通知他。我是魏晓日医生，请他直接同我联系，我的电话是……”说完之后，不待秘书反应，立刻就把电话放下了。按说，他是个书生，同商场打交道并不在行，但他胜券在握，知道没有什么人敢在自己生命攸关的题目上扯皮。

果然，匡宗元的电话很快地回过来了：“魏医生吗，我是匡宗元。我想不起来何时同你们医院有过交往……”

魏晓日说：“您大约还记得吧，在不久之前，有一位专业人员曾抽了您的血样……”

“是……是有这么一回事……”对方的阵脚有点乱了，不再是刚开始谈话时礼尚往来的稳定。

“那个化验的结果出来了，有一些问题需要向您通报。请您尽快到医院来一下。我在特别门诊三诊室等您。”魏晓日本来想说请你马上到医院来，但又恐匡宗元生疑，便留有余地。

匡宗元果然不敢耽搁，马上到医院来了。

魏晓日打量着他。高大的身材，一脸浓重的胡须，目光阴郁，眼球凝然不动，你很难在他的脸上看出表情。

“魏医生，我可以知道那是一项什么检验吗？”匡宗元虽然很惶惑，不摸底细，但他的声调依然平和。把情况搞清楚，这是第一手重要的。

“是一项和您的生殖系统状况有关的检查，初步的结果已经出来了。但是，您知道，在这些问题上，医务人员是很慎重的。因为事关生命，事关名誉，我们要更稳妥、更负责……”魏晓日有些啰唆。他不习惯说假话，即使在这种情形下，他也力求自己说出的每一句话都是真实的，可以站得住脚。

匡宗元依着商人的敏感，发生了疑惑。

本来他很忐忑，但是这位器宇轩昂的医生，紧张什么呢？他试探地说：“谢谢你们对我的关照。因为我本人并没有求医，我可以知道您和上次的那位先生，是怎么发觉我有病的呢？”

魏晓日愣住了。因为他并没有向梁秉俊详尽地了解有关的对话内容，此刻生怕说得有差池，便避重就轻道：“这对您来说有点奇怪，对医疗界来说，就很简单。总之，我们知道了，把你列为某种高危易感对象，要对你进行追踪检查，这就是原因。”

匡宗元似懂非懂。要是一般人，就随行就市了，但他不是一般人。血液射进头颅，涂满他警觉而活跃的大脑表层。这种过分热衷的盘根问底，让人屁滚尿流的无谓追逐，后面是什么呢？

他的疑惑越发深重了。看出魏晓日不肯明说，他也就暂时存疑，不再紧逼，问道：“您这样急急地要我来，具体要我做什么？”

魏晓日当然摸不透匡宗元的弯弯绕，以为匡已上钩，便说：“我们需要你的精液，做进一步的检查。”

匡宗元说：“行！要哥们儿的这东西啊？有！”

魏晓日松了一口气，把一枚试管递过去，说：“那好吧，请到一旁的房间取精。完成后，马上交给我。”

匡宗元道：“好吧。哥们儿肾气充足，这玩意多得很！立等可取。”

魏晓日耐心等待。他觉得自己很滑稽，一个确认的强奸犯，却不能处罚他，还要用尽心机让他的基因连绵遗传，这从医学上讲是成立的，但从社会伦理上讲，是否适宜呢？他甚至希望匡宗元不答应，那么，“血玲珑”就可能中途夭折。

思索着，踌躇着，时间过得很慢。

过了许久，匡宗元走出来，面色恍惚，说：“对不住，哥们儿！我这家伙平日好使得很，今天却不争气，完全没货色。抱歉，耽误您这么长的时间，我下次再来好吗？先在家吃了伟哥再来。你们这儿要是备点黄片什么的，就更万无一失了。”说着，不待魏晓日答话，就扬长而去了。

甩下魏晓日，傻呆呆地站在诊室里，不知道是自己哪个环节出了破绽，还是这小子真的阳痿了？

匡宗元很欣赏自己高大的体魄。高大的人通常容易给人以憨厚的印象，好像是他们的个高是由于吃得多，因此不挑食，在交友方面也比较粗疏。这一条对于匡宗元来说，是大错特错的。他有着猎豹一般的警觉，尤其擅长利用直觉，在该出手的时候，绝不心存半点侥幸和延迟。当信息时代来临的时候，他觉得以往高个子的人拥有的优势，比如可以使丈二的长矛，轻舒猿臂就可以把哪个贼人掳将过来的业绩，都不复存在了。在计算机上敲个按钮，一个一百八十斤的壮汉和一个八十斤重的小姑娘，能量是一样的。那么，高个的好处，就集中体现在交友和寻找交配对象方面的优势了。男人们爱交大个的朋友，可能是为了打架的时候，好有个帮手吧？虽然现在的打架，主要是斗智和使用武器，但是谁能对抗骨子里传下来的一些莫名其妙的规则呢？真奇怪，女人们对高个子的男人，拥有持久和奇异的兴趣。匡宗元想——这也许是从农耕社会遗留下来的风气吧？大身膀的男人，种地比较有劲，挑水走得更远，推小车的时候，负重更多。他妈的！全是出力的活儿！要不，还可以上溯到更古老的时代，原始人，狩猎比较有战绩，可以抓到更多的野兽，女人们就更能坐享其成了。总之，也许是凄苦的童年，特别是母亲早早去世之后，父亲带着他这个油瓶子，没有一个好女人肯嫁到他家。父亲正值壮年，百无聊赖，就完全靠着身强力壮和辛苦挣来的一点钱，结交萍水相逢的女人。匡宗元很早就懂得了这些，他想，他将来一定要出人头地，给老父找个好女人，不要让那些不劳而获的女人，只凭着裤带一松，就把家中仅剩的柴米油盐席卷而去。

一个农村的孩子，即使你有天大的抱负，你也只有一个细细的孔道，可以发达。那就是——读书。

读了书，你才可能走远，到外面去闯世界。当然，不读书，你也可以到城市去当小工，但那不是真正的城里人，用这种方式进入城市，你就是在城里待多久，你也是一个乡下人。城里人把最苦最累最脏最危险的活儿，分给你干。可是，他们不会给你丝毫尊重。

匡宗元拼命地读书，他要从那个小孔中挤过去，哪怕把自己的灵魂交给魔鬼。魔鬼有什么了不起的？他此刻就住在地狱里。

高考分数发布的那天晚上，他彻底地绝望了。

步步为营地读书，几乎是炉火纯青了。但是，他缺乏经验。考试是一门经验的科学，如果你没有经验，你就很可能使所有的准备付诸东流。匡宗元高考之后的唯一念头就是——让我再考一次吧。不用看书，马上进考场，只要再来一次，我就完全不同。

他知道父亲绝没有能力让他再读一年，希望之梦彻底破灭。像祖先一样脸朝黄土地活着，毋宁死！他先是死死地看着月亮，觉得它如一个大脸盘的女人，嘲弄他的不自量力。父亲以前结交过这样一个女人，她对匡宗元很刻薄。那月亮激起了他的愤怒，他把衣兜里仅有的钱，交给了录像厅的看门人。他之前从未去过这种场所，不是因为不想去，是因为所费的钱够一天的饭钱。现在，前途完了，饭还有什么用呢！他没有看完就出来了，年轻的勃发的肌体，受不了那种刺激与冲动。他在阴湿的河边呆坐了很久，衣服都被打湿了。当黎明前最黑暗的时光到来的时候，他想到了死。这时候，他看到了一个赶路的女人，那是一个城里女人。女人急速摆动的身体，强烈地激起了匡宗元在死亡决定之后勃起的性欲。既然就要死了，尚不知女人为何物，你这一辈子是不是太冤枉？城里的女人是什么滋味？这对他是一个永久的诱惑，他要比父亲活得更出彩，就是死，也要再拼一把！这样想着，他就扑了上去……

事过之后，他并没有死。死亡的决定在残忍的暴力和肆虐的宣泄之后，变得平缓多了。

他觉得活着挺好，或者说，他觉得一个人连死都不怕的时候，还有什么可怕的呢？

他回家了。他不知道那个女人会不会报案，如果报了案，他再死不迟。死是一件很简单的事，有很多法子可以死，比如跳河上吊喝农药触电门从崖上往下栽……有这么多去路，你还着的什么急？

没有人报案。他反倒等来了一所大专的录取通知书。他在暗夜里不止一次暗笑，命运啊，就是神鬼莫测！在你熬不过去的时候，再坚持一下，也许就柳暗花明了。无数的人，就是输在最后的坚持上面了，一定要有亡命徒的勇气。

无论那第一次的抚摸是多么陌生，喘息是多么恐惧，进入是多么粗暴……他青春的腺体积极工作汹涌喷发了，他的几近爆裂的神经，在狂躁之下，得到了有效的舒缓。这种暴戾之中的歇斯底里的发作，遗留下的愉悦，让他在漫长的岁月里心驰神往，并形成了可怕的规律。就像那些得了暴食症的人一样，当他恐惧的时候，狂喜的时候，焦灼的时候，当他所有无所适从的时候……他都会不由自主地蹈入覆辙。他要宣泄。寻找形形色色的女人，宣泄。如果那女人是独立和傲慢的，更好，给他提供了更加丰富多彩的人生美餐。

后来，他大学毕了业，拿了自己的档案，把它撕碎了。他知道按部就班地做事，他还是没有出头的日子。他要走斜路，所有的近道都是斜的。人无耻才能无畏。当然了，达到无畏有很多条道路，条条大路通罗马嘛！但最近的小道只有一条，那就是无耻。

他做过职员、教师、商人……他像一个跳蚤，在一个地方吸血之后，都不安稳地向更远处跳动……

放肆的性爱和卓越的成就，都要冒极大的风险。

最后，他吸附在证券金融期货业内，这是冒险家的乐园。他很喜欢这种说法，不冒险，你有什么前途？地球上可冒险的地方不太多了，都被以前的冒险家收拾得差不多了，于是，就得自己创造出有冒险意味的行业。

他有良好到可怕的直觉。这在男人堆里比较罕见。匡宗元认为，如果一个男人有很安全的童年，他的直觉就难得发达。因为只有弱小的动物，才能在许多征象才露尖尖角的时候，就警觉地预备出了对策。如果是一个庞大强有力的动物，比如大象、鲸鱼什么的，不需要很好的觉察力，它们也能风平浪静地活得很好。

匡宗元自觉自己是一只小老鼠，一只有着雄才大略的老鼠。

他依然保持着在精神紧张的时刻，找女人宣泄的习惯。随着他的财富的增长，这种方式就像饮咖啡一般，成为他的生活规律。他疯狂地寻找一个不同一般的女人，但是，结果是他涉猎的女人越多，越发现她们是一样的。他开始鄙弃用钱能买到的女人，那让他分不清是自己的魅力还是钱的魅力。他很想把这两者分清楚。他在女人那里得到对自身价值的肯定，风月场上的女人，把钱拿了之后就走了，遗留给他的仍然是深深的自卑和孤独。但是，没有女人的日子更加难熬。那到底是一具温热的躯体，不似钱，只是纸张和信用卡上的数字或是荧屏上闪烁的电波。

女人成了他生活中的一种“瘾”。和香烟、酒一样的东西。他渐渐不喜欢那种没性格的女人，好似度数太低的酒，软弱无刺激。他喜爱高度数的酒和辛辣的女人，都有一种消毒醒神的功能。也许是生命中第一次大挫折，是靠了性和暴力的宣泄才得以渡过危机，他对性有一种崇拜和渴望，当他沮丧痛楚彷徨失望的时候，他会孤注一掷地求助于性。

可惜啊，单纯的性的快乐是没法储存起来的。不能到了不愉快的时候，再像杏脯一样拿出来细细享用。性快乐更具备一次性筷子的味道，用过了，就丢弃了，变成垃圾。于是，就要不断地寻找和消费。

现在，性终于出了麻烦了！

他很想镇定，但不由自主地紧张。他并没有觉得自己有什么显著的不适，他认真地审查了自己的冶游史，自觉防范措施相当严密。当然了，不能排除百密一疏，事关性命，还是宁信其有不要大意为好。

但是，他的直觉总感到有什么地方不大对劲。这使得他在医院的密室里，用手抚弄着自己的器官，医生想要的标本即将喷薄而出的时候，突然冷静下来。不能给他们这个东西！的确，这是一所正规的医院，的确，魏医生也是正派的医生。但是……他的怀疑不断增长。

他很信赖自己的直觉。在商战中，直觉无数次地让他转危为安，包括同卜绣文做的贸易。在最后的一刻，他全身而退，并把卜绣文的一部分资产，变成了自己的财富。当然了，即使他不攫取卜绣文的资产，也得在崩塌的火焰中化为灰烬。这怪不得他的不义，那个时刻，人不为己，天理不容。

也许，是因为那个第一次来抽他血的家伙，让人不放心。他太沉静了一点，一般的医务人员都是只关心自己并不察言观色的，但那个家伙，眼球凝视你的程度，太长了一些。当然，有许多人就是爱察看别人，但他们不那么冷静，他们会被人看穿。那个抽血的人，他把自己隐藏得很地道，这就有了阴谋的意味。

他到底是个什么人？匡宗元也没有兴趣细去追究，这些年来，黑道白道的，见得多了。和今天取精这件事联系起来，匡宗元敏感到有一个围绕自己生理上的阴谋，渐渐好像在收紧口袋。有意思，这些年来，诡计遇到无数，像这般摸不着头脑的招数，还是第一次。再有，就是回春医院的这位年轻大夫，也叫人觉得暧昧。看他的示意，好像自己得了艾滋病一类的绝症，但那应该很是回避啊，但是，不。没有生怕被传染的神气。要说是该同志到了普度众生的高级层次，那仇视漠然的神态，也不像啊。不过，你有千变万化，我有一定之规，不管你要什么，不给你就是了。

匡宗元这样想着，就走出密室，给了魏晓日一个软钉子，然后滴水未洒地出了医院。

他是个惜命的人，另找到一家医院，表示要做艾滋病的检查。人家很痛快地答应了，开始抽血。抽完血之后，他装作很难为情的样子说："要不要……查那个……"手套口罩帽子捂得严严实实的护士，不耐烦地说："还查哪个啊？该查的不是都给你查着呢！"

匡宗元只好开门见山地说："就是这病从哪儿得的，不得查查那东西吗？"

"不用！甭管从哪儿得的，血一查，你有没有，是不是，就都清楚了！"护士硬邦邦地说。虽说态度不好，传到匡宗元耳朵里，无异于福音。

这就是说，即使自己得了此类恶疾，也不必取精确诊。匡宗元暗想，果然不错，某种怪异之事正在自己周围聚集。

他不怕。甚至真的查出了艾滋病，他也不怕。在那个凄苦的夜晚，他准备自杀的时候，就开始什么都不怕了。他冷冷地笑了笑，自言自语："别着急，等着吧，他们还会来的。"

魏晓日觉得自己很无能，起码比梁秉俊差多了。人家一个研究恐龙蛋的，业余客串医务人员，不费吹灰之力，就把嫌疑人的血标本搞到了手。你可好，一个真正的医学博士，在自己的医院里，做了充分的准备，却生生地让那家伙在眼皮底下溜走了。而且，还引起了他的怀疑。这使得钟先生的"血玲珑"计划受到了严峻的挑战。

原材料成了问题，血还怎么玲珑？等着血淋漓吧！

此结果，也符合魏晓日潜意识的希望。所以，他的难过和自责很快就消散了，觉得这是天意。他把消息通报给钟先生的时候，很平静。

"晓日，那你看，'血玲珑'计划下一步如何实施呢？"

钟先生永远是临危不乱的模样，连长寿的眉毛都没有丝毫颤动。魏晓日实在弄不清，他是真的一切都运筹帷幄了，还是练就的如此功夫，哪怕脑中蛟龙翻滚，脸面上也是水波不兴。

"不知道。"魏晓日老老实实地回答。他是真的不知道了。精液毕竟是匡宗元的私人财产，你不能强行掠来。

“这个变故，你同卜绣文说了吗？”钟先生把话扭转方向。

“还没有。因为不知您是如何决定的。”

“我如何决定，这不重要。重要的是病人怎样，病人的家属怎样。如果那女人也没有办法，我们只能放弃‘血玲珑’了。”钟先生很平静地说。

“那……您的心血不是就白费了吗？”魏晓日虽然一直巴望着“血玲珑”中途夭折，真到了这种时候，心中又替先生深深地惋惜。还有那露水一般晶莹的早早，也在这一刻被酷烈地曝晒蒸腾。他陷入两难的矛盾中。

“心血并不能决定一切。我们的运气不好，你有啥办法？问问那个女人吧，她说怎么办，就怎么办，我不管了。”先生说完，合上眼睛，好像是困倦了，但也可以解释为他不想再就这个问题发表任何意见，该说的都已说完。

魏晓日又来到卜绣文家。她的身体在缓慢地恢复着。由于脱离了繁忙的业务，加上中西药物全面调养，家人又把一切不良的消息隐蔽起来，她在希望的鼓舞下，脸上竟有了少女般的光泽，人也胖了些，显出丰腴。看到魏晓日进来，卜绣文说：“我已经准备好了，就待播种。”

“种子发生了问题。”魏晓日无法隐瞒，如实禀告。

“怎么会这样？怎么会这样？”卜绣文连连重复着，也失了主张。

“你说了是我了吗？”半晌，卜绣文没头没脑地问了这样一句。

“我怎么会说是你呢？我只说是医学检验，但他就是不配合。不知是疑心太大，还是察觉到什么。”魏晓日无奈地说。

“那个人就是非常多疑。既然你这一面路堵死了，钟先生说下一步怎么办？”卜绣文把一切希望都寄托在无所不能的南极仙翁身上。

“钟先生说，一切由你定夺。”魏晓日说。

“这是什么意思？钟先生不管我们了吗？”卜绣文带出哭音。

“别，别，不是这个意思。我理解的是，医学上的事，钟先生会负责到底的。但怀孕这件事，就不是钟先生单用技术能做到的。我们原本决定的是人工授精，但取精的过程如此不顺利，后面的事，就无法进行了……”魏晓日困难地把他的理解说完。

“噢……我明白了……人工授精不行，那就只有……”卜绣文脸上显出赴汤蹈火的决绝。“是的，只有……”魏晓日无法把话说完。他困难地咽了一口唾沫，觉得满口像嚼了黄连。

“好吧。”卜绣文倒安静得多。

以前也做过，多做一次也无妨。

她还得送货上门，这对她的精神和肉体的折磨是异常惨重的。但为了女儿，她还有什么苦不能吃呢？她已超脱了寻常的廉耻和羞辱，她的胸臆弥漫着献身的勇气。

并不是所有女人都有福气做母亲，并不是所有的母亲都有女儿患上绝症的厄运。并不是所有患上绝症的女儿都这般聪明，并不是聪明而有绝症的女儿，都能遇上这般匪夷所思的医疗方案……但是，她卜绣文遇上了，她的早早遇上了……于是，她就成了一个前无古人的母亲。

她所做的一切，都没了参照系，成了一份孤本。

第十六章

卜绣文电话约见匡宗元。

"你好啊？好久没见，在哪里逍遥啊？"

匡宗元先下手为强。按他的估计，卜绣文前一段先是抱病，后得知生意破产，便不知去向了，此番重新出现，定会对他兴师问罪。但听这个话头，却是平和热情的。什么把戏？怪呀，这使他来了兴趣。不管怎么说，不妨试试风头，倘若势头不对，索性彻底甩开这个女人。

卜绣文并不知道生意上的颠覆，姜娅只说有些小的纰漏，正在调整，卜绣文顾不上，只得暂且放开了许多。夏践石把家中诸事安顿得尚好，日常生活不受影响，卜绣文享受到多年以来未有的宽松，全部身心都在为耕耘做准备。此番同匡宗元联络，她再三提醒自己，不是要同他算旧账，是要合成好事。内心的屈辱和仇恨，让位于对创造生命的渴望，于是，她的声音是活跃和富有磁性的。

"我想见到你。"

匡宗元开动自己的直觉，从中觉察不到报复和绝望的意味。于是，他也礼尚往来道："好啊，老搭档了，哪里见啊？"

“在仙后饭店的一号豪华套房，我等你。”卜绣文说完，放下了电话。

匡宗元想，乖乖，这女人破产之后，还有这番排场，莫非她从哪里得了一笔起死回生的基金？敛财的欲望被挑起。好，我倒要见你一见。从纯粹女人的角度，卜绣文实在是没有什么魅力了，但从商业对手或是伙伴的角度来说，那又是另一回事。

匡宗元进了房间，不禁吃了一惊。卜绣文完全是家常打扮，不再是叱咤风云的女老板装束，而是轻裘缓带，散淡宜人。连她的神气，也变得宁静贤淑。

“咦！你让我刮目相看啊！”匡宗元径直走过去，拍拍她的肩膀，表达自己的狎意和惊讶。“是吗……哦……是了……”卜绣文词不达意，目光如雷达般在匡宗元的脸上身上扫射着，面部表情复杂，但很快又幻化成一派迷茫。

十三年前的那个恶魔，就是他吗？

好像，是他，就是他！

夏早早的生父，就是他吗？

是——他。是！是！

你还要与他有那样的关系吗？

是的。这是一种神圣的关系，和他这个人没有关，和生命有关。他是谁，这不重要。他以前做过什么，也不重要。重要的是，此时此地，他要参与一个生命的缔造。那么，他不但可以接受，而且可爱了。

卜绣文这样对自己说着，她的眼光就变得越来越缥缈，好似超凡入圣的祭女。

“我们再来做上次做过的那件事，好吗？”卜绣文说着，就一件件地开始剥脱自己的衣服。她特地点下了这套豪华的房间，是要让自己的身心安全舒适，达到最好的状态。

匡宗元冷眼旁观——这女人，今天怎么啦？是啊，他是对她动过心，是勾引过她，征服过她，可那说明不了什么。他对她已经毫无兴趣了。试想，一个登山者，在拼死拼活地攀上了一座高峰之后，还会再爬那座山吗？他会一脚把一块石头蹬下山，愤愤地说，去他妈的！老子再也不会来了！对了，这就是匡宗元此刻的心境。他觉得卜绣文变得不可理喻，神经兮兮。如果她是一副性欲勃发难以自控的模样，他还可理解。但是，不。她是慈爱和舒缓的，这就使得屋内的空气更加不适合男女欢爱，而像是虚无缥缈的幻境。

匡宗元可不喜欢任何幻境。他是务实而世故的。奇怪！莫名其妙！葫芦里卖的什么药？不知道，但他的直觉强烈地提示他——这不是好药！这女人怎么搞的？是不是犯有什么毛病？或者是——这是一个陷阱？

一想到这里，匡宗元猛地一激灵。他习惯把任何一个意外的事件，首先和陷阱联系起来。此习惯，当然在他的一生中，冤屈了无数的好人好事，但也无数次地拯救了他，成全了他。这一次，是冤屈还是拯救？

也许是心存戒备，也许是对手下败将实在兴趣索然，当卜绣文将自己像一枚老笋样剥净，充满期待地招呼着他的时候，他双手抱着肘说："你叫我来，就是让我 × 你呀！"

这种粗俗未能激怒卜绣文。不管他说什么，完成"血玲珑"，是最高的使命。卜绣文不正面回答，只是百般热切地千方百计地勾引他。

时间残忍地修剪着她作为一个中年女人残存的风韵，焦灼和孕育，流产和选择……锋利的刃把她刻画成褴褛枯萎而又充满奇异活力的本白色窗花。

匡宗元不是一个冷血动物，他那蓬勃的性瘾被燃烧起来，几乎不能自控，但是，关于这可能是一个阴谋的设想，强烈地阻滞了他的性感，恰如一个酒鬼知道他将驾驶一辆高速行驶的机车，而对美酒佳肴，如果他不想自己命丧黄泉，他就是再馋，也只有把酒杯扔掉。

野兽在不安全的环境里，是不能交配的。

匡宗元对抗自己性欲的方法，就是开始放肆地羞辱奚落卜绣文。

"我对你没兴趣，你这个老婆娘！快穿上你的衣服，遮盖一下你松弛的皮肤和耷拉着的肚皮吧！你以为你还有身体上的资本可以展示吗？你太老了，要是把你的女儿送来嘛，那倒是还可以商量！"他狞笑着，觉得恶毒而有趣。

好似冰凌自天灵盖刺入……卜绣文呆傻了片刻，宇宙一片黑暗。然后又是刺目的天光爆炸。她从床上一蹿而起，赤裸着身体，犹如一尊原始的复仇女神，揪住匡宗元的领带，歇斯底里地哭喊道："我的女儿……告诉你，她也是你的女儿……十三年前，你强暴了我，她就有了你这样罪恶的父亲……现在，她病了，不治之症，需要一个和她骨髓相配的婴儿……才能救她……我恨不能吃了你的肉，剥了你的皮……可是我在这里觍着脸求你，要和你睡觉……我是个下贱的女人、卑鄙的女人、没廉耻的女人，可是我要救我的女儿，既然这是唯一的办法，就是地狱，我也会毫不犹豫地跳下去……匡宗元，我今天找到你，不是要复仇，我知道法律上已经拿你没办法了……我也不是只想告诉你这段旧案，我恨不能让你化成泡沫，化成齑粉，永远不再出现在我的生活里……我也不是看上了你，我们曾经干过这事，那是逢场作戏借刀杀人……我恨你！我恨我自己……"

卜绣文说到这里，开始用手掌和拳头猛力击打自己的脸、胸部、背部……因为寒冷和暴力，皮肤在一阵战栗之后，泛起猩红的板块，如怪异恐怖的女巫在施法自虐。

猛烈的自残，让她感到了凛冽的痛楚，这痛楚又让她从未有过的清醒。她抬起头，看到了匡宗元居心叵测的笑容，她惊恐地发现自己错了，大错特错了！她猛地爬过去，跪在匡宗元的脚下，抱住他的裤脚，匍匐着，抽泣着，哀告着："求求你，我以前恨你，我错了。我现在一点都不恨你，我爱你。你是我的救星，你是我此时最喜欢的人，你要了我吧！你让我做任何事，我都做，让我再怀一次你的孩子。让我得到一个和夏早早骨髓相符的孩子，那样，早早就得救了。我和你的前账一笔勾销，你不但不是我的仇人，你还是我的恩人。你给我早早这样一个可爱的孩子，你又救了她……我一辈子谢你，你想要钱，我就用钱。你想要什么，只要我办得到，我都会为你去做……只求你给我你的东西……"

卜绣文的愤怒、渴望和需求，已然危险地不可遏止。

匡宗元呆若木鸡地听着。就算他曾枪林弹雨、浪迹江湖、老奸巨猾，此类怪异局面也是第一次遇到。他一动不动地站在那里，唯恐任何小的举措，都会使局面变得更复杂。脚下的这个女人，他曾与她打过无数次交道，他熟悉她身体的每一个角落，但如今变得陌生无比，狰狞可怖。

哦！原来十三年前，那个让他心荡神迷又回味无穷的女人，就是她啊！天下之大，无奇不有。真真是有缘啊！

听她一路神经兮兮地说下去，虽说搅成一团，但这女人不愧是久经沙场，迷乱中也可叫人大致听个明白。原来，十三年前的那一度风流，居然还在这世上留下了血肉痕迹，这就是卜绣文现在的女儿。这小丫头得了重病，需要同父同母的孩子救治，所以……

所以，这女人就求到了自己头上。所以，最近围绕着自己的身体，就发生了一系列古怪的事情。当一切外围的措施都无效以后，这女人只有亲自出马单刀赴会……

哈哈！原来是这么一回事啊！

想通之后，匡宗元气血通畅，几乎想仰天长笑。那团缠绕自己的迷雾终于消散，他觉得通体舒泰。他并不怕危机，怕的是那潜伏的危险。这两天，他在另一机构关于艾滋病的化验结果出来了，一切正常。这使他更不得要领，不知自己得罪了哪路黑道上的神仙。如今，烟消云散了。

狂喜之后，匡宗元一阵惊怔。这是真的吗？好像是的。哦嗬，原来这个高贵的女人，早就被他所征服。就好比是一个收攒石头的小贩，突然被人认出，他当年随手捡来的那第一块石头，居然是块宝石。造化弄人啊！至于那个孩子，居然有这样的把柄，活在人间？

他很想把脚下这个女人踢得远远。为了她给予自己的焦虑和烦恼。孩子，她算个什么东西？一个男人在寻欢作乐的时候，难道会想到孩子这类晦气的东西吗！若把一个男人寻欢时的精虫一一分开，从理论上讲，能使地球上所有能怀孩子的女人受孕。他要老这么想，还有什么乐趣可言！孩子算什么货色？如果他是一个认真的人，他从一开始就会负责。从暴力开始的行为，还能奢望什么责任吗？他觉得脚下的这个女人，在商业上的精明强干跑到哪儿去了？糊涂啊！可恶的糊涂！

匡宗元看不起有仇不报的人。在这一点上，他藐视卜绣文。如果她要杀他，他就敬重她。有仇不报和有恩不报，都是不赦之罪。现在，她来求他，他哪能不羞辱她？

这个鼻涕一把泪一把的女人，现在想从他这里，再得到一个孩子，去救第一个孩子。很古怪？是不是？你既然不是心甘情愿地要了那个孩子，你干吗又要舍命破财费尽心机地救她？看看她使的伎俩吧，雇用了两个男人，先是抽了血，然后还要取精……

想到这里，匡宗元不由得怒火中烧，觉得自己被人暗算和设套。精是男人的宝贝，想何时抛洒就何时抛洒，谁想操纵它，无异于奇耻大辱！再说啦，这里面还有复杂的法律责任，这女人原来的那个孩子，只要自己不承认，谁能认定她就是自己的种？哪怕有亲子鉴定，也照样不认！承认了这个孩子是自己的，就是承认了多少年前的恶行，这对自己的形象，是个莫大的负数。不管怎么说，以前的旧账不能重翻。至于这女人此次还想再怀一个孩子，呸！做梦吧！谁知这是不是一个险恶的局？我才不会上当呢！

匡宗元的人生脚本，在那个下雨的晚上，就被写定了。他不断地重复着这个剧目，直到自己厌倦。厌倦了，但无力重编一个新的故事。他只有一次又一次地粉墨登场。他伪造了很多东西，但是，他不伪造自己的性格。

匡宗元的脑子像银河二号一样，高速运转着。待把这一切思谋清楚，他微微一笑，小心地把笔挺的西裤腿，从卜绣文的搂抱中抽了出来，用一块纸巾，拭去卜绣文留在边沿的鼻涕和泪水，柔和地说道："卜总，我听不懂你的话。我看你好像受了某种刺激，该好好休息才是。你多保重，我告辞了！"

说着，他走到床边，取来一床澳毛毯子，均匀地盖在裸露着的卜绣文身上，然后，礼貌而关切地说："别感冒了，天凉。"他细眯着眼睛，表达着刻骨的蔑视。

匡宗元把门打开了一条很小的缝隙，把自己魁梧的身材，缩得扁扁地，送了出去。虽然卜绣文已被毛毯遮挡，就是万一有人在走廊经过，电光石火地一瞥，也看不出其中的怪异，他还是预防为主，小心为上。他顺手把“请勿打扰”的牌子，挂在了门把手上。这样，勤勉的服务小姐就不会很快来打扫房间。留下足够的时间，让这个疯狂的女人清醒过来。

真是仁至义尽啊。匡宗元不由得被自己感动，不吝惜地称赞自己。

第十七章

远郊。蜿蜒的石子路，从主路拐出，是别墅的主人单独为自己铺设的。此地林木茂盛，旧时是一位谋反的兵将屯兵习武之地，充满肃杀之气。后来，成了人民公社的苗圃。许多年间，没育出多少树苗，倒难得地保留下了大量的古木。这些年来，独生子女政策之后，农民的子弟也大都上了大学，出外谋事，从此远离了土地。这一带虽邻近城市，居然出现了地广人稀的苗头。老人们也大都被自己的儿女接到城里享福去了。农村的宅基地很多成了空旷的摆设。于是就有脑筋灵活的城里人，到乡下和农民商议，以极低的价格租下土地，另行翻建。便有一座座豪华的别墅，矗立在乡间低矮的农舍之中，好似羊群中的骆驼。房舍的主人，通常只有周末的时候，才呼朋唤友地带着丰盛的食物，驾车到这里来度假。他们尽情享受着乡间清新的空气和新鲜的蔬果，在半夜时分，不管是否节日，都一厢情愿地点燃鞭炮，让噼噼啪啪的爆裂声，驱散在城市密集的空间中积攒下的怨气。

乡下人刚开始是很不屑的，他们怨恨那些搬走了的乡亲，把吵嚷和污染留给了自己的家乡。但是，慢慢地，他们也开始欢迎起了这些城里来的阔人。他们车来车去，农民原本卖不出钱的土产——红薯、青玉米、白萝卜……都成了稀罕物，能卖出数倍的价钱。那些人买鸡蛋的时候，不知道讨价还价，就算有个别的人，习惯性地说一句——能不能便宜些啊？你只要做出一副苦脸，说，不赚钱啊，都是自己种的，一颗汗珠摔八瓣……您要是实在没钱，就看着给吧，白吃也行啊……那些城里人的脸上就挂不住了。他们害怕人家说自己没钱，特别是被一个老农民怜悯，他们受不了这份优待。除了这几项好处之外，还有一条很关键。城里人因为不喜欢农民找给他们的破旧而充满了汗酸气的零星纸币，就会不耐烦地挥挥手说，不用找了。于是，农民们都积攒下一些破烂腐朽的纸币，逢到需要找零的时候，就把它们双手呈上，城里来的人就用手扇着气味，躲之不及地走了。

在那些像候鸟一样飞来飞去的城里人之中，有一个女人，却像孤雁一样，是不走的。她年纪不很大，身材颀长瘦弱，面色苍黄，住在一栋看起来很普通的别墅里——乡下人知道这种房子叫作别墅。但是据有幸走入这套房子的女人说——那是因为城里的女人病了，需要人服侍，就打电话从村里雇了人——别看这屋子外表没什么特殊的，里头阔得不得了。洗澡的池子是三角形的，会像海一样地涌起波浪。无论你走到哪个角落，哪怕是在厕所，都安了空调，夏天吹冷风，冬天吹热风——其实，这是因为农村的电压不稳，线路容量小，无法安装大空调，房主只好步步为营，并非刻意豪华。地面都是白大理石的，家具都是红颜色的木头，看起来像是故宫——那个充当小时工的女人，一生当中到过的最显赫的地方，就是故宫了。以故宫比拟豪华当然是没错的，但是由于她没有中间的参照物，对她来说，世界上享受的地方，就是故宫，寒酸的地方，就是自己的家了。所以，她的话，也不是十分可靠的。

住别墅的女人，让大家管她叫“黄姐”。这是一个很容易记得的名字，因为她的面色萎黄。即使她不姓黄，乍见之下，你也会飞快地想到黄这个字眼。

黄姐买菜，刚来的时候，就会讨价还价。但是以后，她就不讨了。因为村民们把她认作自己人，给她的价都是实价，没有可讨的余地了。村民们喜欢不讨价的人，但是看不起他们，觉得他们傻。村民们不喜欢讨价的人，但是尊敬他们，因为他们是和自己一样的人，懂得过日子的不易。

黄姐不吃肉，只吃清淡的青菜和卤水点的豆腐。黄姐还爱吃豆芽，说那是小人参。黄姐每天只干一件事，就是收拾她的别墅和屋前的院子。房主人在卖出他的宅基地的时候，白送了买屋者两棵树。那是两棵挂果多年的柿子树，秋天的时候，有很多小灯笼一样的柿子挂在树枝的顶端，渐渐地瘪下去，但是丝毫不打算落下来，准备顽强地在那里晒成柿饼。黄姐就依次种了葡萄、苹果、梨……把小小的院落，收拾得如同果园。

据进入黄姐内房的那个女人说，黄姐的床绷得如同一面鼓。它不是连现在的乡下人结婚也会买的席梦思，而是一架结实无比的木床。只有在真正的木床上，床单才能铺得如同铁板一般平整。黄姐扫床，用的是黏高粱秫秸扎的笤帚。据那个女人说，她看到黄姐在衣橱里，攒了一大堆这种笤帚，估计是哪次好不容易遇到卖主，一下子买了许多储备着，怕以后再也买不到了。黄姐梳头用的木拢子，而不是塑料的发梳。黄姐洗脸用的是香胰子，而不是洗面奶。黄姐擦脸和手，用的是百雀翎香脂，而不是润肤露和手霜……乡下人于是摸不透这个女人的来头，就很善待她。

偶尔，会有一辆豪华的小轿车，停在房前。会有一个高大的男人，倦怠无比地下车，然后一头钻进屋里，再不出来。几乎没有人知道那男人是何时走的，总是在黑夜吧。因为每当黎明的时候，黄姐门前就又是空空如也了。

当那个男人来的时候，小贩们会注意黄姐是不是要买一些好吃的东西。他们失望了。黄姐一如既往地买豆芽和豆腐，还有水灵灵的青菜，甚至连分量都不会有所变化。有人忍不住问黄姐："来的男人是谁啊？"

"是我男人。"黄姐很明白很和气地回答。

"那还不犒劳犒劳？"小贩说着把五花肉和青色的小河虾推过来。

"他每天都吃这些。他要是想吃这个，就不来了。"黄姐说着，缓缓地拎了篮子，走回种满果树的小院。

"你急急地叫我来，是什么事？假若我记得不错的话，你搬到这里这么多年来，你叫我来，这好像是第一次吧？”男人坐在沙发上，腿放在沙发前的皮质脚凳上，有几分好奇地问。

黄姐款款一笑说：“你记得不准确。不是从我搬到这儿之后，而是我嫁了你之后，这是第一次求你。”

男人故作东张西望说：“怪了，今天太阳从哪边出来？”

黄姐淡然说：“许你在外面寻花问柳，就不许我光明正大地想你一次吗？”

男人颇感意外地说：“这许多年来，你从来没有说一个不字，我以为你和别的女人是不一样的，没想到还是一样的。我在外头干了什么，你都知道？”

黄姐说：“我都知道。正因为知道，我才不问。不问，就是不在乎。对于不在乎的事，说与不说，都是一样的。”

男人说：“这话有些禅意了，你修炼得成精了。”

黄姐说：“谢谢夸我，可惜过分了。我若是真的修炼成精，也就不会叫你来了，还是凡心重重啊。”

男人坏笑道：“这好这好。你是原配，无论我在外面有多少女人，你总是排行老大的。只是平常看你冷若冰霜的样子，我若不是想呼吸这里的新鲜空气，是不会到这里来的。”

黄姐道：“不用装出无辜的样子。我知道你的心思，无论在外面发了多大的财，如果家乡的人不知道，你就是锦衣夜行，得不到大满足、大惬意。你从家乡把我娶来，安顿在这里，你做些什么，我全都知晓。我的作用，就是每隔几年，随你回一次老屋，光宗耀祖。人的心里都有一个结，你的结就是让当年小瞧了你的人，都恨自己瞎了眼。舔着你的鞋尖，求你施舍给他们一点好处。你摸透了我的脾气，知道我是一个不计较的人。你爱怎样做，就怎样做。知道我什么都不会说。我呢，一个平常的乡下女人，有了现在的日子，也就该知足了。咱们是两好和一好，我常常写信或是回家去看，人家都知道你在外面混得飞黄腾达，光耀门庭的。我呢，本来就无所求，能有青菜豆腐吃，就是天大的福分了……”

男人说："好好，你是火眼金睛，将我脏腑看透。这世上能把我看得这样通透的人，没有几个。所以，我不是把他们当作仇人，就得当作亲人。好了，我们不说这些，好不好？端上你的青菜豆腐，让我被鱼虾填得生出沼气的胃，也顺畅顺畅。"

黄姐道："按老法子做啊？"

男人说："那是当然。这个世上，我吃过万万千的饭菜，没有比得上家乡的豆腐。这个世上，我玩过多少女人，没有你这样淡泊平和的。这就是我为什么总要回到你这里来。就像长江里有一种龙鱼，无论游出去几万里，终要回到当初它孵化成鱼的地方。所以，我到你这里来，并不是我可怜你，而是要你可怜可怜我呀。"

黄姐用手抚摸着男人的头发，发丝在她的手下分成一缕缕。由于反复地摩挲，发根处的油脂蔓延开来，正值壮年的男发显出蓝色的光泽。

"真享受啊，我要常常到你这里来。"男人说。

黄姐说："你还是不要常来的好。你若来得多了，我也让你搅得浑了，你在天下就没有一个干净的地方，可以存你的魂了。"

黄姐说着，起身到厨房操持几样清淡素菜。

扑鼻香的小菜上桌的时候，男人说："拿酒来。"

黄姐一怔道："没有酒了。"

男人惊奇道："咱们家里，怎会没有酒呢？"

黄姐说："你总是不来，我又不喝酒，留有何用？我就把酒都给了村里的人。"

男人说："荒唐荒唐！我的酒是普通的酒吗？都是玉液琼浆啊！乡下人能喝出什么好来？你这不是明珠暗投吗！"

黄姐说："送出的东西，也像泼出的水，要不回来了。你若可惜，此后再别把任何贵重东西放我这里，我是不配的。劝你别出口伤人，你我也是乡下人，骂他们就是骂自己。"

男人说："好好，我不说就是，谁喝了都是喝了。你一个女人，在乡下住着也不容易，也得围下个三两帮手，我能理解。只是，今日良宵美景，无酒怎行？你到村里的小铺打上半斤散酒，哪怕是高粱烧，我也尽兴。"说着，就去找空酒瓶。

黄姐一看拦不住，就说："村里的散酒，你敢喝吗？听说有毒。"

男人说："乡下人敢喝，我也敢喝。你说得对，我也是乡下人。"

黄姐说："你真要喝，我这就给你打去。听说那酒的后劲大，一时半会儿看不出厉害，但喝的时间长了，伤人的脑子和眼睛。你若是敢，我就去。"

男人听罢，搔搔头，很惋惜地说："真的啊？若伤脑，那就不敢喝了。干我们这行的，靠的就是脑子和眼睛，若是一齐坏了，真真就是要了命。好吧，今天就免了吧。"

女人长嘘了一口气。

吃罢晚饭，宽衣解带。卧房是两间，男女分开。男人很自觉地回到自己的房间，往常都是这样歇息的。不想黄姐无声无息地跟了进来，悄悄说："今日，我想同你一道睡。"

男人摆手道："你是良家妇女。和我来往的女人，都没你干净。我不忍害了你，你不必讨我的欢心，我在这世上，只爱你一人，把你当成我的姐姐。"

女人就掉下泪来，说："我知道。你如是想节省下来，给你外面相好的留着，我也不逼你。"女人说着，悄然躲开了，只把几滴泪水弹在男人的胸脯上，好似汽油泼了下来，男人的兴趣呼地点燃了。他把女人捧到床上，刚要动作，突然说："我不能害了你。"翻身下了床，到处找寻。

女人淡淡地说："你找什么？"

男人说："告诉你也没有用，你是不会预备这东西的。"

女人说："你不要瞧不起我。我虽是一个人过日子，日用百货却非常齐全。说说看，也许我有。"

"正是因为你打算的是一个人过日子，所以，我才说你没有。"男人很有把握地说。

黄姐说："你既是说到这儿了，我也就知道你指的是什么了。"她像一条银鱼般地起身，从抽屉里找出一包东西，熄了灯，递到男人手上说："是在找这个吧？我有。"男人摸出那是避孕套，疑心顿起，说："你平日总预备着这东西，是何居心呢？"

黄姐说："我是你的女人，我为你预备的。但我从来没让你知道，我绝不强求你，我是有备无患。若是你不提到，就是明知你有病，我也绝不会用。我既是你的女人，你得了什么病，我也得什么病，这才叫同甘共苦……"

男人的激情被挑起，说道："想不到你这样贤惠。你既为我这样想，我哪里能害你！"说着，把避孕套套在自己的男根上，狂暴动作起来。

风平浪静后，男人喃喃道："你说得挺热闹，身子还是冷木头……"

黄姐说："久不操练，生疏了。"

男人不再答话，乡村的空气好像有一种麻醉的作用，把城里人被汽油和灰尘灌满的肺叶洗涤干净，人就得香甜深沉地睡去了。黄姐隔一会儿抚摸一下男人，待男人再无反应，确定他深睡之后，灵活地起身，将刚才甩出的避孕套收起，回到自己的房间。

清早，男人起来。他看到自己的车门把手，挂着两颗红灯笼一般的柿子，连在一根枝上。一摸，软软的，像女人的手。这是长在柿树上，被太阳一天天晒软的柿子，和硬冷的时候摘下来，被生石灰水泡软的柿子，味道是绝不同的。男人想，唔，这两个柿子，是黄姐半夜里起来到树上摘下的吧？

他走了。

黄姐倚在窗前，看他的车影卷着黄尘，消失在自家的路口。又等了一小时，估计男人已达市区，这才开始拨打电话，听准了主人的声音后，她悄声说："快快来。"

一个头戴帽子，眼戴水晶养目镜，浑身上下裹得如同粽子一般严实的人，无声无息地溜进了这套幽居的房子。掩好院门，来人一把抱住黄姐，说：“大恩大德啊，我真不知今生今世如何谢你！”

黄姐淡然说：“不值一谢，这不过是夫妻间的常事。”

来人道：“我知道你们长久以来，就不行这个事了。这对女人来说，无异于强暴。”

黄姐说：“我那时已分裂成两个人。一个人在同他行这个事，另一个人在旁看着，想，这是替天行道，不是我受辱，如同救火救命，无论谁都会做的。”

来人道：“东西在哪里？”

黄姐把来人领到冰箱前，打开，取出一个精致的小冰桶，说：“就在这里面。他要喝酒，我千方百计拦住了。喝了酒，质量就不行了。用的物品，都是你带的专用品，保管方式也都按你交代，没有一点污染和疏漏。现在，我把它交给你了。”说罢，黄姐把冰桶郑重地交与来者。那人双手接过冰桶，贴着心脏搂着，如同抱着一个婴儿，忍不住眼泪淌成溪流。

黄姐从茶几上抽了纸巾，递给来人说：“别落泪了。我知道你的心情。哭多了，对身子不好。其实，你不必亲自来。你刚小产过，身体还虚弱。如果说，上次你必得亲自出马，才说得清楚，这回，只要派个人来，我就会交他。我能帮上的忙，只有这一点点。今后的事，只有靠你自己走了。说实在的，这些天来，我一想起这事，就从心底佩服你。一个女人，一个母亲，还能做些什么呢？也就这些了吧？你都做到了。”

来人听得黄姐这样说，哭得更厉害了，只得摘了墨镜拭个不停。浑身剧烈地抖动，将原本裹得紧紧的围巾和外衣松散开来，卜绣文苍白的面庞和瘦弱的身体呈现在黄姐的客厅里。

黄姐比卜绣文要年轻，但她的神情却苍凉古迈。也许是和匡宗元这个魔头的婚姻，让她大彻大悟，心如深潭。

半个月前，卜绣文突然拜访黄姐。

“你是谁？”黄姐对这个不速之客问道。

“我是谁，这不重要。也许，你始终不知道我是谁，更好。”卜绣文回答。

“那你找我何事？如果这个也不需要我知道的话，我就送客了。”黄姐静静地说。

“我要找你的事，对我是太重要了。对你，是举手之劳。但是，你很可能不愿做。”卜绣文表面镇定，内心惶恐。她绕着弯子说话，实在是怕自己一下子把底兜出来，遭到黄姐断然拒绝，那就再也回天乏术了。

“既然对我易如反掌的事，对你又是那么重要，你为何断定我会不愿帮你呢？”黄姐淡淡一笑。“因为这件事还关乎到你的丈夫……不不，主要是我的孩子……当然了，还有我的丈夫，不过……更重要的是我的医生……不，更重要的是‘血玲珑’计划……”卜绣文原本准备得好好的，然而还是混成一锅粥。

黄姐给她倒了一杯水，说：“您越说我越糊涂了。不急，虽说是牵涉到了那么多人，我看最要紧的是咱们两人。和我有关的只是我的丈夫，您就先说他吧。”

“不，不能先说他，还是先从我的女儿讲起吧。”卜绣文心想，哪能先讲匡宗元的劣迹呢？即使是婚前的事，天下也没有哪个妻子会乐意听到这类丑事。于是，卜绣文讲起早早的病，危急状态，“血玲珑”计划，第一次怀孕失败……“因为胚胎的骨髓型和早早的不符，因为它和早早不是一个父亲。早早是我被人强暴所生……”卜绣文说不下去了，即使这段往事已过去多年，挖掘出来，依然血淋淋。

黄姐双膝并拢，腰板挺直，在沙发上坐得很端正，脸上波澜不惊，递上纸巾说：“您跟我说这些，是不是就是我的丈夫——正是强暴你的恶人——也是你的女儿夏早早的生父？”卜绣文惊得眼泪都灼干了。面前这个女人，真是冰雪聪明。她一直以为自己在女人当中是个尖子，现在才知道，民间高人无数。

“是，正是。”她只有频频点头。

“你想再一次怀一个和夏早早同父同母的孩子，以救早早？”

“正是，正是。除此以外，再无任何法术了。”卜绣文希望和绝望交集。

“那您求匡宗元即可，找到我，为何？您既然知道了他的历史，想来也一定调查了他的现在，他是一个寻花问柳之人，这并不太难。”黄姐还是不动声色地说。

“是啊……我原本是不想麻烦你的……可是，试过了，也许，是我太老了，他识破了……他……”卜绣文说出这一切，真是痛苦尴尬，可是，面对黄姐这样水波不兴玉树临风的女人，你无法隐瞒。你直觉到把一切真相告诉她，才是最简单可行的方法。

“唔，于是想从我这里，得到匡宗元的那样东西，再一次怀孕？我猜得对吗？”黄姐把卜绣文最难开口的事，一语破开。

“是是是……是是是……”卜绣文长嘘一口气。不管事情成不成，她能做到的只有这些了。

“我能知道你是怎样找到我的吗？”黄姐岔开话题。

“我有一个朋友，是做私人侦探的。他查出了你的住址。”卜绣文如实招来。

“那你的那个朋友有没有告诉你，我和匡宗元只是名义上的夫妻，其实形同路人。他浪迹烟花柳巷，我不闻不问。他偶尔到这里来，只是厌倦了城市里的喧闹，换个空气。他娶我，也只是遵从乡俗，我们貌合神离，早就分屋而居，所以……”黄姐顿了一下。

“你的意思是……我不知道你们是这样……私人侦探光从外面打探，知道表面的情形，这四堵墙里面的人和事，他哪里知道？求求你……”卜绣文绝望地呼吁着。本来嘛，一个法定的妻子，就算她对丈夫再恩断情绝，你也无法要求她答应你做这样的事情。况且，同为女人，她心知肚明，假若夫妻长久以来冷漠如此，你怎能要求人家为你屈伸，这不是自唾其面吗！黄姐思忖片刻，一脸宁静，轻柔淡定地说：“此事这样蹊跷，所以……我不便问你的姓名，你也不必再说其他的了。我答应你，尽力去做就是。”

卜绣文一下子双膝跪倒：“恩人啊，恩人……”她泣不成声。

黄姐轻轻扶她：“不必，我虽无孩子，但我能知你心。”

卜绣文也想不到自己会跪下。她一向是很鄙夷这个举动的，觉得夸张和古老，很像京剧里的小丑。但是，到了这个用言辞不能传达的时候，只能，也只有一跪。才知道自己以前的不屑于跪，是没遇到极端的困境。在我们民族的礼节里，遗传着跪的传统。人们害怕跪，是本能地想逃避非凡苦难和困厄。

黄姐宠辱不惊地说："你先别忙着谢我，还不知多会儿能办成此事呢！"

卜绣文说："自然是越快越好了。"说着她拿出了一包器具，向黄姐交代取得东西后的保管方式。

黄姐说："我已知道。然而此事，是万万急不得的。匡宗元是何等警觉狡诈之人，他若察觉，就再无成功的可能了。况且，我平日和他几绝夫妻情事，此次十万火急唤他回来，直奔题目，以他的心计，哪能不起疑？一旦他起了疑心，对我如何事小，但早早的事大。所以，我只有一次机会。宜缓不宜急。急必有失，失不复得，你的早早就更危难了。我只有按兵不动，一切听天由命，待他何时归来，我见机行事。我不能逼他，只能引他。叫他觉得一切顺理成章，诱他沿着咱们画的道走。我只有这一次机会，成与不成，谋事在人成事在天。我当尽力……"

卜绣文除了螳螂般地不停点头外，再说不出感激的话来。

"你来的时候，没有别人看到吧？"黄姐问。

"没有。"卜绣文答。

"好。你产后身体尚未康复，今后的事还不知有多少等着你。多保重。他的那样东西，一旦到了手，我会尽快和你联系，你来人取走即可。如果我不给你电话，就是还未办成。你千万不要把电话打到这里来。不必催，我会竭尽全力的，我家不便久留。"黄姐说着，摆出送客的姿态。

卜绣文却不想走。好像在这里多待一分钟，早早的命就多了一分保障。当然，她更知道，赖着不走，危险也在增长。匡宗元行动无羁，如若万一突然回家，所有的计划顷刻粉身碎骨了！她把所有器具交代之后，又抖出一个小包，说："我来得匆忙，腿脚不利落，也没来得及上街给你买什么礼物。中国有句古话——大恩不言报。我不是报恩，我知道这恩，我是无以为报了。如若孩子真能有救，报，就是她的事了。我只是送你一件女人用的东西，留个纪念吧。”说着，她拆开包，一条柔若无骨软滑无比的白羊绒披肩，雪兔般地蓬松在她的手上。

“这是什么？”黄妲即便心如枯井，也是年轻女子，不由得细细抚摸。

“这是克什米尔的羊绒精制的。你可有戒指？”卜绣文说。

黄妲说：“没有。匡宗元是我命中唯一的男人。他不曾送给我戒指，我就再也不会有戒指了。”

卜绣文想想说：“因陋就简也可，你可有顶针？”

黄妲说：“顶针有，是我妈妈送我的，说是我姥姥在她结婚的时候送她的。这些年来，没有人缝缝补补了，顶针没有用了，可我一直留着。”黄妲说着，找出一枚黄铜顶针，无数细小的麻坑，由于一根又一根针鼻的顶撞，已浅得近乎磨平。顶针的内里，由一代又一代女人的纤纤细指，磨腻得滑润无比，沁出血丝样的红色。顶针明晃晃的，如同一枚真金指环闪烁。卜绣文接过这枚顶针，把羊绒披肩的一只小角塞了进去，于是一端绒毛就透出在顶针的对面。轻轻地拉动披肩，那雪白的绒毛就似活物，在顶针的这一端匍匐下去，顺成一缕轻烟，精巧地钻过顶针围拢的小圈，在那一端如同下了课的小学生，嘭地舒展开来，炸成一团无声的硕大银花，奔涌着流淌着，直到顶针的这一端渐渐聚如雾岚，那一端如春雪袅袅散开……

“好美啊！”黄妲赞道。

“送你。这种披肩，还有一个名字，叫作戒指披肩，意思是它能从一只戒指当中轻松穿过。如今，在你这里就称作顶针披肩了。”卜绣文说着，把披肩递到黄妲手中。

黄妲抱着它，甚至低头轻轻地用披肩的角，摩挲了一下自己的脸。

凡是女人，都喜欢柔软蓬松的纤维，爱它的温暖和包容。

看着黄妲喜欢，卜绣文很高兴。这是一位好友送给她的，她很心爱。但她想，自己再没有如此轻松的心情，披得着这样华贵的披肩了。出自女人间的感应，她说：“黄姐，你年纪没我大，但你的神情，让我也不得不叫你一声姐。你既然对匡宗元看得如此分明，又为何要把自己的一生，固定在这个人身上呢？”

黄姐说：“谢谢你的好意。可我如果不在这儿，谁来帮你的早早呢？所以，什么人在什么地方，遇见什么人，都是命定的。”说着，她把顶针披肩收拢，把顶针重新戴在自己的指上，然后把披肩递过来，说：“我收下了你的心意。只是这名贵的披肩，还是请你带回，我用不着它。”

卜绣文急了，分明这女人是喜欢它的，为什么一眨眼的工夫，就不要了呢？她说：“我是诚心诚意的。披肩，你会用得着的。春秋时分，当你穿上一件衣服觉得热，不穿一件衣服又觉着冷的时候，就用得上披肩了。”

黄姐说：“谢谢啦。我不穿衣服也不觉着冷，穿上衣服也不觉着热。冷热，只在心里。您走好，这物件如此华贵，我留在家里，一旦被匡宗元发觉，我就是铁嘴铜牙，也解说不清。所以，只有完璧归赵了。”

这就很有些常人不懂的意思了。卜绣文知道再也没有理由待下去了，深深鞠躬，告辞。此次，卜绣文再次拜访，很想再同黄姐说些什么，但黄姐在说了那些不得不说的话之后，微笑着，再也不答话了。

“走好。”这是黄姐重复了三次的话。

“黄姐，如果早早好了，我会让她来看你，你是她的再生母亲！”卜绣文说道。

黄姐摇摇头。

“母亲，不是谁都可以做的。您和女儿，好自为之！”黄姐低下了头。

她想起了丈夫。

他喜欢在这儿。可以脱下所有的衣服，舒服地伸展腰肢，世上还有能容他这样沉睡的地方吗？没有了。这就是他无论怎样辗转腾挪，会突然回到这里的原因。这儿，浓缩着他的故乡、他的亲情、他童年中那些温暖和清洁的东西。

这里是天下最安全的地方。

第十八章

卜绣文终于知道了自己的财产状况。说实话，姜娅是很报效主人的，她最大限度地保全了卜绣文的资产，使卜绣文还有维持基本生活的费用。姜娅如同一个坚守阵地的士兵，与匡宗元周旋到了最后一分钟。但是，她还年轻，她不可能为卜绣文殉葬，她还要为自己的前程设计出路。她考取了国外的深造机会，就要出国了。在同魏晓日商量之后，她战战兢兢地把真相同卜绣文做了详尽说明。

魏晓日已经准备好了急救的药品。

没想到，卜绣文听到后，纹丝不动。

“我知道了，我想到了，谢谢你。”这是她说过的唯一的一句话。之后，她就有礼貌地和姜娅告别，然后沉沉地睡着了。

魏晓日几乎怀疑那是一种浅昏迷。但是，不是，卜绣文是真正的睡眠。于是，他真的相信她已经千百次地设想过了这一切。她不过问，是因为她在生死相搏中，再无精力照料。当一切无可挽救之时，她泰然地接受了。

也许一种生命的创造过程，比之任何一种财富，都更能驱动人的忘我与镇定。当卜绣文在一个长得不可思议的睡眠之后，重新出现在众人面前的时候，恍若蚕的蜕皮，已成新人。她洗尽铅华，换上朴素的旧衣，沉稳安宁，如深潭之水，波澜不兴。

卜绣文的人工授精顺利完成。

魏晓日租下了南丁格尔竹东侧的小院，由薄香萍布置成简洁高雅的病房，并带着两个护士，专门负责卜绣文的休养生息，留下详尽的记录。

魏晓日每天都来查房，并把情况向钟百行先生报告。先生也不时来探望。夏践石在妻子、女儿入院，家道没落的关头，不失一个男子汉的气概。居然在孩子和妻子面前都做得滴水不漏，像袋鼠一样，既可负重又能跳跃奔走。真真沧海横流，才显出英雄本色。平日被卜绣文的风风火火遮盖，现在才出演了一家之长的角色。

卜绣文刚开始对这种静养式的生活，很不习惯。但她疲倦了，密集的打击和变更，使她的精神在高度长期的紧张之后，不可遏止地进入了松弛状态。困倦和身体的巨大变化很快征服了她，初期的日子，每天嗜睡，一睡解千愁。那个胚胎在她的睡眠中生长着，掠夺她身体的养分，一天比一天增大。

对这个孩子——姑且把它称为孩子吧，不然叫它什么呢？在醒来的间歇，卜绣文的心里真是矛盾极了。她不能像一只下蛋的母鸡那样，把它当一个正常的鸡蛋看待，但她又强烈希望它是完全正常的。假如它本身就是一个怪胎，又怎能用它去救早早？她无时无刻不在感觉着它的存在，比一个初孕的少妇还要草木皆兵，却又在心里一万次对自己说：它不是一个人，只是一件东西，比如一个针管、一把草药……

“魏医生，我的牙齿松动了……”卜绣文对前来查房的魏晓日说。

“我已经在你的补品里加了钙。”魏晓日回答。

“钙和牙有多大关系？有一个牙洞，我想看看牙医。”卜绣文不满。怀孕的女人通常脾气比较大。

“那个孩子要夺取你身体里的钙，长它自己的骨头。所以，你的牙齿就松动了……”魏晓日解释。

“可我怀早早的时候，没这毛病啊？”卜绣文觉得医生在搪塞。

“那时候你年轻。现在时间已经过了十三年。”魏晓日冷静地提醒她。

“那就试试，你多给我加些钙吧。不然，到这个孩子出生，也许我的下巴都掉下来了。”卜绣文担忧。

“没有那么危险。外力的补充只能帮一点忙，婴儿从母体获取养料，是生命的规则啊。”魏晓日平静地解释。

卜绣文竟微笑了，为这个孩子的强健感到兴奋。她越虚弱，说明那个孩子的活力越强。她是在用自己的生命，养一株给女儿治病的仙草啊。

日子一天天地向前进展。胎儿和夏早早的基因检测已经完成，它是一个女婴，骨髓配型结果相符。也就是说，夏早早和她仿佛孪生姐妹。

钟百行先生十分满意。他为小院起了一个动听的名字，叫“玲珑居”。

学者的满意真是和一般人大不同，他一反“血玲珑”方案刚开始施行时的事必躬亲，而是很少到小院来了。深知他秉性的魏晓日明白，这就是说明进展顺利。

魏晓日现在比较平静了。一切进入轨道。他来查房，看着卜绣文一天天地臃肿起来，腰身如同黄果树瀑布般宽大，喷发着一种无精打采的懒洋洋的安详。面上出现蝴蝶斑，变得丑陋。

“怎么样？”魏晓日走进玲珑居，问值下午班的薄护士。

“一切如常。”薄护士正在配营养药，头也不抬地说。

“昨天我离开时，她有一点轻微的感冒，现在如何了？”魏晓日很关切地说。

“哦，有这事？交班时没说啊，可能不要紧吧。我不知道她有什么感冒。”薄护士不在意地说。

“她一连打了三个喷嚏，这就是受了寒凉的标志。”魏晓日耐心告诫。

“哦，是吗？我今天早上一连打了五个喷嚏，怎么也没有人来关怀我一下呢？”薄护士悻悻地说着，把一粒红色的药丸掷进药杯。薄而软的胶囊，碰上塑料的杯沿，像粒小子弹，蹦出很远，落在地上，又蹿了几蹿，才跳入柜底。找不到了，就算找到也没法给病人吃了。薄香萍只好又从药瓶里拣出一粒。

“是吗？要真是五个喷嚏，也要吃点药防治一下。”魏晓日认真地说。

“我哪里有那么娇贵？打喷嚏，也许是我新交的男朋友在念叨我呢！”薄护士一边说，一边用眼的余光瞟着魏医生。

“我是怕你得了感冒传染给病人。”魏晓日这样说着，抽出卜绣文的病历看起来，眉头忽高忽低，好像那是一部引人入胜的小说。

薄护士把药配好，自说自话：“这么大年纪了，还生孩子，够勇敢的了。”

魏晓日翻看着一系列的化验单，应道：“是啊。”

薄护士一撇嘴说：“我真担心你们这个计划，将来被人指控为一级谋杀罪。”

魏晓日猛吃一惊，忙说：“嗨！小声点！你可不要乱说啊。”

薄护士道：“我怎么是乱说？我只是为你们担心。主要是为你担心。毕竟啦，这一切都是由你一手操作，钟先生并不亲临现场。万一出了什么事，你可说不清。”她的眼光变得忧郁而柔和，流露着深重的担忧。

魏晓日思忖了一下说：“截止到目前，我们所做的一切都是治病救人，问心无愧。”

薄护士想，刚才魏晓日也不为自己子虚乌有勾勒出的男朋友吃醋，心里就很不受用，说：“是啊，我当护士这么多年，还从未一天像个老妈子似的，专门服侍着一个贵妇人，好像她生的是个皇太子。”

魏晓日说：“这个婴儿真的是非常重要，也许将来要在医学史上留下一笔的。”说着，不再关切薄护士有何反应，径直进了卜绣文的病室。

说是病室，其实是一套温暖洁净的卧房加客厅。到处都是藕荷色，魏晓日第一次走进来的时候，吃了一惊。

“是你要求布置成这个颜色的吗？”他悄声问。

“是啊。怎么，不喜欢？薄护士问我愿要什么颜色，说钟先生讲了，一切以我的爱好为准。我就挑了这个颜色，不好看吗？”卜绣文调皮地说。蝴蝶斑使她的面容发锈，但情绪活泼得像个少妇。

魏晓日叹了一口气，说：“好看是好看，但我得把我家的颜色改变一下了。”

卜绣文翻着眼睛说：“为什么？藕荷色也不是你的专利。”

魏晓日说：“那也得改。”

卜绣文说：“我只要看到你，就觉得有希望。更不要说你的背后，还站着钟先生。”

魏晓日苦笑了一下说：“你要更正一下，钟先生站在我的前头。”

卜绣文把魏医生的查房，看作一天内最有意思的节目。她会精心梳理了头发，穿上名牌的孕妇装，斜着身子倚靠在沙发上，既不使自己显得太膨胀，也毫不隐藏自己的肚子。一种女人对男人和病人对医生的双重反应，交替出现在卜绣文的脸庞上，很是有趣。

“嗨！下午好？”又一天，魏晓日走进客厅，微笑着说。

“还好。”卜绣文也以微笑回应。其实，她今天感觉很不好，眩晕像浓雾一样笼罩着她的后脑。但是，她预备把这个症状放在最后说，因为魏晓日非常负责，一旦同他讲了此时的身体感受不良，他的注意力就全被病情的变化所吸引，立刻变得干巴巴，什么其他的情趣都没有了，开始马不停蹄地询问和检查。

“我们来查一下胎位。”魏医生严肃地说。

卜绣文很温顺地躺下了。她很喜欢“我们”这个词，有一种集体的感觉。暗暗寻思，“我们”里都包含什么呢？有她自己，这是没错的。还有魏医生，这也是跑不掉的。那么，包不包括肚里的孩子呢？应该是包括的了。因为它是主角，一切就是为它做的检查嘛！

可是，卜绣文一直不想承认那个孩子是人。所以在脑海中，每当想到的时候，她不用“他”或是“她”来称呼，而只用“它”。

魏医生的手轻柔地推动卜绣文的腹部。那个胎儿感觉到了外力的抚弄，顽皮地弹动起来，角弓反张，然后潇洒地舒展，如同做了一个高难的体操运动。

卜绣文感到强烈的振荡，好像那个它在揪着自己的肝胆打秋千。

“胎位还好。”魏晓日补充了一句，“生命力很强。”

卜绣文不由自主地问了一句：“它是个男孩还是个女孩？”

魏晓日答道：“是个女孩。”

卜绣文愣了一下。她马上痛悔自己问了这个问题，从此，她就不能称它为“它”，而要称它为“她”了。

卜绣文很想象往日一样，与魏医生谈谈文学艺术、历史哲学什么的。在自己的女儿面临着死亡的深渊，自己身体内又孕育着一个崭新的生命时，她对这些平日里很少想到的问题，有了格外多的感受和想说的话。可惜，今天脑袋不争气，痛得好像养了一万条长蛇，上下钻动，容不得她的闲情逸致。她只好拣最关切的问题说：“早早怎么样了？我太想她了。”

“还好。”魏晓日说。

“您对我说实话。”

“这是实话。”魏晓日很坦白地说。夏早早的情况当然不能算好，但对一个自身难保的孕妇来说，你还能说什么？

“我想看看她。”卜绣文鼓足了勇气，把日思夜想的愿望说了。

“这会使情况很复杂。”魏晓日沉吟着说，“你也不是不知道。”

“我并不是为了得到您的允许。我是跟您商量，像个朋友那样。您知道，我现在这个情况，和所有过去的朋友都中断了来往，没有人能理解我的处境。”卜绣文苦恼地说。

“我想孩子想得夜里睡不着觉。我对践石说，他总是劝我：你现在这个样子，能去看她吗？你不是已经跟孩子说你到外国去给她找药了吗？她充满希望地等着呢！她见到你，问药找回来了没有，你怎么回答她呢？再说你现在这么重的身子，她也懂事了，以后问你是生了一个小弟弟还是小妹妹，咱们可说什么好呢？所以，依我看，你就再忍忍吧。孩子和以前差不多，还好，你就放心吧。等你生了这个孩子，马上就能见到早早……他话是这么说，可我想孩子的劲儿一上来，心就痛得千疮百孔……魏医生，你说我可怎么办？”

卜绣文眼圈底下皮肤暗淡松弛，显得苍老与焦虑，肯定是一夜没睡。

魏晓日沉吟了一会儿，说：“要不，你给早早打个电话。”

卜绣文说：“这个念头在我心里翻滚了一百遍。只是怎么说，才能不引起孩子的怀疑？”

魏晓日说：“就说你在非洲，在埃塞俄比亚。”

卜绣文颤抖的手指，揿动电话键。这是一台造型像金字塔样的电话，数码嵌在机身里，浑然一体，好像一块古老的石砖。

“我是夏早早。你是谁呀？”

女儿的声音已经显得有些陌生，虽然更虚弱了，可有了一份属于更大孩子的矜持和冷静。

“我是……妈妈呀……”卜绣文声音哽咽。

“啊！妈妈！您在哪里啊？您什么时候回来的？您为什么不来看我？我太想您了……”巨大的惊喜使孩子用尽全力地喊叫起来，然后传来喘息。

感觉得到，孩子的体质更差了。卜绣文热泪盈眶。

“早早，我没有回来啊，我是在……埃塞俄比亚，给你打电话的……我再有几个月就可以见到你了，你可一定要好好地坚持着，等妈妈回来啊……我给你带了好药，就能把你的病治好了……”卜绣文紧紧地抓着电话听筒，好像那是孩子瘦弱的小胳膊。

她的胸膛剧烈地起伏，泪水纵横。

魏晓日谴责自己动了恻隐之心。依卜绣文现在的身体状况，是极不宜激动的。他做了一个坚决的手势，要卜绣文立即停止谈话。

“妈妈，您跟我说说埃塞俄比亚是什么样子的啊！我只知道它是在非洲……”夏早早在电话的那一边，请求着。她实在是渴望知道外面的世界。

“是……啊……埃塞俄比亚是在非洲……靠着红海……有沙漠，仙人掌……”卜绣文拼命在脑海中搜寻着，上中学时地理老师讲授过的关于这个遥远国家的知识。

“红海的海水是红的吗？”

“啊……红海……水是什么颜色我们就不要去管它了……红海里有小鸭子在游泳……”卜绣文知道孩子是最喜欢鸭子的了。

“鸭子的羽毛是红的吗？”

“当然……”卜绣文想说当然不是红的了，但她就连这么一个小小的遗憾也不愿留给孩子，她急转话头，用快活的语调说，“……小鸭子的羽毛当然是红的了。”

“那太好了，妈妈！您从埃塞俄比亚回来的时候，请一定给我带回红颜色的鸭子羽毛啊……”

魏晓日做了一个不容商议的截断动作。

卜绣文只得恋恋不舍地放下电话。

“魏医生，谢谢你。谢谢你让我听到了女儿的声音。可是……不知怎么搞的，我的头更痛得不得了……”卜绣文脸肌僵硬，颜色非常难看。

“你安静一下，我来给你检查。”魏晓日淡淡地说。他不是不着急，但病人越是紧张，医生越是要冷静。

他给卜绣文听了心脏，查了血压。一直担忧的危险的情况，果真出现了。卜绣文的状态急转而下，高龄产妇最可怕的子痫，如同一只凶残的野兽，在不远处露出了犄角。

“怎么样？”卜绣文紧张地问。她也敏感地察觉到医生的异样。她不能出意外，在自己的身上有两条命。不，是三条命。

“还好。”魏医生依旧淡淡地说。

卜绣文懊丧地垂下眼睑说：“你不说实话。医生都说谎成性。什么时候问他病情，他早有一句话等在那里，就是——‘还好’。唉！”

“还好就是还好。”魏晓日也不多做解释，就告辞了。

“对卜绣文的病情，今天一定要严密观察。”魏晓日开了一些对症处理的药，对薄护士叮嘱了一声，就匆匆地走了。

“哼！好像我们平日对卜绣文的病情，就没有严密观察似的！”薄护士一边愤愤不平地想着，一边还是手脚麻利地给卜绣文服了药。平心而论，她对夏早早一家还是蛮同情的，只是看不惯魏晓日如丧考妣的焦急模样。

魏晓日急找钟先生。师母说，钟先生飞机出诊刚回来，这会儿却不知哪里去了。师母连打了几个电话，熟人们也不知他的去向。卜绣文的情况出现变异，这是有关“血玲珑”计划的大问题。他做不得主，病情又不容耽搁，必须尽快做出决断。

他开出了对症的药物。

天渐渐暗下来。卜绣文头痛欲裂，恍惚觉得自己就要死去。

女儿的声音像涛声在耳边起伏不停。女儿的面容像花瓣一样在面前开放又合拢……她突然想到，要是自己突然死了，就再也见不到女儿……

深夜，魏医生的对症药物开始起作用，卜绣文觉得好些了，挣扎着找到薄护士。

“薄护士，您的这件衣服很好看，别致又大方，把脸蛋儿衬托得红扑扑的。”她竭力讨好着，由于大脑迟钝，技术显得拙劣。

“哎呀，夫人，您这不是讥讽我吧？您见过多大的排场，哪里会把我这件衣服看在眼里？再说，我们做护士的，一天包在白衣里，只有袖口衣领可以露出一点点花边。您哪里看得清呢！”薄护士很少受到表扬，很高兴地说。

卜绣文揉着太阳穴说：“一件衣服好不好，第一并不在款式质地，我看在颜色。颜色是最鲜艳夺目的要素。打个比方吧，男人们常说‘女色’，其实就是指的女人的颜色。你的这件衣服，虽然我没看到全貌，但这颜色足以使人赏心悦目……”一番话，累得她气喘吁吁。

不管这话是真是假，薄香萍听得很受用。这个高傲的女人，在向她表示讨好之意。

“看您说的，我也是瞎猫碰上了死耗子。不过，再买衣服的时候，倒真要注意颜色了，也许还要请您参谋呢。”薄香萍谦虚地说。

卜绣文知道天下的女人没有不喜欢听恭维话的，尤其喜欢听比她强的女人的恭维话。她惨淡地说：“我哪里能给你参谋，今天还不知明天怎样呢。”

薄香萍听她说得伤感，忙劝道：“钟先生为了您的病制订了详尽的方案，我虽不是知根知底，但依我想来，您的女儿该是有救的。”

卜绣文叹了一口长长的气说：“但愿这样吧。”为了博得薄护士对自己的全面好感，她把“血玲珑”的方案细致讲了讲。她此时要征得薄护士的帮助，想让一个女人和你同心同德，最好的办法是和她共享一个秘密。

薄香萍以前也知道计划的一部分，此刻看清了“血玲珑”的全貌，不由得心惊肉跳。

她说：“我再给您查一下血压和心脏吧。”

卜绣文乖乖地躺下了。

平日检查完后，卜绣文总要习惯地问一句：“正常吗？”

今天她没问。

“想跟你商量个事，你得帮助我。”卜绣文疲倦地说。

“您说吧。”薄护士此刻心情复杂，对面前这个苦命的女人很是同情。

“你先说能不能帮我，我才能告诉你。要是你不肯帮我，那我还有什么说的意义呢？”纵是在病中，卜绣文也还是用商业谈判的技巧，欲擒故纵。

“这事若是太难，超出了我的力量，我就是想帮，也帮不得你。”薄护士不吃这一套，给了个模棱两可的回答。

“难是一点也不难。你什么事也不必做，只要像平日一样陪着我就行了。”卜绣文依计而行。

薄护士的心被勾了起来，说：“既是这样，你说好了。我倒要听听是怎样一个忙？”

卜绣文说：“我想见见我的女儿。”

薄护士噎在那里。这要求不能说不合理。卜绣文的情形很不好，人在这种时候，极度想念自己的亲人。

“可是……”薄护士沉吟着，卜绣文的一切行踪都得由钟先生和魏医生定，她一个小护士，除了执行医嘱，实在是没法超越这个权力的。

“……这个……”她继续沉吟着，不知该如何回答。

卜绣文在谈判桌上练出的察言观色的本领，已出神入化，虽然此刻大脑眩晕，还是判断不错。知道薄护士正在犹豫，心想一定不能让她把这扇门关了。一定要趁她心思未定的时刻，把自己的一只脚插进门缝，这样才有希望。

她在一张病脸上，极力布出和颜悦色，说：“我是在这里住院，并不是在这里坐监，您说是不是啊？”

待薄护士不得不点头之后，她接着说：“所以，我是一个自由的人。别说我只是想去看一看我的女儿，就是我一去不回来，医生也是没有办法的。对不对？”

薄护士点了点头。她知道这是实际情况，医院里有时会在病历上注明：“该病人自动出院”，就是指的病人自己决定不治了，扬长而去，医院的确是一点办法也没有的，当然了，也不必负责任。

看到薄护士有些担忧的神情，卜绣文马上安慰她说：“我当然不会那样了。”她困难地舔舔嘴唇，好像那里沾着药物的粉末，“但我实在是太想我的女儿了，要是不见她一面，我就六神无主，有一种世界末日的感觉……真的，我很怕。求求你了，让我到她的病房去看一眼，只一眼，我什么都不会对她说，也不会让她看见我……只要能看她一眼，我就死而无憾了……”

大滴大滴的泪珠沿着卜绣文铁青的脸颊下滑，把她的衣领都打湿了。“求求你了……”卜绣文扯着薄护士的白衣袖子，好像幼儿园里一个向阿姨要糖果的小朋友。

薄护士的自尊心，获得了充分满足。这个骄傲的女人，终于匍匐在自己的脚下。满足之后，女人天生的同情心很快占了上风，她开始真心想帮助这个哭泣的女人。再说啦，病人这样不安宁，与病情也是极不相宜的。心病还得心药医，也许带她看看女儿，心情稳定了，她的身体状况也就好转，魏医生用了那么多药，未能解决的问题，倒叫自己给治好了，魏医生没准儿会夸自己呢！

这样想着，薄护士就说："好了好了，夫人，快擦干了眼泪。您的身子这样重了，实在是禁不得折腾。今天我就斗胆做一回主，陪您回咱们的老医院，看看早早。不过，路上一定要小心，不要动了胎气。"

"好好。我什么都听你的。"卜绣文感激涕零。

二人缓缓地走出玲珑居，坐上车，疾驰而去。

卜绣文身孕已重。又是冬季了。干枯的树叶在瑟瑟寒风中发出呜咽般的抖动声。

卜绣文身着羊绒大衣，显得十分臃肿。头上裹着厚厚的披肩，只露出两只大而黑的眼睛，激动地望着车窗外逝过的景色。

到了回春医院，血液病房熟识的护士，漠然地看了一眼卜绣文，全然认不出她了。只同薄香萍打招呼："嘿！好久没看到你了，听说你在外边服侍一个特殊的病人，一定很轻松吧？做家庭护士是很占便宜的，活儿不累，人家还会很感谢，时常送你小东小西的，积少成多，也是一份收益。看来还是魏医生偏心你啊，以后再有这样的事，也要大家分摊才对。"

薄香萍说："少嚼舌。我才不是魏医生挑去的，是钟先生亲自点的。哎，求你一事"，薄护士用手一指，"这是夏早早的一个远房亲戚，刚从国外回来，马上又要到外地去。趁换乘飞机的间隙，来看看夏早早。我知道现在不是探视时间，还请你高抬贵手，通融一下。"

那护士说："也不是什么大不了的事，用不着客气。你们先在这里等一下，我去看看那孩子干什么呢。"说着，走出护士岛。

卜绣文感到自己的心剧烈跳动。她想，就要看到自己心肝宝贝的孩子了，啊！这并不太难啊，自己以前怎么就没想到！不知孩子是睡还是醒？当然是醒着最好了，她可以叫薄护士同孩子说话，自己躲在外面听……又一想，不不，还是睡着了好。不要打搅了孩子的梦，让她睡一个好觉吧……

正想着，那护士走了回来说："夏早早已经睡着了。这孩子近来的情形不稳定，你们就在一旁看看就是了，千万不要把她惊醒。"

卜绣文把头点得像鸡啄米。

薄护士说："瞧你千嘱咐万叮咛的，好像我也成了外人。你就放心好了！连我还信不过？"

卜绣文和薄香萍在病房长长的甬道里，缓缓地走。

夜已经深了，各房的病人都已熄了灯睡下，肃穆的黑暗笼罩着病区，只有走廊里的夜灯凄清地亮着，像是一条生命的航道。

自打家中剧变，一是为了节省开支，另一方面也是为给孩子找个伴儿，夏践石让早早和一个住院多年患白血病的少女，同住了一间病房。那个姑娘叫花鼓，此刻也睡得很沉。

房门无声地推开了，走廊里的灯光像冰冻的橘子汁，淡淡地弥散开，把稀薄的光环打在孩子们的脸上。

卜绣文站在门口，看到女儿蜷在雪白的被子里，纸片一样单薄。许久未见了，孩子靠输入别人的血，居然好像还长高了一点点。特别是她的五官，已渐渐长开，由很紧凑的娃娃脸，变成清秀的瓜子脸，有了少女娇美的轮廓。只是她更加苍白了，嘴唇几乎毫无血色，雪花石膏一样，紧紧地闭合着。

卜绣文不由自主地伸出手指，想触摸孩子光滑的额头和柔软的头发，她还想吻吻她的嘴唇，用自身的温度温暖她的梦乡……

卜绣文刚想俯下身，薄护士拉了她一把，嗔怪地说："不要吵醒了孩子。"

卜绣文伸在半空的手，就乖乖地缩回了。

"让我把她的手放回被子里吧。"卜绣文可怜巴巴地哀求着。

夏早早的一只胳膊露在被子外面，蜡一样。

薄护士心想，这样待下去，不定卜绣文还会提出什么要求，就说："那你就放吧，只是我们马上要走了。"

卜绣文如遇大赦，赶紧扑上前去，轻轻地把孩子的手托起来，一点一点地往被子里移动，仿佛一件玉雕。

夏早早微微动了一下。

薄护士转身走了。

卜绣文倒退着挪出了门，眼睛痛得要滴出血来。

刚一出门，卜绣文就倚靠在走廊冰冷的墙壁上，面色如纸。

"你怎么了？"薄护士吃了一惊。

"我……还好……我们回去吧……谢谢您……"卜绣文挣扎着说。

薄护士不敢怠慢，架着卜绣文就往外走。

"哟！夏早早的这位远房亲戚这是怎么了？我看孩子的病一时半会儿倒还没有什么，只是亲戚本人的病倒要好好看看了。"值班护士说。

"这我自会料理的。今天的事可别跟别人说啊，要不以后有了好事，我也不想着你了。"薄护士叮嘱道。

"放心吧。"值班护士应道。目送着薄香萍和那个奇怪的女人走出大门，护士想起又该巡视病房了。

她蹑手蹑脚地挨个儿病房查看着。

第十九章

回春医院血液病房。

“花鼓姐，你昨夜睡得好吗？”早上，趴在被窝里的夏早早，下巴颏枕在白色布枕上，悄声问。

花鼓原是个乡下姑娘，到城里后干过许多活，最后落脚在一家做保姆，干得很尽心。主人家允诺她，再过几年，待自家的孩子送了幼儿园，资助花鼓上个夜校学电脑培训什么的。前程光明，花鼓干得更卖力了，却没想到得了重病。主人家有钱，还挺仁义的，知道她父母困难，就把医药费都包了下来，送她进了医院。没想到这一住，就是几年。幸好主人资产丰厚，保花鼓衣食无忧。花鼓久病成医，为自己成为医院最古老的病人而扬扬自得，打发寂寞时光的方法，就是探索一切他人的病情。去粗取精去伪存真，通过自己的分析，如同石膏能把断了的骨头接上，她能把任何人的病情整得一清二楚。她最近从别的病区转来。

“自打进了医院，我就没睡过一个好觉。人都说医院是养人的地方，我看哪，是害人的地方。轻病能养重，重病能养死。太吵了，哼，我在主人家，有一个十平方米的仆人间。仆人间和狗窝挨一块儿，错了错了，那不叫狗窝，叫宠物房……虽说背阴，可宽敞安静，气派着呢……”花鼓噘着厚嘴唇说。

夏早早叹了口气，她几乎不敢想自己在家中的日子是什么样的了。她没心思听花鼓的豪华仆人间。自己家原来也是有仆人的，但随着妈妈到国外给自己找药，爸爸就把仆人辞退了。为了给自己治病，家中再也雇不起仆人了。她现在关心的只是一件事，问道：“半夜的时候，花鼓，你看见什么没有？”她小心翼翼，主要是拿不准自己是想得到肯定还是否定的答案。

“在这儿，除了板着脸的医生护士，你还能看见谁？除了活人，大概就是鬼了。”花鼓龇牙咧嘴地做了一个怪脸。

夏早早反倒明显地松了一口气说：“原来是鬼。”

花鼓一下子来了兴致，蹦起来说：“你真的看见鬼了？在哪里？什么样？个儿高吗？怎么不叫醒我，让我也开开眼？”住院的日子很单调，巴不得来点刺激。

夏早早说：“哪儿有什么鬼呀，昨天半夜里我见到了薄护士。”

“薄护士，哪一个？我怎么不认识？”花鼓奇怪。

“她原是这个病区的护士，跟我挺好的。你没来以前很久，忽然就不见了。”早早翻了个身，看着天花板说。

“噢，就是昨晚上那个穿护士衣服的人啊？我说她看起来熟门熟路的，可我怎么没见过她呢？原来她是老资格，比我熟得多了。”花鼓大大咧咧地说。

早早打了一个激灵，险些从病床上翻下。她摸着胸口说：“你说的是值班护士吧？她夜里是来了好几次。”

花鼓一边穿衣服一边说：“早早，你也太小看人了。我就算夜里睡得迷迷糊糊，生人熟人还是分得清的。昨天那个护士不是还领来了一个大肚子女人吗？不是还摸了你的手吗？”

夏早早一下僵成一团，缩进被子里。医院的被子有一种腐朽的气味，她赶紧又把头伸出来。

从昨晚到现在，她问了一千次一万次自己：那是真的吗？

她清清楚楚看到了薄护士，还有那个长得那么像妈妈的女人。她之所以说她只是长得像妈妈，而不说她就是妈妈——因为她比妈妈胖多了。不不，也不能说是胖，她的脸一点也不胖，下巴尖尖的。但是她的身体很厚，肚子凸起，那大概就是肿吧。那是妈妈吗？妈妈从来没有过这个样子。妈妈不是在埃塞俄比亚的红海岸上看鸭子吗？怎么会在这个漆黑冰冷的夜里，突然这么狼狈地出现了呢？

无数疑团缠绕在夏早早小小的脑瓜里，从半夜到现在，她的头都要炸了。

最好的解释当然就是——那是一场梦。她因为太想妈妈了，就开始做梦。而且是噩梦，妈妈变成了她从来没见过的怪样子。

她几乎已经说服自己接受这个解释了。但是花鼓的一番话，把她的解释击得粉碎。

天下是没有两个人做一模一样的噩梦的！

还有那气味！当那个女人把她的胳膊放到被里的时候，早早清晰地闻到了独属于妈妈的气味。那是在一万种味道里她都不会搞错的啊！

夏早早失神的大眼睛，困惑地盯着床前的地板。昨天那个女人就是站在这里的……她此刻很想变成一只凶猛的狼犬，贴着地皮闻一闻，还有没有妈妈的气味？

“喂！你为什么还不穿衣服啊？”花鼓叫她。

夏早早像个木偶似的套着衣服。

怎么办呢？

她转过身子，一字一顿地问花鼓：“你——真——的——看——到——了——两——个——女——人？”

花鼓愤愤地说：“我为什么要骗你？有什么好处？我不是从来不骗人，但要有好处才骗。你说，我为什么要骗你？不信，我们可以去问昨晚上值班的护士。”

夏早早缓缓地摇了摇头。住院使她少年老成，从昨晚来人鬼鬼祟祟的样子，她就知道护士不会告诉她实话的。

“她们是谁？”花鼓问。

早早知道她一定得回答这个问题。

她也不知道她们是谁。也许可以问爸爸。但是，爸爸一直对她说，妈妈是到埃塞俄比亚了。如果妈妈其实没去，这就是爸爸和妈妈一齐策划的一个骗局。她又能从爸爸嘴里得到什么满意的答复呢？

花鼓说得对，骗人是要有好处的。

爸爸妈妈为什么要骗人？当然肯定是好意，自打她病了以后，才知道，好意经常是以谎话的样子出现。这种时候，被骗的人，也得有好意。你的好意，就是别拆穿这些谎话。一切都是从病引起的，她对于自己的病，知道得已经够多的了。她不想让爸爸为了欺骗她，再编一个谎话出来，爸爸是个老实人，编谎对他是折磨。

那么，夏早早在医院里，还有什么人，可以帮助她搞清这个为什么？

只有一个人了。这个人就是……

想到这里，夏早早说："花鼓，我告诉你一个秘密。"

"什么秘密？"花鼓像被人在屁股上戳了一针，跳起来。

"告诉你，那个大肚子的女人是我的妈妈。"夏早早下了很大的决心说。

花鼓重重地坐在床上，一点也不吃惊地说："嗨！这算什么秘密哇？我一猜就是这样。"

夏早早生起气地说："你凭什么这样猜？"

花鼓说："凭她摸你时的暖和劲啊，只有妈妈才会这样摸人。"

夏早早默不作声。这话说到她的心坎里了。

花鼓沉不住气了，说："干吗我一说是你妈妈，你就不高兴啊？"

夏早早说："我没不高兴，只是纳闷。因为我妈妈告诉过我，说她现在在非洲。"花鼓说："非洲具体在哪儿？离广州远吗？我们村有不少人在广州打工。要是离得不远，我可以托人带信，让他们帮着打听打听你妈的事。"

夏早早说："谢谢你了。一句两句的，我也说不清。"

花鼓说："不是说不清，是你自己也弄不明白吧？"

夏早早只好招来："算你猜对了，我也说不明白非洲到底在哪儿，反正离广州远着呢！”

花鼓便很宽宏大量地说：“咱就不管它到底在哪儿了，知道远就行了。你妈骗了你？你生气？嗨！这有什么？大人们撒的谎多了。”

夏早早说：“她为什么要这样呢？我多想她！”

花鼓很老到地说：“依我走南闯北的经验，当妈的一般是不会坑孩子的。你妈说谎，一定有缘由。你好好想想，是什么缘由，逼得你妈必须对你撒谎？”

夏早早说：“我哪里知道？我从来没看见她大肚子的样子。我都觉得她不是我妈了。”

花鼓很有见识地说：“没准儿就是因为她不愿让你看见她的大肚子。怕你以为他们有了新的宝宝，就不疼爱你了。”

夏早早着急地说：“我怎么会那样想？那他们可猜错了。我总想我要是有个小弟弟或是小妹妹该多好！小妹妹最好！我活着的时候，可以和她玩。万一我不在了，我爸爸妈妈也不会太伤心，因为他们还有小妹妹呢！我得告诉他们我的心里话。”

花鼓说：“这好办。等你爸爸来看你的时候，你就对他说好了。”

早早说：“我得亲口对我妈妈说。”

花鼓说：“那也得通过你爸爸才找得到你妈妈啊。”

早早沉思道：“我爸爸此刻肯定跟我妈一伙的，我问他，他恐怕不会跟我说实话。”

花鼓说：“那倒是。他们合伙来骗你，那还不把你骗得一愣一愣的。”

早早说：“我得靠自己了。”

花鼓很义气地说：“还有我，咱们是好哥们儿！”

早早思忖着说：“依我看，我妈妈是住在一所医院里。”

花鼓说：“你能肯定？”

早早说：“你想啊，是谁领她来的？是薄护士。她必是和薄护士在一起的。护士能待在哪儿？只能是医院。”

花鼓说："这么说来，只要能找到薄护士，就能找到你妈妈了？"

早早说："我想是这样的啊。"

花鼓说："那好办。我来帮着你找薄护士。"

早早说："你怎样找？你都没见过她，更不知道她的家在哪里。问这医院的医生、护士，你想都不要想。他们最不乐意病人知道他们家在哪儿了，根本不会告诉你的。"

花鼓说："别把他们说得那么厉害。你看我的，我保证能让他们把薄护士的下落说出来。"

早早不相信："吹牛。"

花鼓说："不信你看。"

早早就快快地穿衣服。吃饭吃药都分外的乖，不时朝着花鼓眨眨眼睛。花鼓只当看不见，一副胸有成竹的样子。

好不容易熬到了查完房，可以自由活动的时间，花鼓说："跟我走吧。"

早早说："到哪里去？医院是不准随便出大门的。"

花鼓说："有什么了不起的？我做工的时候，把这座城的每一个犄角旮旯都走遍了，没有哪个地方不知道的。到了哪儿，都能像条老狗似的找到回家的路。当然了，现在是回医院的路了。"

早早说："咱们穿着医院的衣服，也出不去门啊。"

花鼓说："活人还能叫尿憋死？就不能换身衣服？"

早早说："我住院都住傻了。那咱们大白天的换了衣服，护士要问起来，怎么说？"

花鼓说："我也没说现在就到医院外面去啊。我只是说，那也没有什么了不起的，难不住咱们。"

早早说："我真是佩服你了，可你还没把薄护士在哪儿打听清楚呢。"

花鼓说："你跟我来吧。"

天气很冷，院子里没什么人。两个身穿病号服、披着大衣的孩子，互相偎依着走路，石板甬道发出细碎的声响。

到了一家卖食品杂货的小店。因为是医院内部开的，只为病人解决一点急需，除了卫生纸就是瓶装的罐头，货色很少，此刻更是一名顾客也没有，老板娘百无聊赖地看着窗外发呆。

“你要买什么？”早早奇怪。

“什么也不买。我要用用她这里的公用电话。”花鼓小声说。

“嗨，就这事啊，还用在这样冷的天里，跑这么远的路？我们病区走廊尽头就有电话间的啊。”早早叫屈。

“嘿，你不知道，就是为躲开我们病区啊。现在，你去缠住老板娘，我在这里打电话。注意，一定不要让老板娘听到我说了什么呀。”花鼓叮咛道。

“我们反正不认识她，她听到了又怎么样呢？”早早问，她其实是想不出自己如何才能缠住老板娘，索性对整个计划置疑。

“防人之心不可无。你不知道这个世界上谁跟谁连着呢。还是小心点的好。”花鼓很有经验地说。

“可是我不会缠人……”早早只好摊牌。

“这没什么难的，你就不断地让她给你拿东西就是了。带着钱吗？”花鼓考虑得很周到。

“带着呢。”

“好，那咱们就分头开始吧。”花鼓说着，一挑小店的门帘，走了进去。露出那种圆脸姑娘很容易做出来的憨厚笑容说：“大姨，打个电话。”然后开始拨号码。

早早不敢迟疑，也快步跟了进去，结结巴巴地对老板娘说：“阿姨，我想买……买个发卡……”指了指柜台最下层。

老板娘就弓下身子，困难地翻找。

花鼓清清嗓子，用一种早早觉得陌生的口吻说：“侬是回春医院血液科哇？”

那边大约答了是。花鼓接着说：“阿拉要找表姐薄香萍听电话，烦侬找找来，谢谢啦。”

早早听得好笑，不由得把头扭过来，花鼓狠狠地瞪了她一眼。老板娘这边也不乐意了，说："我说小姑娘啊，我好不容易把你指的这个发卡拿出来了，你到底是要不要，总得说句话啊。"

吓得早早急忙回头，一连声地说："我要，我要，我还得要别的呢。"

"还要什么？"老板娘和气了一些。

"还要……香烟……"早早慌不择路，看到柜台里有香烟，就乱说起来。

"哎，小小的孩子就吸烟可是不好。"老板娘不给她拿。

"啊……不是我抽……"早早不擅长说谎，脸浮起极淡的红晕。

"医院里谁抽也不好。"老板娘不是个见钱眼开的主儿。

"那您这里干吗还卖烟呢？"早早的反应毕竟不慢。

这边打着嘴仗，那边进行得热火朝天。

"侬是说阿拉表姐不在了？到哪里去啦？侬这样远地从上海来一趟，找她白相。不在，阿拉急煞……"花鼓带出哭音。

"噢……没有走远，找得到……叫玲珑居？好蹊跷的名字。阿拉记住了……好的好的，从医院向南，拐弯……再向东……谢谢……阿拉带得老城隍庙的奶油豆，过天让表姐带给侬，尝尝……"花鼓如释重负地放下听筒，回头一看早早，只见早早两手抱着鱼罐头、牙刷、牙膏一大捧，险些搂不住。

"我的天，你又不打算在医院里开旅馆，要这么多东西干什么？"花鼓大叫。

早早不由分说，把东西堆到花鼓的肘弯，出了小店，说："你不是要我掩护你吗？不买东西，怎么能分散老板娘的注意力？"

花鼓说："嗐！幸亏我嘴快，要是换一个笨嘴拙舌的，半天说下来，你还不得把这个小小店连锅端了？"

早早吐吐舌头说："想不到你上海话学得这样像。"

花鼓说："我是闯荡四方的人，当然什么都得学一些了。谁能像你，有个好爹好娘。"

早早乖巧地避开这种话，说："咦，你问得怎么样了？"

花鼓得意起来，故作谦虚道：“基本上算是搞清楚了。薄护士去了一个叫作玲珑居的地方，好像是在护理特殊病人……”

早早一惊说：“那病人该不是我妈吧？”

花鼓说：“那就不知道了。不过，我看昨晚那个你说是你妈的女人，不大像有病的样子。”

早早说：“你不了解我妈，她要强着呢，只要有一口气都装得没事人的样子。她要是躺下了，那就真是病得快要命了。”

花鼓说：“别净自己吓唬自己好不好？也许是你妈偶然碰上了薄护士，也说不定。你还是别瞎操心了。实在放心不下，哪天我们俩到玲珑居去看看，不就什么都明白了吗？想去吗？要不咱们明天就去？反正我也把道儿打听明白了，你跟着我，绝迷不了路，咱们怎么去怎么回来，谁也发现不了。”花鼓说着，跃跃欲试。住院可把她憋坏了。

说心里话，早早也想到外面看看。可她想了一下说：“我妈妈这么长时间不打算见我，她必是有一个不见我的理由。我答应过她，在她不在的日子里，乖乖地等，我们还是再忍一忍吧。”

花鼓生气道：“嗨！闹了半天，我这是皇上不急太监急，自己瞎操心。”

早早忙着安抚说：“花鼓姐，别啊，说心里话，我是太谢谢你了。我呢，也怕我妈妈生气。也许哪一天，我想她想得实在忍不住了，咱们就去玲珑居，你可得给我带路。”

花鼓说：“那你可得快着点，我这个人记性不好，时间长了，就记不得那个到什么居的路了，领着你在街上瞎转，可别怪我。”

早早说：“我哪里能怪你！”说着，看看到了病区，把手里的杂品往花鼓怀里一塞，说：“这就是预付你的导游费了。”

她是个有心的孩子，刚才买东西的时候，就都挑着花鼓用得着和爱吃的买。这会儿又不露痕迹地送给花鼓，花鼓心中一热。

第二十章

钟百行先生带着一身湖泊的腥气，得意扬扬地回到家中。一进门，师母就大惊小怪地喊起来："哎呀，我说老头子，你到哪里去了？一天音信全无，我还以为你在哪里犯了心脏病，殉了医疗事业，躺倒荒草野堆，再也回不来了。"

钟先生嘻嘻笑着说："你真是没有白给一个郎中当了这么多年的老婆啊！挺有医学知识的嘛，知道什么病可以立马叫人就死啊。而且你还有点特异功能，知道我今日是扎在荒草野堆。"

师母惊道："你到底是干什么去了？"

钟先生炫耀地从背后拎出一串小鲫鱼，闪闪烁烁，好似粗壮的柳叶。

师母说："鱼不是冬天不爱吃食吗？你如何钓了这么多？别是从街上买的吧？"

钟先生生气道："你这不是骂我吗？每一条鱼都是我辛辛苦苦地钓上来的，不信，可以找鱼嘴上的钩痕。你嫁给我这么多年了，何时见我干过弄虚作假的勾当？"

师母忙接过鱼说："我这是在夸你啊。以前不曾听你说过爱钓鱼，老了老了开始学艺，一下子就钓了这么多，叫人不敢信，我这是用了另一种方式表扬你。"

钟先生这才转怒为喜说："我是初学乍练。朋友邀我到郊外一处新开的室内鱼塘，里面真是豪华……"

师母一撇嘴说："一个鱼塘，有什么豪华！你刚才还说是荒郊野地呢。"

钟先生说："既是室内，又有暖风，温馨如春，你说这叫不叫豪华？偌大一个场地，有体育场那般大吧，完全布置成自然的景色。衰草萋萋，芦花飘荡，你说这是不是豪华？就说那鱼吧，多得如同一片乌云在水中游动，就是初学者也能有所收获，你说这叫不叫豪华？"

师母说："怪不得你耽搁了整整一个下午呢，晓日到处找你不见，急得……"

钟先生立时把鱼丢在地上："晓日找我，你为什么不早说？"

师母委屈地说："我不是……一开始就……问你到哪里去了吗？"

钟先生顾不得啰唆，劈头道："下次，你一开始就说，晓日找我，这就重点突出了。好了，什么事？"

师母答："好像是一个女病人恶化了……"

钟先生长长的寿眉飘荡起来："晓日现在在哪里？"

正说到这里，电话铃响了。师母扑过去接电话，然后如释重负地说："正是晓日。"一只手递着话筒，另一只手拍着胸脯，这下总算没自己什么事了。要不然，不知这老头子要发多大的火呢。

魏晓日在电话里简短扼要地叙述了卜绣文的病情。

"喔，先兆子痫……我马上就去玲珑居看她。"先生语调平和。

当钟百行先生和魏晓日医生赶到玲珑居的时候，恰是卜绣文和薄护士刚从回春医院归来。

薄香萍吓得面如土色。

卜绣文用最后的气力说："是我一定要去看早早的，与薄护士一点关系都没有……"说完就昏迷过去，伴以一阵阵强直性的惊厥。

一切以救人为重，别的事暂且搁置。

经过出走这一番折腾，卜绣文的先兆子痫已发展成完全的子痫。这是产妇一种极凶险的病症，母婴的生命危在旦夕。

抢救奏效，卜绣文被强力的药物，坠进深深的昏睡中。

“你这是怎么搞的！私自陪同这样的重病人外出，这不是玩忽职守吗？你也是多年的老护士了，岂能这样不负责任！我马上就报告院方，停止你的工作。”在隔壁的治疗室里，魏晓日雷霆震怒。

薄香萍倔强地紧闭嘴唇。她何尝不后悔？但她也是为了卜绣文好，怎么能说是玩忽职守？！起码，她寸步不离地跟着卜绣文，这就是她的职守嘛！看着魏晓日咬牙切齿的样子，她知道自己在魏晓日心底不占一丝位置，恋他的心彻底凉了。

还是钟先生冷静：“晓日，先不要追究责任了。现在的问题是确定下一步的治疗方案。”

魏晓日喘着粗气说：“子痫的规律：在几小时发作一次强直惊厥与抽搐。每一次抽搐都会造成母体极严重的缺氧。为了防治这种致命的抽搐，必须用强大的药物控制血压，制止惊厥。”

钟先生不紧不慢地说：“药物有很强的副作用，对胎儿的损坏可能是灾难性的，你考虑到了没有？”

魏医生说：“我考虑到了。只是情势这样危急，为了挽救卜绣文的生命，只能如此。”

钟百行说：“有没有这样一种可能呢，就是用一些温和的药物，在不妨害婴儿的前提下，尽量地治疗母亲的疾病，取得一个两全其美的结局呢？”

魏晓日和薄香萍同时打了一个寒战。

钟先生的话说得很委婉。但多年的医护人员了，可以听出弦外之音：那意思就是——为了保全这个婴儿，就不必顾惜她的母亲了。没有什么两全其美，医疗是讲究顺序的。这次的顺序就是——一切以分娩健康的婴儿为重。

说白了更简单：保大人还是保孩子?

钟先生作为一个医学权威，已经做出了裁定：保孩子。

魏晓日只觉得水银灌顶，冰凉的沉重感席卷全身。医生的一句话，就是一个治疗方针的确定。如果一切从婴孩出发，卜绣文就可能永远不会醒来了。

他惊惧地说："那……这个孩子……生下来很可能就成了一个……孤儿。"

钟先生平缓地说："对'血玲珑'方案来说，这个孩子比她的母亲更为重要。"

薄香萍也是直冒冷汗，觉得血腥气扑面而来。

"这……是不是太……"魏晓日嗫嚅着。他从来没有忤逆过先生。先生对他如同父亲，他实在是不敢说出反驳的话。

"太什么了？你说嘛。在科学上，是没有什么问题不可以争论的。"钟先生宽容地说。

魏晓日受了鼓励，提高声音说："这个治疗方案是不是太残忍了？我们本是为了挽救一条生命，才做这个试验的。现在，患病的生命能否挽救还是未知之数，先要用一条正常的生命来祭这血坛，到底是孰轻孰重，还望导师三思。"

薄香萍不由自主地点头。

钟先生淡然一笑说："晓日，我可以理解你的心情。但医学的道路，就是用无数病人的鲜血铺出来的。保存了一个健康的卜绣文的身体，对医学有什么用处呢？什么用处也没有。她将来终其一生，如草芥一般。但她腹中的这个婴儿，却是医学史上的一个值得纪念的生灵。她是夏早早骨髓移植的最好供体。假如我们试验成功了，就为千千万万患极恶性贫血的人，提供了一条生命之路。你、我，当然还有薄护士，在医学史留名事小，为人类探出一线曙光事大……晓日，你不要觉得我不顾病人的死活。说句实话吧，要是我钟百行的血可以救病人，别看我已年过花甲，我会毫不犹豫地伸出胳膊去的。假如我能怀一个孩子，我也会把命贡献出去做这个实验。你们可能觉得我很冷酷，记住，医学是容不得太多的善心的。此刻做出保孩子的决定，我的心情也如刀绞。但是，为了医学的整体事业，我们必须如此，只能如此。”

魏晓日无言以对。

无法反驳先生，先生所有的话都无懈可击。

人有的时候，无法忍受过度的真实。

卜绣文苍白的脸在他脑海中绝望地闪过。作为一个母亲，她是那样的无私无畏。难道就要在昏迷之中，无声无息地告别所有挚爱她的人了吗?

魏晓日不敢想下去。爱与友谊，使他再一次勇敢起来。他抖起精神说：“这样重大的事情，也得征得卜绣文亲属的意见。”

他想，依夏践石与卜绣文的感情，一定会拒绝这个方案，使事件发生转折。

钟先生说：“你这个提醒很好。当医生的，就要把事情处理得滴水不漏。速请夏践石先生来。”

薄香萍赶紧跑出去联系。她实在不愿再听下去了，神经简直是在被爆炒，焦炸。

夏践石来了。

虽是半夜里赶来，仍是西装革履，一丝不苟。

钟先生向魏晓日示意，要他介绍情况。

魏晓日用干巴巴的声音说明了危机。当着钟先生的面，他也不好说更多诱导的话，只是请夏践石最后定夺。“你们夫妻一场，现在她的性命就在你的手里。”魏晓日用这句话结束了介绍。

夏践石并不像人们想象中那样惊慌失措。他先到病房看了一眼妻子，温存地抚摸着卜绣文蜡样的脸庞。他细心地把粘在她嘴角的发丝拿开，轻轻地吻着她苍白的毫无知觉的额头，全然不顾周围的人们在焦虑地等着他的决断。

魏晓日平日有些看不上夏践石。他知道自己是狭隘的嫉妒，因为夏践石是卜绣文的法定丈夫。但此刻，他被夏践石表现出的对卜绣文的一往情深所感动。

“怎么样？最后的决定由你来做。我们服从你的意见。”钟百行不满意魏晓日刚才的引导，自己出马了。他的语调很平淡，像一位老厨师在问客人：您汤里的胡椒，多一些还是少一些?

玲珑居里一时死一样的寂静。

薄香萍又跑出去了。反正她在与不在，对事情的发展，没有任何影响。做一个小人物，有悲哀，也有幸运。

魏晓日也想跑出去，但是他不能。谁跑他也不能跑。他是卜绣文的主治医生，无论卜绣文是生是死，都得由他来实施方案。

钟百行先生是安宁甚至可以说是悠闲的。他缓缓地踱着步，走到花盆前，用手掐了一下龟背竹的叶子，说："晓日，水大了，少浇。冬天，新陈代谢慢，不可和夏秋时一样。"

他对夏践石说："慢慢想。今天想不出，明天再想，也行，等得起。"

他索性把夏践石留在这屋内，和魏晓日一同走到病房。

卜绣文昏睡，驮着一生的疲惫。

钟百行仔细地检查，魏晓日紧张地跟随。

"晓日，你别这样老盯着我。闹得我都不自在了。"钟百行说。

魏晓日知道先生是讲笑，为了松动一下凝固的空气。他说："咱们这样讲话，病人听得到吗？"

钟百行说："她若是听得到，就好了。"

魏晓日说："她会这样一直……睡去吗？"

钟百行说："那就看家属的意向了，我们只有尊重。做医生就像做园丁，经营之初，无不希望草木旺盛繁花似锦，可一通辛苦之后，夏秋之交，往往是杂草丛生蛇蝎横行，那最初想培植的已然消失。可是，你依然要做下去……"

他们回到会客室，夏践石已经挺直了脊梁，坐在沙发上。他脑子里想的是什么？别人看不到，看到的是夏践石采取了一种从未有过的姿态。他的脊柱强硬地表达了他的意志。几十块椎骨，都挺拔和延展起来。膨胀的骨骼表达了一种语言。

夏践石清了清喉咙，好像有很多人在听他的宣讲。

“作为卜绣文的丈夫，我的意见是保孩子。”

一语既出，石破天惊。

“你你！你怎么能这样？！”魏晓日气急败坏，要不是在老师面前，他简直想揪住夏践石的真丝领带，狠狠地给他一记左钩拳。

“晓日，冷静。”钟百行喝住他。夏践石说：“你们让我选择，我……愿意选择我的一死，来逃避这个困境。可是我不能死。我现在是这个家庭唯一健全的人。如果我能用自己的生命去替换她们当中的任何一个人，我都是万死不辞的。可是，上帝偏偏不给我这个福气。我只有活着，慢慢地领受这一份煎熬。我若是为了保绣文的命，失去了这个婴儿，绣文她醒过来以后，能善罢甘休吗？她为了早早肯赴汤蹈火，这一次不成了，她一定会来下一次的。上次那个基因不合的孩子不就是例子吗？我是她的男人，可是我做不了她的主。她是那种不达目的绝不罢休的女人，她是要用自己的生命去救早早的。这一次已是这个样子，下一次不是就更危险了吗？我求求大家，就成全了她吧。假若她命大，这一次上天保佑，或许能九死一生……假若她真的去了，我服侍着早早走完她的路，就去找她们娘俩……”

魏晓日攥紧的拳头无力地放松了。

薄护士闯进来一声惊叫：“病人又抽起来了！”

钟百行先生很满意夏践石的答复，盯了魏晓日一眼，说：“具体的治疗就由你全面展开。记住，如果孩子成为一个畸胎，我们就前功尽弃了。”

魏晓日机械地回答：“明白。”

钟先生在水边钓鱼，当时不觉累，现在全身倦怠。对于魏晓日，他是有数的，一手带大的学生嘛，魏晓日刚才的迟疑拖延，是一个医生在成长过程中难免的。只有经过不断的磨炼，医生的心才会在千疮百孔之后，细密地缝合结疤，渐渐老辣起来，直至刀枪不入。

疲惫无比，钟先生虽说意犹未尽，也只得离去了。

夏践石是想苦苦地守在这里的。无论是生是死，他都要陪伴妻子走过这一程。

但是，魏晓日不许他停留。“您不要看这里是一处居民的样子，其实，它的规矩比正规的医院还严格呢。您作为家属，是不能停留在抢救现场的。如果您一定要守候，请到玲珑居的院子外面去。有什么情况，我们会随时通知您。”魏晓日冷冰冰地结束了话语。

窗外狂风呼啸，肃杀万分。

薄香萍觉得魏医生太过分了。人家的妻子儿女都在垂危之中，肯定心急如焚，要求留在这里照看，也是人之常情，为什么就不可以通融一下呢？

她小声地说了一句：“院门那边有一间单独的小屋，是护士休息室。现在反正无人，要不就请夏先生在那里歇息一下吧。”

夏践石木然地感谢。

魏晓日干脆地拒绝：“不行。那也是医院重地，不许闲杂人员逗留。”

薄香萍不服，说：“夏先生怎么能算闲杂人员呢？他是病人的丈夫啊！”

魏晓日心有余怒地说：“既然已提出那样的方案，生死顺序已定，关切又有何用？”

夏践石的脸一阵白，一阵青。瘦骨嶙峋的身体摇摇晃晃，好像布袋戏中的木偶。薄香萍怕他跌倒，忙扶住他。

夏践石跌跌撞撞地往屋外走，嘴里道：“魏医生，您说得对。我是没脸待在这里的。是我害了绣文，我不配再看到她啊……”

薄香萍送了他几步，说：“夏先生，您回家好好休息一下，两边都是病人，都等着您拿主意，自己千万别躺下了，多保重！”

夏践石蹒跚着走了。

薄香萍回到抢救室内。魏晓日已将医嘱开好了。

薄香萍扫了一眼，果然都是极平和的降压药物。用到像卜绣文这样的危重子痫病人身上，如同杯水车薪，不会起什么效果的。但是这些药物药性温和，不会给胎儿造成伤害。

薄香萍拿了医嘱，预备执行。

魏晓日拦住了她：“我来。”不容置疑。

“为什么？”薄香萍有些吃惊。虽说医生有时也帮着护士做治疗，那多是护士忙不过来的时候。护士的腿，医生的嘴。今天，她是这里的专职护士，闲着没事干，魏医生为什么要越俎代庖呢？

“我自己做，更放心些。”魏晓日不由分说地拿起药物安瓿。

薄香萍知道，这是魏医生在影射自己不负责任。想想也是，虽说卜绣文的病情早已露出端倪，但若不是自己做主让她出去奔波了一趟，猛受刺激，也不会发展得这样严重，只得乖乖地退到了一边。

魏医生紧张地操作着。到底是不熟练，拿起这个放下那个，章法大乱。

薄香萍叹了一口气说：“魏医生，还是我来吧。”

“不用，我自己来。你去休息好了，需要你的时候，我自会叫你。”魏晓日拒绝。

薄香萍心想，他对卜绣文的情意这样重，滴滴药液都是情，看来是不希望别人插手，只得悄然退下。

院子里的空气冰冷如汁，满天的繁星在朔风中摇曳，好像就要掉下来。

薄香萍没有一丝睡意，头脑被冷风一吹，竟是格外的清醒。

今天，不，现在已经过了午夜，应该说是从昨天到今天，关于“血玲珑”方案，她一下子看清了许多。以前以为这是一个脉脉含情的温馨计划，现在才晓得是自己太天真了。

往后会是怎样呢？卜绣文会死吗？依现在的保守治法，控制不了惊厥，她的性命凶多吉少。钟先生肯定会让她保持在一种不死不活的状态中，用她的生命维持那个婴儿的养料，直到生命的最后一分钟。

然后呢？那个女婴产下来，他们就会吸她的骨髓。这样小的一个婴孩，一抽，还不得给抽成一张纸？等待她的将是怎样的命运？

当然，也可能一次只抽一部分，但那个孩子仍是挣扎在生死的边缘啊。

为了取得对夏早早的治疗成果，钟先生一定会置那个新生婴儿于不顾的……

薄香萍不寒而栗。她终于明白了钟先生为什么不惜巨资，租下这个独立小院，开辟成专门的病房。就是为了把一切做得天衣无缝，完成一个惊人的试验。

严格地说起来，钟先生甚至也没有什么地方不对。是卜绣文夫妇苦苦恳求先生，先生才特为他们制订了这一方案。甚至连刚才的治疗取舍，也是遵从了病人家属的意见。退一万步讲，若是卜绣文自己能说话，她也一定会赞成保留孩子的……

谁都没有错，错的是病。

薄香萍感到自己的神经嘣嘣作响，就要断裂成一地碎片。

她实在忍受不了这种煎熬。

魏医生又这样不喜欢她。

薄香萍不想再待下去了，好好睡一觉，到天亮，就同钟先生、魏医生讲，自己要求离开玲珑居。

这样一想，她的心情就麻木了一些。回到护士休息室，吞了加倍的安眠药片，酣酣睡去。

第二十一章

薄香萍早上起来，阳光灿烂，屋里很暖。走到院里，才知风很大，呛得人直往后仰，玲珑居就这一点不好，房子之间没有回廊，必得在露天穿行。这天，是北方冬季常见的晴朗而寒冷的日子。

也许是睡了一个好觉，她的心情比昨夜好些了。惦记着病房里那个生命垂危的女人，她向卜绣文的病室走去，劈头遇到另一位当值白班的护士往外走，且穿着平常的服装，而不是工作服。

“你这是怎么回事？”薄护士有几分威严地问。她是玲珑居护理方面的负责人，虽说自己不想干了，但钟先生还没有批准，还得守土有责。

“是魏医生放了我的假。他说，这用不着你了，回家去吧。”护士说。

天哪！那女人已经死了！薄香萍的心，仿佛放进了榨汁机，飞速地旋转之后，滴下苦涩的汁液。当护士的，生生死死见得多了，但她没有想到，卜绣文的辞世，还是给她深切的撕扯感。

也许是这个女人，为了自己的孩子，太倔强太执着了。让薄香萍知道了什么是将生死置之度外，什么是无怨无悔不求任何回报的母爱。

不管曾怎样地怨恨嫉妒过她，她的死，还是如铺天盖地的黄沙，填平了所有恩怨的沟壑。剩下的只是茫然和怀疑，从此以后，可还有这样痴到极点的母爱，遗在人间？

作为这一切的见证人，薄香萍不由自主地落下泪来。

那护士看得怪，问道：“你伤的哪门子心呢？就算是心疼魏医生为我值班，也不至于哭天抹泪的呀。”

薄香萍一听这口气，不像死了人，再看看那护士并无悲戚神色，这才意识自己想岔了，忙说：“卜绣文没有死啊？”

护士说：“红嘴白牙的，你干吗咒她死啊。她的情形虽说不好，离死可还有段距离呢。”

薄香萍心想，自己这是被昨晚上的事，吓出毛病来了，便打岔道：“整天就只护理她一个人，可不心思就围着她转呗。在这儿干活，比在大病房轻巧。我是怕她死，她要是真死了，咱还不得撤回医院本部。所以啊，要说盼着病人平安，咱们是天下第一，公私兼顾了。风大，眯了眼。得，不说那么多了，病房里怎么样了？”

“你进去看看就知道了。”惦记着家里的事，那护士答完话，赶紧走了。

薄护士狐疑地进了病房。按她的估计，卜绣文就是一息尚存，也是游丝一般了。没想到卜绣文虽然昏睡，面色居然比昨夜平和了。

咦？这是怎么回事？魏医生回天有术？

薄香萍再一眼看到魏晓日，倒真吓了一跳。这一夜，他仿佛把卜绣文的病“过”到了自己身上，面色铁青，双眼网着扇形的红丝，胡子也如杂草，在一夜间布满下颏。

“您怎么了？”薄护士失声说。虽说她从心里已命令自己对魏晓日淡了下来，但惯性使她不得不问。

“我好着呢。”魏晓日嘶哑着喉咙回答。

“病人情况还行啊。”薄护士知道只有这个话题会引起共鸣。

“目前还好。”魏晓日简短回应，拒人千里，不愿深谈。

薄护士奇怪了，咦，平日不是这样啊。今天发生了什么事？或者更准确地说，昨天晚上发生了什么事？她问："是您让值班护士休息了？"

"是我。"

"那谁来做今日的护理和治疗？"薄香萍大不解。

"我。"魏晓日惜字如金。

薄香萍说："那今天谁来给病人下医嘱呢？"

"我。"

薄香萍一时作不得声。看来，这位痴情的先生，是打算在床边陪送到底了。要是在昨日，她一定大为光火，酸意直射指尖。但是今日，薄香萍淡然多了。况且，她不应与卜绣文为难，刚才那一瞬，曾误以为她死了，之后袭来的深深哀痛，她知道自己的醋意和恨意，在死亡的威胁面前，甘拜下风。

卜绣文死了，魏医生就会爱自己吗？不会，不会啊！那么，还不如祝愿这个母亲好好地活着，助她闯过生死关头吧。对人对己都是安宁。这是个不快乐的结论，但如此一想，她的心胸反倒宽容多了。

薄香萍说："魏医生，我知道您是放心不下别的护士，要亲自观察病情，但您是指挥打仗的将军，要是这样事必躬亲，能坚持多长时间呢？若自己先累垮了，不是也救不成病人了吗？"

她觉得自己说得在情在理，魏晓日应该听得进去。

没想到魏晓日冷冷地说："我不会垮，只要她活着一天，我就守着她一天。谢谢你的关切，用不着。你快走吧，我一个人什么都能干，不用别人插手。"说着，半遮着病床，竟露出想往外赶人的模样。

薄香萍又委屈又恼火，心想，这里到底是医院，又不是你家的私宅。你想让我走，我还偏不走，看你有什么法子！

薄香萍就在室内收拾杂物。其实，她也不完全是为了赌气，知道这样危重的病人，正是用人的时候。魏医生毕竟没有做过护士，顶一时一晌可以，真要大忙起来，还需要有帮手。耍脾气归耍脾气，还是要以病人为重。

魏晓日像监视盗贼一般，盯着薄香萍的一举一动。薄香萍也不理他，该干什么干什么。

薄护士扫到污物筒，看到地上有一个安瓿斜躺着，就蹲下身去预备捡到筒里，一并倒掉。拿起安瓿的瞬间，她无意瞟了一眼，这几乎是护士的职业病，看到和药有关的物品，就要核对一番。

薄护士看清了安瓿上面的字符。

倒垃圾的时候，她又把昨夜到今晨魏晓日使用过的所有药物安瓿，都清查了一遍。

回到病房里以后，她又看了治疗记录。

卜绣文躁动起来，新的一轮抽搐迫近，马上又须用药物控制。

魏医生亲手吸药。

薄护士走过去说：“还是我来吧。”

魏医生侧着身子躲闪着说：“不用。”

薄护士围着他转说：“干这些活，护士还是比医生熟练。”

魏医生火了，厉声说道：“叫你走，你就走。你不愿走，就老老实实待在一边，添什么乱！”

薄护士说：“这怎么叫添乱？你是工作，我也是工作。你对病人负责，我也对病人负责啊。想不到你魏医生连腿带嘴，都一个人包了，倒叫我这个当护士的，甩着两手没事干。想一手遮天啊？别以为别人是傻子，不知道你搞的什么名堂？！”

魏医生一听这话，软了下来，缓和了口气说：“你愿意帮忙，当然好了。好好，这一针就由你来打。”

薄护士说：“这也不是金饽饽，我还要抢不成？我也不在你跟前碍眼了，你想怎么干就怎么干好了。”

薄护士说着，款款地走到屋外，由着魏晓日一个人操作。

魏晓日正给卜绣文打针时，外间的专用电话铃响了。因为怕打扰了病人，电话铃声调得很轻柔，不当心，常常会听不到。钟先生有特别规定，如果电话铃超过六声还没有人接线，他就认为医生护士没有坚持职守。因为据他计算，从病床最远处来到电话旁，有六次振铃声也足够了。

薄香萍忙不迭地抓起电话，正是钟先生询问。“怎么样？”老头上来一句客套没有，甚至连主语也没有，劈头就问。

薄香萍当然知道先生问的是什么，就说：“还稳定。”接着报出了卜绣文的各项生命指征，这都是她刚从病历上看来的。

“噢——”钟先生这一句“噢”拉得很长，要是其他的人，就觉不出什么。但薄香萍跟了先生那么长时间，听出了先生的疑惑。用那些平和的药物，卜绣文的病情不应恢复到这般稳定的。

“方案没有变动吧？”先生公开提出他的疑问，口气中渗透出追究之意。

魏晓日这时已完成治疗，走到近旁。先生的声音很大，听得一清二楚。他把手伸过来，预备回答先生的诘问。

薄香萍断然推开了魏医生的手。在手与手相触的刹那，她感觉到魏晓日指尖冰凉。

“没有。”薄香萍天真无邪地回答，然后紧跟了一句，“钟先生，您怎么会有这样奇怪的想法喔？您的方案，那是圣旨啊，谁敢改啊？”

电话那头沉默了半晌，好像是赞同了她的意见。几声咳嗽后，先生又问道：“小薄，治疗都是你做的啊？”

薄香萍说：“钟先生您糊涂了。怎么会都是我呢？我就不睡觉不下班了？昨晚是小张，今天是我。您还有什么吩咐的？”

先生放心地说：“魏医生在做什么？”

魏晓日又要伸手接话筒，薄香萍第二次拦下他。然后说：“他辛劳了一夜，刚刚和衣睡下。说要是有什么意外的情况，要我立时叫他。先生来电话，这当然是特殊的情况了，我马上就叫他去……”

钟先生不忍心了，说：“既是一切都好，就不必叫他了。我今天有些不适，起不了床，许是昨天过劳。就烦你们为病人多费心了。待我好些，马上就到玲珑居去。”

薄香萍说：“先生，您就安心养着吧。”

电话挂断。

魏晓日说：“你为什么不要我接先生的电话？”

薄香萍说：“怕你露馅。”

魏晓日负隅顽抗道：“我露什么馅？”

薄香萍说：“李代桃僵啊。你连我都骗不过，还骗得过先生吗？”

钟百行的治疗计划是“保全孩子，不计大人”。也就是说，如果胎儿的生命和母亲的生命，发生你死我活的矛盾的时候，就放弃卜绣文的生命，全力以赴地保护那个负有特殊使命的胎儿。舍卒保车。谁是车，那个胎儿。谁是卒子，卜绣文。卜绣文业已完成了孵化器的作用，以胎儿现在的发育情形，卜绣文就是变成了一具没有知觉的植物人，只要她的基本呼吸和血压还在，就可以维持胎儿的正常成长。就像一棵腐朽的老树，依然有寄生的苔藓和木耳，长得生机勃勃。这在技术上是不成问题的。

魏晓日不能下这个毒手。虽然它在医学责任上毫无纰漏。作为卜绣文的丈夫，已经签下了生死文书，况且，保住胎儿，也是那个昏迷不醒的女人誓死要达到的目标，所有的人，都可以证明这一点。

也就是说，连卜绣文都不爱自己的性命了。或者说，当自己的生命和胎儿的生命，生死相搏的时候，卜绣文和她的丈夫，都主动放弃了卜绣文的生命。

这个世界上，谁还珍爱卜绣文的生命？

只有一个人，那就是魏晓日。他算卜绣文的什么人呢？他什么也不是。他是她的主治医生，这就是一切了。不！这不是一切！

她是他所挚爱的人。他伴随着她，走进了如此诡异莫测的命运，他看到了这个女人的血脉与精髓。他知道她是怎样想的，知道她的痛苦和抉择，知道她的屈辱和快乐，知道她的失算和狡诈……他还知道很多很多，甚至比那个女人对自己的了解还多。是的，他知道她的一切。在这一段治疗中，他了解了她的身体的所有细部，从血液到骨骼，从面容的每一条皱纹到身上的每一寸肌肤。由于卜绣文的特殊情况，他甚至充当了妇产科医生。可以说，她对他，从形式到内容上，再没有任何秘密。

在这种肉体和灵魂双重深入的洞察之后，魏晓日知道自己对这个女人的爱，是如此强大和持久。他比那个女人自己，更爱她。

自从他企图用自己的鲜血，干扰基因检查的计划，被他自己粉碎以后，他的爱，进入了更深厚和更沉重的阶段。对于她腹中的胎儿，他不再执着她究竟是谁的种子，他只确知，那是她的一部分。他爱她，是无条件的。他爱她的选择和决定，他是一个卫士，保卫着她的生命和她所献身的目标。

现在，她的生命受到了严重的威胁。当世人都放弃她的时候，当她自己也放弃的时候，唯有魏晓日，绝不放弃最后的努力。为此，他决定另起炉灶，小量地应用强有效的药物，既有利地制止痉挛，又最大限度地保护胎儿。当然，要是形势急转而下，魏晓日就准备孤注一掷加大药量，宁可牺牲胎儿，也保全卜绣文的生命。这真是一把双刃匕首，魏晓日是在峭壁上行走，他决定置钟百行的“血玲珑”于不顾，一切以卜绣文的生命为先决。

为了不违师意，也为了他的方案能够神不知鬼不觉地实施，他在病历上做了假，留下的都是钟先生的方案记录。

病历上开的是一种药，实际上注射的又是另一种药。他只好一切都自己动手。这就是他为什么要支走白班护士的原因。医护一肩挑，他的精力和体力都超负荷运转，疲惫至极。

他不知道自己能坚持多久，但他只要一息尚在，头脑还能思索，手脚还能动作，就不能看着卜绣文这样死去。

现在，薄香萍发现了这一切。关键时刻，挺身而出，在钟先生那里成功地掩护了魏晓日。

魏晓日用双手把薄香萍小巧的手握在掌心，激动地说：“相识这么多年，我今天才发现你是这么一个心地善良的女孩……”

虽然魏晓日的手温暖而有力，缩在他的手心里是那样的舒服，并伴有轻微电击样的麻醉感，薄香萍还是很果断地把自己的手抽出来了。

这不是他对她的情意，是他因了那个女人而感激她。

薄香萍凄清地笑了一下说：“我可以协助你欺骗钟先生。”

魏晓日说：“这不是欺骗。只是让事情变得更合理。”

古语形容美人是“增一分则嫌长，减一分则嫌短”，此刻，用来描述魏晓日对卜绣文的治疗，真是太贴切了。药量既不敢大，怕伤了日渐成熟的胎儿，更不敢小，怕害了卜绣文的性命。只有目不转睛地观察病情，及时调整药量。幸好有了薄香萍的鼎力相助，才得以天衣无缝。

他们常常肩并肩地站在病床前，默默地注视着毫无知觉的卜绣文。

昏睡中的卜绣文，仿佛远古时代先民生殖崇拜的图腾，面色凝重肃穆，腹部膨隆如鼓。无知无觉，无怨无悔，令人感到生命的森严和种系延续的不可抗拒性。

每逢这时，薄香萍既感动，又有深深的恐惧。她不知道以后的事情会变成怎样。试着问过魏晓日，魏医生茫然地眨着红肿的眼睛说：“管不了那么长远。走一步算一步吧。”

钟先生受了风寒，卧床不起，在家接受治疗。有气无力地打来电话，询问卜绣文的病情。往往话还没说了一半，就喘得风箱一般，叫师母捶着背，才能把话说完。

魏晓日总是斩钉截铁地说，一切按先生的意见执行，病人情况稳定。再加上薄香萍也是一口咬定，由不得先生不信。

暂且相安无事。

那个胎儿不管她的母亲和人世间发生着什么样的风云变幻，照样不可遏止地长大。她对母体的毒性也越来越大。卜绣文像一架老迈的马车，拖着这个日渐沉重的车厢，步态越来越艰难了。

“香萍，我想给卜绣文用引产药物。”魏晓日同薄护士商量，语气游移不安。

薄香萍吓了一跳说：“那孩子不是要大受影响？预产期还早呢，这么小的婴儿，生下来，还不得跟小耗子似的？万一死了，如何向先生交代？”

魏晓日说：“我慎重地考虑过了，只要我们做好准备，孩子在母体外的暖箱里也会长得很好，现代医学在护理早产儿方面，还是很有经验的。只要孩子一离开母体，母亲的危险就解除了。只有这个办法，老天保佑，我们才可保下两条性命。”

薄香萍知道魏医生是六神无主了，平常，就是再危难的情形，他一个现代医学的博士，也不会呼唤老天啊，如今真是黔驴技穷，混乱不堪了。她能理解他的心情，但为了保险起见，还是说：“再等一等吧。万一引产失败，或孩子出生后出了什么意外，孩子不在了，卜绣文就是活转过来，也难保住她的命。”

魏晓日想想，也有理，只好日煎夜熬地守候下去。

第二十二章

薄香萍打量了一眼梁秉俊的书房，不由得叹为观止。直达天花板的书柜像一堵堵赭色的墙壁，把四周封了个严实。中文的、外文的、现代的、古代的、人文的、理工的……应有尽有。靠着门旁有一架小小的铝合金梯子，中间部分的色泽比两旁明显光洁，看得出主人经常攀上爬下。

“想不到你的爱好还挺广泛的。我原以为你家里除了恐龙蛋，就是《东方列车谋杀案》什么的。要知道藏书这么丰富，早到你这里来了。”薄香萍说。

“早，你来不了。这两天，我就算着你要来，果不其然。”梁秉俊说。

薄香萍一撇嘴说：“我才不信呢。我是两小时以前才决定要来找你的。你说的什么两天前那会儿，我还真把你忘在爪哇国呢。”

梁秉俊一点也不生气，嘻嘻笑说：“是啊，为什么会从爪哇国把我引渡回来呢，就因为我有特异功能啊，一个劲地发功，叫你想起我，你这不是就来了吗？”

薄香萍说：“别吹牛了，要说我来的事，还正和你有关。要不是你查出了夏早早的生父，哪儿有现在的麻烦？我真不知道怎么办，也不知和谁商量。病急乱投医，想听听你的主意。”

梁秉俊说："喔，是这事。我掺和进去，是为了我母亲的遗愿，可你是为了什么？"

薄香萍说："我倒霉呗！谁叫我是护士呢！我知道得太多了。人是不应该知道太多的，每一个秘密都是一份负担。你知道了，你就会不断地想这件事。想得多了，你就发愁，你说是不是？"

不待梁秉俊回答，她又自顾自地说下去："当护士这个行当，两极分化。要不你就心肠越来越硬，最后变成铁板一块。要不就越来越软，跟年糕似的，最后把自己也陷到里面。现在所有裹在里头的人，都因了各自的目的而只顾一方……"

梁秉俊问："谁？"

薄香萍说："这些天来，我关在玲珑居里，把事情的来龙去脉，理得差不多了。魏医生想杀了那胎儿，救他心爱的女人。钟先生想杀了那女人，完成他的试验。那个丈夫也想杀了妻子，只保留下胎儿，那样，救了女儿也救了自己。甚至连那昏迷中的女人，也藏着满腹杀机。只要她醒来，就会毫不迟疑地杀了她的一个孩子去救另一个孩子……人人都在爱中，击昏了头脑，为了自己的所爱——情爱、母爱、父爱或是对一种事业的热爱，不惜以他人的血作为代价。梁先生，这其中，只有你我还是清醒的，我求你救救大家。"

梁秉俊倚着书柜，淡然一笑道："想不到薄小姐还是一位女侠。"

薄香萍谦虚道："女侠嘛，本护士早就心有所仪，可惜本事不够。不过是旁观者清。不管怎么说，我求您出手。另想一个法子，救救所有的人。"

梁秉俊摆弄着精巧的笔，不知是在思考还是在掩饰自己的紧张情绪，或者，都不是，只是一个习惯的漫不经心的动作？他说："薄护士，您的激动我可以理解，但我实在无能为力。你说得对，咱们俩都是局外人。局外人的好处就是旁观者清，坏处就是咱俩说了都不算。"

薄香萍说："那你做一回见义勇为的好人吧。"

梁秉俊说："除非今天晚上用迷魂药把钟百行先生麻翻，否则，万难。"

薄香萍说：“你以为你是李逵哪？我不跟你斗嘴了，事不宜迟，你说怎么办吧？”

梁秉俊说：“没办法。”

薄香萍二话不说，扭头就走。梁秉俊喊住她说：“薄护士，哪里去？招呼也不打一个，太没礼貌了吧？”

薄香萍说：“再见了，古生物学家加业余侦探，麻烦你了，我自己去想办法救人。”说着，快步如飞地退出。

梁秉俊说：“你等一下，我要吃药了。”

薄香萍说：“你吃药，关我什么事？”

梁秉俊说：“我这药，吃了脑筋聪明，吃完药后，也许我就想出了好办法。”说着，抖出一些白色的粉末，又从一只小瓶里滴出几滴深咖啡色的液体，混合在一起，就着凉水送下。看来，他很珍视这药，连纸包折缝处残留的微末，都用手指掸出来，倒进喉咙。

薄香萍看得目瞪口呆，出于职业习惯，疑窦丛生地问：“梁先生，您这别是类固醇或是毒品什么的吧？”

梁秉俊说：“你放心好了，我这个人，缺点很多，但是，热爱生命。从白垩纪到新世纪，所有的生命，都热爱。我哪能堕落到那种地步。这药，我在狗身上做了试验，这才敢喂给自己吃。我还要在方剂制作上来些改良，把它们搀在一起，以蜜混合，如同标准的药丸……感谢这些药吧，主意也许就在这里……”

第二十三章

梁秉俊这一两年来，生出一个习惯，经常独自笑笑。为什么不笑呢？他遇到真正的难题的时候，是要笑的。因为如果不笑，你就没有机会笑了。梁秉俊在工作中，比如研究恐龙蛋的时候，很少笑。他把它们当作流水线上的零件对待，你不可能想象一个熟练工种的工人，总是微笑地面对一些流淌的毛坯。即使是一个劳动模范，也不能这样一笑若干年。

他以前的工作是寻找古生物。这一次，他要找一个好人，一个大大的好人。那人是一个神医，能医治夏早早的疾病。要他做这宗业务的委托人，是他的业已仙逝的老母。他答应了，这就使得他只能成功，不能失败。因为你不能对死人修改条款。

这一难题还难在——梁秉俊不知道世界上是否确有这样的名医。如果你找不到，你无法确知是你的工夫下得不够，还是世上本来就查无此人。于是，你就注定了要马不停蹄地找下去，几乎没有终结。

退一万步讲，即使你找到了一个医生，你能否知道他就是最好？在他之上，还有无更高层次的医生？因为你的不确定，你就无法有胜利的喜悦，你永怕在自己的寻觅之中，失却了最重要的人物。这和寻找罪犯，太不相同了。

犯了一桩罪，那是一个过去时，无论案情多么复杂，找到就是找到，找不到就是找不到，你的目的和过程都是清楚和固定的。但一个医生的疗效，你如何能预知？

最最要命的是，他手中的时间很有限。你不知道夏早早能支撑多长时间，也许，你正在苦苦追索的过程中，小姑娘已经驾鹤西行。那样，你哪怕寻到了再世华佗，也无法把那朵凋谢的生命再穿成花蕾。

所以，梁秉俊只好对自己笑了又笑。

明知不可为而为之吧。

他要换一种新的思维来大海捞针了，而且你还不知道这根针到底有没有？就是有，是不是在这片海中？

他到全国著名的医院的病房，查找同夏早早疾病类似的疾病，然后，追踪这些病人的下落。真是不查不知道，一查吓死人。于是他深切地明白了钟百行先生为什么萌发了匪夷所思的“血玲珑”。几乎所有的病人，在发病后很快就死了，没死的也是奄奄一息。他本来以为追踪这些病人是一件很费时间的事情，后来才发现小题大做了。你只要通过某种手段找到病人的下落，把电话打给他们的家属，然后报出你要找的人名姓，通常电话会在第一个十秒内就被狠狠地挂断。“他已经不在了……”

梁秉俊很为自己打扰了死者家属的安宁而不安，但他只有硬着头皮一个个地打扰下去，直到自己麻木，不再认为这是打扰，觉得这是正常交往。但失望的情绪总是很清醒，不断地累积。或者说，他的工作越接近尾声，他的失望就越浓厚，精神就越苦恼。

不行，不能按这条路数走下去了。你寻查到的每一条小径，弯弯曲曲，但都通往坟墓。

不沿着这条路走，你往哪里寻找？

华佗的嫡传弟子们，你们都在哪里藏着？还是你们根本就没有出世？

梁秉俊到底不是一般人，在痛苦的反思以后，他决定放弃自己贪大求洋的路线。他要到民间寻求新的力量。既然已知的医学世界只能对此长叹，也许，在广阔的草莽之中，生长着奇异的药草或是某种古怪的动物，可以医此绝症呢?

思路转换之后，整个方向就变了。首先，他不再局限在内科、外科、血液科这些西医的范畴之内，开始寻找无名杂症。其实，病这个东西，原本就是一派混沌，医治的人为了自己的方便，才把它硬性地截开，有了种种的明确分工。它原本就是一团糟，人是一个整体。当一盆水混浊的时候，从哪里舀出来，都是不透明的。

这下，就更难了。梁秉俊在城市和乡村之间游走，逢人就打探哪里有治怪病的高手。只要听到某地有医家，就不远千里地慕名而去。有时到了荒郊野岭，费尽千辛万苦，见到的却是一个神汉狐仙。就这梁秉俊也不敢怠慢，常常是细细寻访，祈求能有意外的发现。可惜，手到病除的传说很多，能证明的很少。就是有一两个人信誓旦旦地说他的病，就是某某大师治好的，梁秉俊一落实，才发觉那都是偶合，瞎猫碰上死耗子，作不得数的。

时光流逝，老母的嘱托成了悬案，梁秉俊一颗心始终放不下。过一段时间，他就会往回春医院打个电话，甩下一句："我找夏早早。"接电话的人说："好嘞，您等着啊，我这就给您叫去。"当那人一走，梁秉俊就把话筒放下了。他证实那个小姑娘还活在世上，就达到了目的。后来，当他越来越深入地介入了"血玲珑"的行动计划之后，他就更把寻找神医当成了最大的嗜好。

有一天，他在长途汽车上，听到一位乘客对另一位乘客说："我知道一位神医。"

梁秉俊立刻把耳朵内的神经，像雷达一般，转向了这位满脸络腮胡子，看起来脏兮兮的乘客。虽然他的心里，对神医已经麻木。

络腮胡子旁边的秃顶男人说："这年头，神医多了去了。"

梁秉俊暗暗赞同秃顶的话，但这一点也不妨碍他认真地接收络腮胡子的信息。

络腮胡子说：“神医和神医可不一样。就像女人和女人，味道不一样。”

男人共同的笑声。然后秃顶男人说：“谁不一样？女人，还是神医？”

络腮胡子说：“女人是你自己的事。神医才是大伙的事。”

秃顶男人说：“嗨！神医，不一样在哪儿啊？”

络腮胡子说：“不一样在啊，这神医，什么病，都能治。”

听到这里，梁秉俊就是耐性再好，求医之心再切，基本上也就准备封闭自己的耳朵了。

他想，那位秃顶男人大概也有话说。果然，秃顶人擤擤鼻子说：“我就知道是个骗子了。天下哪儿有什么病都能治的大夫呢？什么都能治，就是什么都不能治。样样行，样样松。这样的骗子我见得多了，骗钱罢了。”

梁秉俊很赞同秃顶男人，看来，他的头发不是白白掉光的，有些的确是换成了智慧。

没想到络腮胡子说：“你猜错了，他根本就不要钱，全看一时的心情。看你顺眼了，才给你治。要是看你不顺眼，给多少钱，也不治，没商量。”

梁秉俊来了兴趣。

秃顶男人的耐心和好奇心比梁秉俊要差，撇嘴说：“越说越像是个骗子了。什么看你顺眼，无非是看你病得不重，精神疗法，给你点药粉糊弄糊弄。要是病得重了，他也就看你不顺眼了，根本不给你治，省得自己丢人现眼。那点弯弯绕，不用想我就明白。”

络腮胡子说：“老哥，别的事我都服你，可这事，您还真说差了。他看着顺眼的病人，不是轻病人，轻了他还不给你看呢。说，得得，就你这病，爱吃，就随便吃点什么药。不爱吃，就什么药也甭吃，对付对付也能好。用不着烦我了。送上门的钱都不要。他看得顺眼的病人，非得是重病，疑难杂症，越重他越来兴趣，说这才有点意思。他说，我就盼着大伙都得癌症，到那时候，就知道我这疗法的厉害了，可以拯救黎民……”络腮胡子说得兴起，声音越来越大，全车厢的人都屏住了气，听得津津有味。

秃顶看来也是见过世面的人，不屑地说："别把他吹得那么神，我就不信。哪个骗子都会来这一套，嘴上的功夫。"

络腮胡子看来社会位置比秃顶低，见话不投机，就不再免费替神医做广告了，打着圆场："嗨！他那么一说，我这么一学。但愿咱们一辈子不和他见面。说明咱身体健康，长命百岁，哈哈……"

于是，两人开始扯其他的事。

络腮胡子下车的时候，梁秉俊也站起身来。车上穿制服的服务小姐说："这位先生，您还没到站呢！"如今，豪华客车为了争夺客源，实行民航式的服务，除了给送水，也知道旅客的目的地，态度很关照。

梁秉俊头也不回地说："我提前下车了，谢谢你。"

这是高速公路的一个休息营地。梁秉俊走到络腮胡子面前说："我有一个亲戚，得了重病。我很想到您说的那个大夫家里求医，您能告诉我他的地址吗？"

络腮胡子打量了他一眼说："那位大夫姓夏。我告诉你他家在哪儿，可是他不一定在家，经常让外国人请走。你知道，中国的好东西，从八国联军那会儿开始，就保不住，常常就叫外国人拿走了……"

梁秉俊谢过络腮胡子。

地址是一个中等城市。

一座筒子楼，破败如废墟。你很难想象在这里住着一位神医。梁秉俊虽说见多识广，知道人不可貌相、海水不可斗量的古训，也对在如此猥琐的地方，能生活着一位旷世神医，表示存疑。

走廊堆满杂物，只能侧身而过。梁秉俊不禁想，要是失火或是地震，这座房屋的人，谁也跑不掉。依着门牌找到一扇禁闭的防盗门。他按响了门铃，许久许久没有人回应。他不泄气，过了一会儿，又开始下一轮操作。然后，休息一下，继续……为什么要在无声无息的情形下，不断地劳而无功地按门铃呢？梁秉俊是因为绝望。人在绝望的时候，会下意识地做很没意义的事情。

在他马上就要放弃的时候，门开了。长着一张光洁无须、近乎女人面孔的老年男人出现在防盗门后，嘿嘿笑着说："你这个人，真有恒心啊。按了这么半天，你就没想到这里根本就没人吗？"

梁秉俊凭着侦探的敏感，确认他就是夏大夫。他恭恭敬敬地鞠躬道："夏大夫，我想到了里面可能没人。可是我还得按下去，因为找到您，是我女儿唯一的希望。"

夏大夫听了这话，两眼放光道："这么说，你女儿快死了？"

梁秉俊真恨不得朝地上啐口唾沫，居然有这样的大夫！虽说夏早早不是自己的女儿，也没有人这么说话的啊。但他顾不得计较夏大夫的讲话风格，连连说："是，是……快不行了……"

"好！快不行了，好。好吧，那你就进来吧。我最怕就是那些小来小去的病，烦人。有病就得像个有病的样，让人治起来也痛快。"夏大夫算是用这种奇怪的考核方式，认可了梁秉俊的求医资格，打开铁门，放他进去。

梁秉俊心里苦笑道：看来，这个大夫也够天真的了。他对来客进行的测验，实在和安全没关系。若是谁想打劫他，轻而易举就可骗开铁门啊。又一想，也许吉人自有天助，或者说，他修有金刚不坏之体，或是有上好的刀枪红伤之药，因此无惧，也说不定啊。

进得门，梁秉俊庆幸自己身材较薄，且距上顿吃饭时间已很遥远，因为窄窄的门厅里被瓶瓶罐罐占据了大半，入室的人，只有尽量将肚皮缩向脊椎骨方向，才得以通过。梁秉俊不由得想，若是一个胖子得了病，怎样求医呢？单是进入这一关，就得被淘汰。但是马上他就想通了，因为夏大夫只看临终的病人，熬到那时候，基本都是皮包骨了。若是急病，根本赶不到夏大夫这座封闭严实的铁门前，早就来不及了。

客厅里，从地面到空间，也是摆满了瓶瓶罐罐。到处都是肮脏的玻璃器皿反射出的灰光，好像到了早已废弃的20世纪的中学实验室。而且没有医疗机构常见的白色，也没有医院里无所不在的来苏水气味。当然了，医生的家不必布置得如同医院，但是这也和想象中的神医相距太远。好在梁秉俊形形色色的骗子见得多了，虽然失望，脸上的神色还算安然。唯一能表达出好客气氛的是，在靠墙的床下，有两只破沙发对面摆着，中间横着一只茶几。茶几上面有一只小小的茶壶，小到只够一个人独斟独饮。

“说吧，谁病了？你女儿？你女儿多大了？”夏大夫倒是不啰唆，开门见山。

“十二岁……得的是……”梁秉俊刚想细说，夏大夫打断了他的话，说：“嘻嘻，你才多大啊？怎么就有了一个十二岁的孩子？是替别人问的吧？再不就是娶了大龄女子，她拖来了一个油瓶？那你一个做继父的，是不是也关心太多？她亲妈干什么去了？”

梁秉俊这个气啊，这算哪路郎中？讲话连点最基本的礼貌都不懂，他怎么不配点治神经症的药，先给自己灌上一大碗，别这么胡说八道！但另一面，梁秉俊又不得不佩服这个看起来像太监一般的医生，有着超人的敏感和判断力。在某些方面，他的思维近似一个优秀的侦探。只是，侦探不到必要的时刻，他所想的，深深地埋藏在心，但此位夏大夫，嘴巴好像连着脑屏幕，脑子里想到什么，舌头就同声传译出来，故而他只能这般穷困潦倒。您看到过哪个大人物，是想到什么说什么呢？

梁秉俊浮想联翩，在电光石火的瞬间，做出了以上的种种判断。当务之急是，夏大夫在相距不到一尺的距离内，对他虎视眈眈，等着回答。梁秉俊想，我一向长得老成，如今在外面奔波，一脸的沧桑，他也是胡乱一猜，索性来个宁死不屈，便咬着牙说：“我就是给自己的女儿寻医问药。我是早恋早婚，还有未婚先孕，都赶一块堆了。”

夏大夫看来信了梁秉俊的话，或者说是不信，也没有情绪再做追究。反正他通过这种谈话，知道了来者对病人的感情和了解，都是第一等的，这就足够了。

“哪儿不好啊？”夏大夫接着问。

梁秉俊又犯了迟疑。说病名，本不是什么难事，但这阵子求医问药的经历，让他长了心眼。当着中医，您最好不说西医的病名，更别提病人做过手术什么的经历，大夫不爱听。觉得你不相信中医，得了病，都一窝蜂地先看西医，到了死马当活马医的时候，才找到中医。没有人愿意把自己当成给死马看病的大夫。可你要是看西医，那他们更不乐意听你看中医的经历了，门户之见更是猛烈。闹得看病也好似女性的贞节，有个“处女诊”，你得从一而终，要是半路上改换门庭，就得受歧视，意味着你求医心不诚。他做医家的，就可以奚落你，讽刺你，也可以礼尚往来地对你模棱两可不专一。面前这位夏大夫，你判断不出他是中医还是西医。看他这副不修边幅不谙世故的模样，好似一位桀骜不驯的中医，但屋里明显属于现代医学的烧杯和玻璃器皿，又强烈地提示他有西学的背景……

难啊。看来，押一宝吧。

梁秉俊说：“病在肾脾。说是肾水干涸，脾不养血，肝胃不合……”

夏大夫挥挥手说：“我听不懂。”

完了，你遇到了一位西医，他很生气。你赶紧改换门庭吧。

“啊，那是这样的。骨髓的造血机能受到严重损坏，全血细胞减少，各个系统……”

夏大夫又挥挥手说：“我听不懂。”

梁秉俊火了。他通常是不会被激怒的，因为他总是公事公办，那是工作。你可以为工作投入时间和精力，但你不能为工作投入感情。因为人的感情是经不起磨损的，你刚开始感情充沛，你的工作就做得好，你的感情淡泊了，你的工作质量就受风化。这样对待工作是不公平的。工作要求稳定和高质，要求守恒，那你就不要投入感情，只是以一种永不磨损的意志和责任对待即可。但梁秉俊这一次的工作，由于雇主的特殊——他的母亲，由于当事人的特殊——他的“女儿”，他就不合时宜地渗透了感情。

梁秉俊说：“中医的诊断你不听，西医的诊断你也不听，那你听什么？你算得哪门子大夫？江湖骗子吧！”

夏大夫一点也不恼说："骂得好啊。我本来就不是中医，也不是西医。我就是江湖之人，但我治得了病，救得了命。我问你，你答非所问，还在这里犯横。我也就是看你孩子有病，急火攻心，不和你计较。要不然啊，您就走好了吧。"

梁秉俊决定不和他啰唆，还是直奔主题，说："我怎么答非所问了？"

夏大夫说："我问你哪儿不好，你说不好就是了，说什么病名？病名是外在的东西，是可以变的。今天说你是这个病，明天就是那个病。有什么准？有准的是病人的感觉。家里人经常本末倒置，把别人说的东西，当成了最重要的东西，其实，世上无数的人，都叫误诊害了。"

梁秉俊何等聪明的人，立即感到了眼前这位无须大夫的高明之处，刮目相看，态度也谦恭了不少。这次，不是病人家属对医生的那种实用性的恭敬，而是一个行当的高手对另一行当的高手的折服。他把夏早早的病情逐一描述。

夏大夫听完之后，双手抱肘，补充问道："都用什么法子治了？"

梁秉俊小心翼翼地报出了正在服的中、西药物，怕夏大夫又火冒三丈。但夏大夫这一回很平和。当然了，梁秉俊没敢说出和"血玲珑"有关的设想。严格说起来，这也和夏早早无关，起码现在还不曾有任何药物应用到夏早早身上。

夏大夫听完之后，大包大揽道："这病，能治。"

梁秉俊以为自己听错了，或者是夏大夫还在为刚才自己的冒犯而生气，或者说夏大夫简直就是一个信口开河的家伙。他看着夏大夫，半天没吱声。

夏大夫说："不相信，是不是？你们这些人，就是怪。你干吗来了，不就是看病来的吗？我要说不能治，就拼命求我。我要说能治了，又不相信我，不信你就走。"夏大夫说着，起身做送客状。

梁秉俊慌了。梁秉俊很少发慌，而且随着年龄的增长，他发慌的机会越来越少了，今天是难得的脆弱。"不不，我哪能不相信您呢？我只是……只是太高兴了……"

夏大夫说：“也不必高兴得太早。我只说能治，至于治得好治不好，这还得看个人的造化了。”

夏大夫说着，领梁秉俊来到各式各样的古怪玻璃瓶子面前，然后拿起一沓报纸，随手折成早年间包糖果的三角形袋子，就从各个瓶子里往外舀药粉。那些药粉通常是白色的，也有少数呈米黄或是淡蓝色。

一通忙活之后，夏大夫把包成粽子模样的纸包，有十几包，装进一个巨大的塑料袋里，递到梁秉俊面前。梁秉俊悲惨地注意到，这只塑料袋是黑色的，就是居民楼里通常装垃圾的那种袋子。

“这是一个月的药，回去，先吃。一个月之后，再来找我。当然，我要是不在，那就没法了。找我的人很多。”夏大夫说。

梁秉俊迟迟疑疑地接过黑色袋子，说：“怎么吃呢？”

夏大夫说：“怎么都行，也不是人参，讲究那么多。这药，早上晚上半夜里，跟胡椒面似的撒在汤里，果酱似的抹面包片上，或者干脆包了馄饨烙了馅饼，都成。怎么方便怎么着来，我好说话。你要是太嫌麻烦了，就冲了喝，当茶也行。”

梁秉俊听得目瞪口呆。这是药吗？整个一个坑蒙拐骗嘛！

药都应该有特别的味道，对不对？没味道的，无色无臭的那是毒药。就算是没什么特别令人苦恼的味道，能做成包子、饺子馅吗？这不是拿着别人的痛苦当戏耍吗？

可是，人在屋檐下，你不得不低头啊。梁秉俊忍气吞声地问了药价，交了钱，刚要走，夏大夫说：“哎呀呀，忘了。你的女儿是小孩，是不是？那就得再加一点水剂。”他说着，走到旁边一个类似储藏室样的小房间，拿出一只小瓶，类似正规医院的咳嗽糖浆药瓶，说，“拿去给孩子喝吧。一瓶，分三十天喝，多点少点也不要紧。对了，你还得补交点钱，这药水可不便宜。”

梁秉俊乖乖地交钱，接过药瓶。他看着那散发着苦杏仁味道的药水，突然对自己的此行，感到了大荒谬。你白跑了一趟不要紧，你敢把这种稀奇古怪的药水和药面，给那个生命垂危的小姑娘吃吗？梁秉俊决定要搞明白，不然，这就不单是治不治病的问题，而是对自己智力的大藐视、大嘲笑。

想到这里，他不再像一个求医的家属那样，唯唯诺诺，挺直了腰板，说："夏先生，我能看看您的行医资格证明吗？"他的话，已带出明显的挑战意味，他不再称呼他为夏大夫，而是叫他"夏先生"。

夏先生并不以为忤逆，笑笑道："我不是西医，没有毕业证。"

梁秉俊紧追道："如果您是中医，那就师从哪一位大师呢？"

夏先生继续微笑着说："我不是中医。所以，也并不曾拜在某一位老中医名下。"

梁秉俊说："那么，先生是自学成才了？"

夏先生说："自学倒是有的，只是成不成才，就不知道了。"

梁秉俊说："先生想来还是成才的吧，要不然，这许多的病人登门求医，先生要是无才，怎么敢揽这个瓷器活呢？"

夏先生说："过奖了。我不是揽的瓷器活，而是别人破罐子破摔的废物利用。"

梁秉俊气得哆嗦，说："您怎么能把别人最宝贵的生命，说成是破罐子呢？"

夏先生一点也不着急，说："这不是我说的，是来人自己说的。我不是问过你们吗，病人是不是快死了？你们都磕头虫似的说是。你们要是不说是，我是不敢治的。我只能先在要死的病人身上试，若是治好了，就拣回来一条命。要是治不好，也是一个死，和我何干呢？"

梁秉俊被驳得哑口无言，但心里还是极度不安，说："您也许有您的道理，但我只想看看您的行医执照。"

夏先生干脆地说："没有。"

梁秉俊把黑色垃圾袋甩在地上，说："无照，您怎能行医？！"

夏先生说："我并不是行医，我没有收你的诊费，只取了一点药品的成本费。再说啦，有执照的医生，并不一定治得了病，救得了命。世上，是先有了医术，然后才有了医生，你不要弄颠倒了。”

梁秉俊想想也是这个理，但他还是很不踏实，不把这些神神鬼鬼的药末成分闹明白，他可不敢让小姑娘吃药。

“我能知道您的这些药，都是什么成分吗？”他说，做好了被拒绝的准备。

“行啊，我正想找个人给他讲讲呢。”没想到，夏先生一口应承。

于是，两人重新落座，气氛比刚才求医问药的时候，还和谐一些。

“这些药，说来很简单，都是一些化学元素。具体是什么，我就不一一告诉你了。一来，这是我的一个小秘密；二来，告诉你，恐怕你也听不懂。”夏大夫不是一个善于掩饰的人，这样，即使他怀有善意的时候，嘴角也还是流露着傲慢。

梁秉俊不卑不亢地说：“我的理解力，比您想象的或许能高一些。”

夏大夫说：“喔，你还挺自信的。自信了好，我这儿，基本上看到的都是说自己不行的人。也许是家里有了病人，人的自尊心都受摧残。”

梁秉俊说：“我是家里有了病人，自尊心更增强了。”

夏大夫说：“此话怎么讲呢？你告诉告诉我，下回见了那些一脸晦气的家属，除了教训，我也能好声好气地开导他们。”

梁秉俊说：“有了病人，就是多了考验，多了磨难。不但自己不能倒，还得输出力量，花费金钱，投入工夫，这不就值得佩服自己吗！”

夏大夫说：“好，说得好。每一个得病的人后面，都站着他们的家属，该给他们发奖章。”

梁秉俊说：“您这么夸奖我，我很高兴。我有一个请求，不知您能否满足？”

夏大夫说：“说说看。我做到，我高兴，我就满足。要是我做不到，那就没啥说的了。要是我虽能做得到，但我不高兴做，那也只有对不起了。”

梁秉俊说：“很简单，您是一定做得到的。但您是不是高兴，我就不知道了。”

夏大夫说："甭绕弯子了，你直说。"

梁秉俊把那只黑色的塑料袋拎出，说："请您照原样再配一服药。"

夏大夫说："不会你的这个女儿是双胞胎，还有一个也得了这病吧？"

梁秉俊说："可惜我还没有这种双份自豪的机会。我是想把药抓回去，每天女儿吃一份，我自己也同时吃一份。"

夏大夫说："是不是女儿得了这病，你想预防？那是另外的方子，不一样。"

梁秉俊说："您以为我连这么简单的道理也不懂？实话告诉您，我是对您不放心。"他断定傲慢的夏大夫会冲天一怒。发怒就好，人一怒，就有破绽。梁秉俊就可以从大夫这里得到较多的资料。要不然，金口不开，你敢吃这药吗？

没想到，夏大夫说："谢谢你。"

梁秉俊摸不着头脑，说："您谢我什么？"

夏大夫说："谢谢你对我说实话，说你不信任我。"

梁秉俊说："还想听实话吗？"

夏大夫说："那是当然。世上没有比大夫更爱听实话的了。你要是对他说假话，他的工作就一点意义也没有。"

梁秉俊说："我接下来的实话就是，您要是不对我说实话，别看我花了钱，买了您的药，我可能一出门就把它扔到阴沟里面，我不吃您的药。因为您不告诉我吃这药有什么道理，我不能拿我女儿的命闹着玩。"

夏大夫说："说得好。看来，你这个人不笨，有胆量。我就花点工夫给你讲讲，权当闲着遛弯。你说，现代人活得长还是古代人活得长？对了，不说古代人，说原始人，谁活得更长？"

梁秉俊是个杂家，这小问题难他不住。他说："当然是现代人活得长了。原始人的寿命不过三十多岁，古代人比早先有些进步，但也有限。比如'人生七十古来稀'，说明那时活到七十就不容易了。现在呢，七八十岁寻常事。可见从寿命来说，现代人比古代人占便宜。"

夏大夫说：“说得好。那你再说，是古代人吃的东西新鲜，还是现代人吃的东西新鲜？”

梁秉俊说：“这倒是个我没想到的问题。”

夏大夫说：“现想也来得及，不复杂。”

梁秉俊说：“想来是古代人吃的东西新鲜了。那时，没有冰冻，不要长途运输，要说吃的东西，那是比不上现代人丰富。但要说新鲜，还是那时的人占先。”

夏大夫说：“那你再说，是现代人呼吸的空气新鲜，还是古代人呼吸的空气新鲜？”

这一回，梁秉俊没有丝毫迟疑和含糊，说：“这可不用琢磨。当然是古代人呼吸的空气新鲜了。”

夏大夫又说：“古人操的心多，还是今人操的心多？”

梁秉俊这次的回答也很爽利，说：“当然是今人操的心多了：股票、破产、下岗、互联网……古人哪有这么多事？！”

夏大夫说：“答得挺好。现在，你明白了吧？”

梁秉俊第一次感觉到自己笨，说：“我什么都不明白呢！”

夏大夫恼火地说：“你把一加一都说出来了，怎么就说不出来那个二呢？这不是明摆着吗？”

梁秉俊苦笑道：“还请您多多指点。我只知道一加一，可就是不知二。”

夏大夫说：“好吧，那我就不难为你了。这个疗法的基本点就是——污染使人长寿。”

梁秉俊吓得差点休克。按说一个侦探的神经，牢固得如同大渡河上的铁索，可在这一惊世骇俗的理论面前，也融化成一摊烂泥。

“愿洗耳恭听。”梁秉俊战战兢兢地说。

“好，你记着。要说现代人吃的东西，没古代的新鲜，呼吸的空气没古代人新鲜，干的活、操的心比古代人多，现代人该比古代人短寿才对。结果不是那么回事。现代人比古代人活得久远多了。有人说了，那是医学进步了。对，不错，可医学上最大的进步是什么呢？是发明了好多化学药品。也就是说，以前，这些东西是无法进入人的身体的，现在进入了，是一种异物，是一种污染，但人因此而长寿了。人是由动物进化来的，动物一天哪儿费得了人这么多脑子啊，费的心思不一样，消耗的能量也不一样，是不是这个理？但是，人在食品的摄入上，现代人和古代人没有什么大的不同，要说人的饮食结构，是最保守和古老的东西了……好了，扯远了，回到咱的主题上来。我发明的这个疗法，就是把人的营养补足，特别是把大脑高度活动时所需要的那些基本元素补足。说起来，是些不值钱的药，有的在化工商店就可以买得到。可是，在食物里没有，你要不是碰上我这样的人，对症下药地特地给补进去，你就得病，得重病。你的孩子就是这么回事，西医不明白这个理，他们是受了这个理论的大影响，可他们不懂，瞎子摸象。中医的那些能治百病的草根树皮，说白了，也就是产自崇山峻岭人迹罕至，草叶里头也许含有当地的矿物质或是某种元素，所以碰对了，也可治病。但大家都是知其然不知其所以然。明白吗？”夏大夫殷殷注视着近在咫尺的梁秉俊。梁秉俊一个劲儿地点头。倒不是他多么佩服这说法，实在是闻所未闻，叫人不知所措，只有点头的份儿，以期对方说下去，也许后头自己能明白呢？

夏大夫对梁秉俊的反应还算满意，继续说下去：“以前一个人生活在某地，一辈子能跑多远的地方呢？百八十里的直径，也就差不多了。那个地方土地里有多少营养，有什么样的营养，人就吸收多少，你没脾气。所以说一方水土养一方人呢。得感谢这一百多年的工业化，带来的全球性的大气污染，把各种以前人们没有机会接触到的化学物质，送到了我们体内。人的组成变得更合理了……明白了吗？”夏大夫又殷殷注视看梁秉俊。

梁秉俊斗胆说：“明白还多少明白一点，可这和我女儿的病，有什么关系呢？”

夏大夫痛心疾首地说：“你这个人，怎么这么笨呢？污染带来的化学元素，泥沙俱下，有的好，有的坏，有的多，有的少……不成比例。你知道，化学这个东西，是最讲究结构的。比如碳原子，乱七八糟地堆在一起，是什么呢？”他考问地盯着梁秉俊，眼光里充满不屑，要是梁秉俊答不出来，今天这堂启蒙，看来就得立刻下课。

幸好，梁秉俊还有这方面的基本知识。“那是铅笔芯，就是石墨，画出道来黑黑的。”梁秉俊简直充满谄媚地回答。

“要是碳原子有序地排列在一起呢？是什么？”夏大夫严肃得很得意。

“是钻石。亮闪闪，透明，硬度十……”梁秉俊回答。

“这就对了。所以，结构比例组合顺序，很重要。原子弹是怎么制造出来的？就是把放射性元素这么一搅和，威力无比啊。所以，我做的工作，其实只不过是顺水推舟，把多的减少一点，把少的增多一点，注意调整它们的比例，给病人帮一个小忙，很多病就霍然痊愈了。这不是我的功劳，是污染的功劳。我也在污染，不过是污染得有序一些。喏，就这样，我简直把看家老底都告诉你了。你凭着这个，好好研究研究，也许能得诺贝尔奖呢。”

夏大夫一口气说完，不待梁秉俊的反应，就站起身，兀自忙活了。

梁秉俊头脑一时空白。他无法判断这一学说的真伪，只是感觉到振聋发聩。你无法服从它，却也不能反驳它。因为它是那样不同凡响，令人们目瞪口呆。

“那您为什么不继续好好研究，自己得个诺贝尔奖什么的？”梁秉俊追问。

“我嫌烦，诺贝尔奖有什么了不起的？我才不拿它当回事呢。我的乐趣就是吃药。”夏大夫在另一个房间回答。

“吃药？”梁秉俊从来没听过谁有如此奇特的乐趣。

“对啊。吃药是很好玩的一件事。药有各种各样的味道，一般人大而化之，提到药，总说是——苦，其实，药的味道，比我们吃过的山珍海味的味道丰富得多了，怪多了。药吃进去，你静静地躺在床上，感受药粉在你的胃中扩散融化，被你的血液吸收，沿着脉络到你的心脏，然后进入神经，强有力地影响你的思维反应感受和行动……太有趣了。我一生尝试过很多职业，都做不下去，没意思，无聊，不好玩……吃药是世上最快活的事了，可惜啊，至今没有成为一个职业，尝到其中乐趣的人不多……”夏大夫又拎着一只黑色垃圾袋走出来，里面装着白色的小纸包。

“咱俩谈得挺投缘，你的化学知识还不错。你不是要我给你配药吗，喏，给你。”说着，夏大夫把黑色垃圾袋递过来。

“啊……谢谢……可是，您并没有给我号脉……怎么就知道……”梁秉俊的手下意识地把垃圾袋接了过来，但嘴巴还是不屈不挠地问个底。

夏大夫不悦，说：“你这个人怎么一会儿明白一会儿糊涂？我琢磨这行八九十年了，还要用手号脉？一眼就看出来你缺什么多什么了。你这个人，没什么大毛病，但你干的活，用脑太过，这样，身体里管精密思索那一部分多用的元素，你已经储备不足，用不了多长时间，你的记忆力、注意力、联想力就会严重下降。我给你补足了，好比油箱里还有一点油，但是不多了，跑长途就危险了。外国为什么脑力劳动者，那么多患海本默茨氏症和老年性痴呆症的？就是这个原因。”

梁秉俊大惊失色道：“您……您是说我可能得老年痴呆？”

夏大夫说：“不是可能，是一定的。你幸亏为了女儿的事，找到我，算是免掉了你老年傻乎乎，又流哈喇子又拉一裤子屎尿的危险性，你就暗地里乐吧！”

不可一世的骄傲的梁秉俊先生，此刻真是被彻底打倒了。他奉如神明地捧着那垃圾袋里的药物，说：“那我一回家就立刻吃您的药，谢谢您的再造之恩。说句心里话，我是宁可少活二十年，也不愿那么痛苦地傻着。”

夏大夫第一次露出了慈祥的笑容，说：“年轻人，好好活着吧。我都九十岁了，还觉得自己是个顽童呢！”

梁秉俊又一次吓得跌落在沙发上：“九十岁？您是说，您有九十岁了？”

夏大夫说：“是啊。我又不是找个妙龄女子做老婆，有什么必要隐瞒岁数？我通常不说，就是不愿让大家吃惊，还得解释，要不，人家以为我是个骗子。今天，看你是个明白人，才不当心说出来。看来，你也不能免俗。罢罢，你看我像多大岁数，你就认为我是多大岁数的好了。”

梁秉俊说："您可不像。"

夏大夫说："人的正常寿命是一百五十岁。可科学家早就查证出了这个数据，就是不知道如何才能达到。吃了我的元素，你就可以达到了。"

梁秉俊壮起胆子，问了最后一个爆炸性的问题："吃了您的药，会不会像您似的，有点不像个男人了？"他一边说，一边把手里的两袋药抓紧，预备着夏大夫勃然大怒时，抓起药撒腿就跑。不是他有意揭人短处，实在是褒贬是买家，正因为他很想实践夏大夫的药，看到夏大夫的形象，又有些不踏实，故铤而走险，内心还是郑重的。

夏大夫哈哈一笑，说："好。我看得出，你是真心想吃我的药的。好吧，告诉你，我的这副相貌，就是年轻的时候，以身体做试验，落下的残疾。但是，我可以很负责地告诉你，今非昔比，现在的药物是完全安全的，没有一点诸如此类的副作用了。好了，就说到这里吧，再说下去，以你的聪明，也许以为得了真传，就想自己试一试。那可不得了，这需要多年的功力才行。"

梁秉俊连连道谢，说实话，他还真没如此感激涕零过。当他走出夏大夫破败的房屋时，心想，这样好的医术，如果不广施人间，真是天理不容！当然了，他要先在自己身上做个试验。有效，才敢让早早吃。

他敲敲自己的脑袋，心想——这是真的吗？你就要老年性痴呆了？那你还如何研究？为了科学和正义，你也不能痴呆了啊！

梁秉俊懂得博采众长。他又到密林当中，求教少数民族的医术。那是一位瞎眼的老妈妈。梁秉俊不远万里，来到她的茅屋，一见之下，很是沮丧。连自己的眼睛都治不好的人，还怎么给别人治病。老妈妈态度倒是极好，第一句话就是："远方的客人，你看不起我。离得近些，让我摸摸你。"她的话通过妙龄的孙女翻译出来，很是有趣。

梁秉俊只得凑过去。老人的手，就在他的身上蜿蜒摩挲。那是怎样的手啊，看不到皮肤了，看到的都是老人斑。这种褐色的鳞甲，包裹着老妈妈的骨头和每一根血管，如同枯死的珊瑚。

老妈妈的第一句话，就把梁秉俊镇住了。“你没有病。”她断然说。

“是是，我没有病，是我的女儿有病，我是代她来寻医问药的。”梁秉俊再不敢小看山野之人，毕恭毕敬地说。

“那么，拿来。”

“什么？”梁秉俊不解。他以为是诊费，高额的诊费，刚才已经交付了。

“奶奶要你把那个人的东西拿出来。”老妈妈的孙女，小声提醒。

“哪个人的东西？”梁秉俊摸不着头脑。

“你替谁看病，你就得拿着谁的东西来。你不知道吗？那件东西上，就有那个人的病了。”孙女说。

梁秉俊大惊，他还真没看到过如此治病的。就为了这种稀奇的诊法，他回到城市，求薄护士找到了一条夏早早手织的围巾，二次返回山寨，请老妈妈再做确诊。

老人用青筋毕露的手指摩挲着围巾，一遍又一遍。

“这是一个女孩。”梁秉俊点头，老人家也看不见。不过，梁秉俊也不特别佩服，因为他说过，这是自己的女儿。

“她来到这个世界上的时候，不快乐。”

梁秉俊惊讶得连点头都忘了。

“……她病在血。她吃了很多药，她的血已然迷乱了。”

“……她支撑不了多长时间了。”

“……她一会儿想死，一会儿想活……她是越来越想死了……”

“她长在一个肮脏的地方。她喝的水是脏的，她吃的食物是脏的，她吸的气是脏的……她的血是脏的，所以，她就要在肮脏中死去了……”

梁秉俊刚开始还点头，渐渐地就僵直不动，最后，简直就是吼了。

“您说对了，您说得都对，对极了。可是，她不能死，她得活下去，您得想法子救她。”

老妈妈停顿了很长时间。梁秉俊简直以为她睡着了，或者是死了，也说不准，因为她一点声息也没有。只是看到老妈妈的孙女很镇静，他才知道这就是老妈妈的常态。

“你女儿的病，很难治的。奶奶在想……你要付双份的诊费。”美丽的孙女说到钱的时候，一点都不扭捏。

老妈妈开口说了。

“要用百血丹，或许有救。”

“什么叫百血丹？”梁秉俊急得不得了。

“就是用一百种动物和植物的血液，混合在一起，说是丹，其实是水。不但有常见的猪血、马血，还有蜻蜓血、螳螂血、蝴蝶血、蚂蚁血……”

梁秉俊说：“植物还有血啊？”

老人说：“有啊，汁液就是它们的啊。比如人参血、灵芝血、雪莲血、天麻血……这天地万物的精灵之血会聚在一处，调理人的气血平和。给你的女儿灌下去，或许能回天。”

梁秉俊说：“在哪里可以配到这药？”

美丽的孙女把这话翻译给老妈妈，老妈妈翻着干枯的眼皮说：“这就得你自己去找了，看你的心诚不诚了。一定要到没有汽车、没有啤酒、没有烟囱、没有塑料袋的地方，去取血。如果有了那些东西，血就不灵了。要用这些干干净净、规规矩矩的血，去换下你女儿的脏血，也许，她还能欢蹦乱跳……”

梁秉俊给了五倍的诊费。

在其后的岁月里，他到处采集这些血液。幸亏他是一个古生物学家，知道那些最原始洁净的山谷和动物的乐园，不然，无论多么爱子心切的人，都找不全这些血液。

当他把这一切都找全了的时候，他发现自己陷入了一个悖论。

老妈妈和夏大夫的治疗方案，水火不相容。怎么办呢？听谁的呢？古生物学家兼业余侦探的梁秉俊先生，只能在自己身上试验。不过，他只能试出有毒无毒，并无法验证出确切的疗效。

第二十四章

钟先生恨自己。关键时刻，身体不争气，普通的受凉转成肺炎，需要严格的静养。心中非常惦念卜绣文的事，却心有余力不足，只能遥控指挥。他心中很是不安，犹如大将在生死场上临阵脱逃。一切只有交代魏晓日全面负责。殊不知，这对魏晓日来说，实乃天助。玲珑居这里，相对自由些了。

魏晓日累得脱了形，胡子多日不刮，两鬓也猛然添了白发。整日待在病房里，脸色显出见不到阳光的苍黄色。一眼看去，再不是往日风流倜傥的白面书生，而是饱经沧桑的中年人。

魏晓日嘱咐薄香萍，把玲珑居里独立的一间小屋改造成婴儿室。屋内温暖明亮，到处悬挂着美丽的玩具。一个设备精良的暖箱，安放在屋子一侧，仿佛巨大的透明鱼缸。温度湿度仪和其他一些仪表，确保暖箱内的环境，最大限度地接近母体的子宫。

卜绣文的病情随着胎儿的长大，越来越难以控制。孩子和母亲，如同势不两立的仇敌。

“我找钟先生。”在卜绣文一次剧烈的抽搐，药物控制越来越无效的情况下，魏晓日万般无奈地又拨了钟先生的电话。虽然他知道这个时候打扰先生，对在家中治疗的先生，实在是一种残忍。

“晓日吗？你老师他刚睡下。咳得很厉害，你看……”师母声音小得如同窃贼，魏晓日知道自己的电话实在不是时候。

“好好，我不打了。您也不必同先生说了，这边，我自作主张了。待先生好些了，我再请示他吧。”魏晓日说完，不待师母答话，就毅然放下了电话。也许，在潜意识里，他希望钟先生干脆昏得不省人事，这样，他就可以彻底地我行我素了。

魏晓日断然开始实施引产的方案。事已至此，再不把这颗定时炸弹引出卜绣文的身体，说不定在哪一个瞬间爆炸，卜绣文的生命就戛然而止，所有的祝愿和努力，都成了水中月、镜中花。魏晓日的一腔深情，只能化作无数暗夜、无尽的长泪。他要拼死救她。在这一前提下，他会照顾她腹中的胎儿。

魏晓日觉得自己在和一个营垒较量。那一边，站着他的先生钟百行，他的病人夏早早，他的病人的家属夏践石，当然，最重要的，还站着她——他所挚爱的人。

这一边呢，只有他一个人。甚至，只有半个人。因为他的那一半人，也是站在对方的，因为他也是“血玲珑”计划的执行者。

魏晓日孤注一掷。

催产药物缓慢地滴进卜绣文的血管。她无知无觉地躺在洁白的床上，如同被麻醉枪打中的束手就擒的大象。

药物一滴滴地流进血管。突然，卜绣文全身抖动了一下，接着，发出低低的呻吟。

药物起作用了，子宫开始收缩。大滴大滴的汗珠从卜绣文布满细纹的额头冒了出来，黏而亮。

忽然，她又放松了，海滩一样平缓松弛。这是药物的间歇期，一切静止。

片刻停顿后，新的一轮阵痛又开始了。昏睡中的卜绣文紧紧地咬着被单一角，布上留下一排牙印。

薄香萍紧张地注视着这一切，随时准备抢救。俗话说：瓜熟蒂落，水到渠成。可是，这分明是在生拉硬拽一个瓜啊。她见过许多生孩子的场面，自然分娩，产妇也苦，但更多的是创造的劳累和兴奋。这种在药物发动下的生育过程，强有力地逼迫着，格外残酷和猛烈。

羊水破了。如同小小的船儿，在飓风中匆忙起航，那个幼小的女婴无论怎样贪恋子宫的温暖，也要被迫开始她艰难险阻的旅行。

宫缩越来越猛烈，疼痛间歇越来越短。卜绣文发出尖锐的号叫，开始在床上不停翻滚。

“把她的手脚固定住。”魏晓日下医嘱。

薄香萍迅速地执行，卜绣文的手和脚就被固定在专用的产床上，再也不能随意活动。这措施看起来像一道刑法，实际上是帮产妇的忙，更便于用力又不会伤了身体。

卜绣文处在昏迷中，她的意志完全不起作用，下意识地哭喊着，像母兽濒死的号哭。

魏晓日轻轻地握着她套在皮圈里的手，凑在她的耳边说：“坚持一下，好吗？你辛苦了这么长时间，就要见到成果了，你可一定要挺住啊。”

卜绣文根本听不见，竭尽全力地干一件事，就是吼叫，脖子上的青筋暴得如同钢索。

魏晓日用干净的纱布，擦拭着她的冷汗，不停地对她说：“别这么大声地喊，好吗？这太费力气了。生孩子是个力气活，还要很长时间才能干完，你得学会节省力气啊……”

虽说是形势危急，薄香萍还是忍不住撇着嘴说：“嗨！看不出你一个大老爷们还这么内行，好似你自己生过多少孩子似的！”

魏晓日说：“我虽没生过孩子，但对妇产科还是很熟的。没吃过猪肉，还没见过猪跑吗？”

薄香萍说：“她神志不清，可惜了你这番苦口婆心的，她哪儿听得见！”

魏晓日说："我相信她听得到。人的听觉在所有的意识里是最灵敏的，睡觉的时候，人的眼睛闭上了，鼻子闻不见味了。只有人的耳朵一直清醒着，一有什么音响，就把人从睡梦中唤醒。这是人从远古时代传下来的生命本能。昏迷不过就是一次更深的睡眠罢了……"

薄香萍说："得得，我认输了还不成吗！一个护士是什么时候也说不过一个医生的。"她也俯下身，对着卜绣文的耳朵说，"你的女儿早早在等着你呢。"

不知是巧合还是卜绣文真的听到了这句话，她猛地一弓身子，屏住气，双手攥拳，一股强大的力量凭空而生。

"哎呀，你可慢着使劲啊，孩子的头发已经看得到了，我们的准备还没有完全做好呢……"薄香萍惊呼起来，戴着手套开始接生。

突然，外面的电话响了。

值班护士隔着门喊："魏医生，你的电话。"

"不接！你也不看看什么时候了！"魏医生头也不抬地说。

"是钟先生，他要您务必立即亲自接电话。"护士声嘶力竭。因为卜绣文的声音太震耳了。魏晓日只好走出来，拿起话筒。"钟先生，您好些了？"

"我好多了。刚才，你来过电话？你师母这个人啊，总是分不清西瓜芝麻。病人现在怎么样了？"钟百行一边咳嗽一边说。

"母婴之间的冲突非常明显，再保孩子，大人的生命万分危险，所以，我就下决心开始引产了。"魏晓日咬着牙汇报道，他知道这和钟先生的既定方针有所不符，但将在外，君命有所不受，他也豁出去了。反正引产药已经在卜绣文的血管里流动，产程已经发动，就像弓箭已然射出，再说什么也没有用了。

电话筒里长久的沉默。钟百行何等人也，他明白了魏晓日的决定和他的分歧，此刻，鞭长莫及啊。他觉得事情有点蹊跷。他掐指算算，拖至如今，婴儿大体上成熟了。好像孵小鸡，本应二十一天出窝，现在还差五天。当然了，若是一只差五天孵出的小鸡，那是一定会死的。好在现代医学的发达，对于一个胎儿的继续发育，还是有些办法的。基本目的已然达到。此时，"血玲珑”的计划第一，便把对魏晓日的情绪暂且搁放到一旁，问道：“引产之后，情况如何？”

魏晓日长舒了一口气，看来，导师被迫认可此事了，说道：“报告先生，大人还好，胎儿已见头，估计正常分娩问题不大了。”

钟百行用最严厉的口气说：“晓日，你擅做主张，差点误了我的大事。幸好我心里有数，才打了这个电话给你。否则，就会骑虎难下，晓日，你听好，目前时机，我要你立即使用X针剂。”

魏晓日大惊道：“现在使用X针剂，可能导致胎儿的脑死亡。您为什么决定要用此药？先生，我不懂。”

钟百行说：“晓日，你要听我的话。我要你做什么，你就做什么。不要多问，时间不等人。过了这个时间，就来不及了。我说了，骑虎难下。你明白吗？”

魏晓日说：“先生，我还是听不懂您的话。刚开始，您说保胎儿，不保母亲。现在，好不容易母亲和胎儿都保得差不多了，您却定要用此重药，这很可能分娩出一个脑死亡的婴儿……这到底是为了什么？虎，是什么？”

钟百行压抑着剧烈的咳嗽说：“晓日，事已至此，我不得不同你说明白。我们需要的是一个脑死亡但全身各部分发育得十分成熟的婴儿。只有这样，我们才在法律上立于无懈可击的地位。你知道，法律是不保护胎儿的，也就是说，胎儿不算人。但是，她一旦脱离母体，就成了一个独立的个体。虽然，关于‘血玲珑’计划，我们已同她的父母做过种种磋商，但以我从医多年的经验，还是在出生之前，就置这个孩子于死地，是为上策。以现代医学的技术，维持一个脑死亡的孩子的其他生理机能，保持相当一段时间，是不成问题的。晓日，你是个聪明人，我就不说这么多了。要抓紧啊……一旦离开了那方寸之地，它就是一个人了……抓紧，咳咳……”

魏晓日惊恐地说：“先生，您说的虎，就是这个早产的婴儿吗？”

钟先生的最后一句话是：“晓日，你是真不懂还是假不懂？”

魏晓日木然地放下了话筒。

卜绣文毕竟是第二胎，开始进展很慢，但产程突然加速。薄香萍刚才只顾趴在病人耳边鼓励，一时显得忙乱。好在器械都是预备好的，马上就绪了。见魏晓日进来，也顾不得打招呼，全力以赴地迎接婴儿的诞生。

那个女孩漆黑的头发垂了下来，好像一面小小的三角旗。此时的形势已如箭在弦上，不得不发。

魏晓日机械地拿起一支X针剂，抽到针管里。他缓缓地走到卜绣文的身旁。他看着晶莹的药水，心里涌起一股奇异的想法。生死是什么呢？有时很缥缈，有时又非常简单。此刻，死亡就是如此清澈的一点液体。只要它进入卜绣文的身体，在极短的时间内，就可由母体的胎盘流入胎儿的小小的如同草莓一般娇嫩的心脏，然后传输到那颗如核桃一般精致的大脑，那枚核桃就枯萎了……在医学上，这是不着任何痕迹的，而且，“血玲珑”的计划，可以规避法律上的风险，得以安全地实施。甚至，卜绣文清醒过来之后，都不会有丝毫的意见……这个计划，在导师的脑海里，已经盘旋了无数次。它尽善尽美，无懈可击。

只是，这是一个马上就要成熟的完整的生命啊！苹果就要落地！

魏晓日看着那女婴垂下的黑发。她是那么油亮漆黑，如同一块凝固的柏油。她属于一个无辜的幼嫩的生命，此刻，却在重重的围剿之下，马上就要烟消云散。甚至，无所不在的法律也不能保护她，因为差着那一寸之地。

魏晓日看看自己的手，上面沾满了鲜血。他看看那一支透明的针剂，觉得也是猩红触目。卜绣文的宫缩越来越绵密，几乎已成强直，没有丝毫间歇。留给魏晓日的时间已是分秒计算。再不实施，胎儿一旦娩出，你就是杀人了。

魏晓日迟疑着，任宝贵的时间流淌。

他一直很恨这个胎儿。是她，谋害了他心爱的女人。但他此时看着那一缕漆黑的胎发，觉得她是那么的幼小无辜，无限柔情涌上胸臆。医生的手，无论什么时候，都应该是洁净和芬芳的，是慈爱和温暖的，和血腥与暴力无关！

吾爱吾师，吾更爱生命。

魏晓日傻傻地站着，手里擎着注满了 X 药液的针管，让时间无声无息地流淌，流淌……他的决定也就在流淌中，渐渐凝固成为行动。

卜绣文大叫了一声，简直像一只母豹在咆哮。紧闭了多日的双眼在瞬间睁得滚圆，射出闪电一样雪亮的光芒。

女婴得了强大的助力，好像有一个推动器将她弹射而出。顺着鲜血的甬道，顺利滑到了人间。

受了外界冰冷空气的刺激，这个小小的人儿骄傲地哭叫起来，声音高亢若裂帛之声。一瞬间，寂静如远古洪荒。

那个生命，已独立于人间。

第二十五章

薄香萍拎着许多礼物，急急进了回春医院。

血液病房的值班护士打趣说：“怎么这么春风得意，是不是把魏医生追到手了？”

薄香萍正色道：“烂舌头！我是来看病人的，休要瞎说。”

值班护士说：“看哪一位病人？”

薄香萍说：“看看夏早早。”

护士说：“进去看就是了，怎么还要征得我的同意？鬼鬼祟祟的，好像你成了外人。”

薄香萍不敢再多说，急忙拐弯进了病房，心想自己真是做不了大事的，差点出师不利。

早早依旧躺在那天晚上见到的病床上，见薄香萍进来，神情怪异地看了她一眼，恹恹地同她打了招呼。邻床的那个小姑娘，也用审视的目光打量着薄护士。

“早早，你妈妈托我来看你。”薄护士开门见山。

“真的？”早早腾地坐起来，马上因为贫血头晕，倚靠在墙上。

“怎么会假？这是你妈妈托我给你买的礼物，都是你最爱吃的。”薄护士说着，从提包里往外抓礼品，盒盒包包，五颜六色，丰富精致，一时间将小小的床头柜摆得满满当当。

早早审视地看着这一大堆吃食，九炙鸭舌、琥珀腰果、翡翠葡萄干……都是妈妈往常最爱给她买的零食。爸爸虽说爱早早，毕竟粗心，从没有买得这样周全过。

“喜欢吗？”薄香萍问。这都是她平日听卜绣文唠叨过的，她家早早最爱吃这个啦那个啦，听时这耳朵进那耳朵出，没想到今天派了大用场。

“喜欢。”早早并不如想象中那样欣喜若狂。“我妈妈回来了？”早早问。

“还没有。”薄香萍回答。

“那她现在在哪儿？”早早的口气里，有一份不属于她这年纪的狐疑。

“在……埃塞俄比亚啊。她给我写了信，要我代她来看你。”薄香萍回答得很肯定。

“不！我不信。她现在不在埃塞俄比亚，她已经回来了，就同你在一起。她不愿意来看我，是因为她就要生一个孩子了。薄阿姨，你说，是不是？你千万不要骗我！我妈妈为什么不来看我？”早早瞪着因为消瘦显得极大的眼睛，严厉地考问着成人。

薄香萍打了一个寒战。面对精灵的眼睛，你无法欺骗。她不知道这孩子从哪儿明白了这么多事情。

“早早，你说得对……你的妈妈就是回来了……她就是同我在一起……”薄护士语无伦次，简直就要全盘供出。她早就发现快死的人和生病的孩子，有一种超人的智慧，逼得你不得不说实话。

但是，不能说下去了。再说，就要全线崩溃。薄香萍极力稳住阵脚，假装突然想起来说：“早早，你看我给你带来了什么东西？”

薄香萍说着，手忙脚乱地从背包里拿出了一根火红的羽毛。早早一见，眼睛立即放出光来。

“这是埃塞俄比亚红海边的红鸭子身上的红羽毛！”早早惊喜地叫起来。

小孩子还是好哄，夏早早忙着摆弄这支薄香萍在工艺美术商店买来的产品，把刚才剑拔弩张的问题搁在一边。

薄香萍借机把谎言弥补一番，叹了一口长气说：“早早，你说你妈妈要生孩子了，你说得不对。你妈妈不是要生孩子，她是得了一种大肚子的病，现正在医治。那病啊，有传染性，你知道外国有些怪病的。所以啊，她没法来看你，只好托我来了。她病一好些了，马上就会来看你。你妈妈最爱你了，对不？这你是知道的。”

早早立时眼泪汪汪，说：“我知道。没想到，我妈病得这么重。我不怕传染，我要去看她。”

薄香萍慌忙摆手说：“不可。就算你不怕被传染，你从那里出来，弄得不好，还是会传给别人。烈性极了，所以，任何人都不能去的。”

早早的泪就滴了下来说：“那我妈妈不会死吧？”

薄香萍赶快把嘴角咧到耳根，笑说：“不会的，一定能治好。”

夏早早说：“那我只能在病床上等我妈妈了？”

薄香萍说：“你还可以干一件事。干好了，你的妈妈会非常高兴的。”

夏早早迫不及待地说：“薄阿姨，快告诉我，是什么事？我太想让我妈妈高兴了。”

薄香萍看了一眼在旁认真听她俩讲话的邻床姑娘。夏早早马上说：“她是我的好朋友叫花鼓，阿姨不必避她。”

薄香萍心想，这两个孩子看来是无话不谈，想避也避不了，索性做出不介意的样子说：“其实，也没有什么保密的，只是这东西太珍贵了。”说着，从背包里掏出一些锡箔包裹的小球，“这是你妈妈从埃塞俄比亚给你带回来的药。”

夏早早一把把药捧在手心，抽泣着：“妈妈，您终于给我把药找回来了，可是您自己却病得那样重……”

一旁的花鼓也忍不住掉下泪来。

薄香萍忙给早早擦泪说："傻孩子，药都找回来了，你还哭什么！从今以后，早上一丸，晚上一丸，把药嚼碎了服下去。千万别忘了！"

早早说："忘不了，您就放心吧。"

薄香萍说："还有一事，就是吃药的事，你对谁都别说。"

早早吃了一惊，说："为什么呀？"

好在对此问题，薄香萍是有备而来，说："医院里不让病人随便吃外面的药，这你是知道的啊。咱们不能坏了规矩，你说是不是啊？"

早早说："可是那也不能说谎啊。"

薄香萍说："你这个傻孩子，我只是让你不说，并没有让你说谎啊。医院里，也不会有人天天来问你，你吃了外面的药吗？只要你自己不主动说，就成了，记住了吗？"

早早乖乖地点点头说："薄阿姨，我记住了。"

薄香萍又叮嘱道："就是对你爸爸也别说。"

早早这下又想不通了："怎么对我爸爸也不能说啊？"

好在这个问题薄香萍也心中有数，不慌不忙地回答："你妈妈回国的事，你爸爸还不知道呢。因为你妈妈半路上得了病，怕你爸爸着急，就没告诉他。你妈妈说，等她病好了，再去看你爸爸，然后和你爸爸一块来看你。"

小姑娘点点头，为自己比爸爸还要多掌握一个秘密而自豪，并表示她完全体谅了妈妈的一番苦心。

"好了，早早，阿姨走了。你可一定要按时吃药啊。过两天，我会再来看你的。别忘了把礼物分给花鼓一些啊。"薄香萍把该说的话说完了，急着告辞。再拖延下去，真不知这个聪明过人的孩子再问出什么来。

"阿姨，谢谢您。代我亲亲我妈妈！"小姑娘恋恋不舍地说。

薄香萍在蓝天下，拍拍胸口，长长地喘了一口粗气。

屋里，夏早早把一大堆礼品抱到花鼓的小桌上，亲亲热热地说："咱们一起吃。"

花鼓也不客气，剥开一块精致的果脯，塞在嘴里，鼓鼓囊囊的像个小猴子。

“真好吃啊。”花鼓吃得满嘴都是渣子。

“花鼓姐，有我吃的就有你吃的。”早早很仗义地说。

“有什么不如有个妈好啊。”花鼓老气横秋地赞道。

“等我妈病好了，她一定会来看我的。到那时，你就认识我妈了，你爱吃什么，就和我妈说，她一定会给你买的。你肯定会喜欢我妈。”早早说。

“早早，想不到你心肠这样好……”花鼓抹抹嘴说，“有句话我原不想说的，你对我这样好，我就非说不可了。你的这位薄阿姨，我怎么看怎么觉得像是假的……”

早早吓得一激灵，说：“你说什么是假的？薄阿姨能是假的吗？”

花鼓说：“她当然不是假的了。”

早早说：“难道说我妈妈是假的？”

花鼓急了：“谁说你妈妈是假的了！”

早早说：“那到底什么是假的呢？”

花鼓想了想说：“我看这红鸭子毛就是假的。”

早早拿起那根美丽的红羽毛，在阳光下闪着缎子一样的光芒，迟疑地说：“你到过埃塞俄比亚吗？你见过红海的鸭子吗？”

花鼓可怜巴巴地说：“别说红海了，我连黄海都没见过呢。”

早早说：“那你凭什么说它是假的呢？”

花鼓急得直挠头发，说：“我是没证据……可是我总觉得这件事有什么不对头的地方。甭管怎么说，这药丸子你先别吃了！”

早早幽幽地说：“花鼓，你是为了我着想，这我知道。可我还怕什么呢？谁害我又有什么用？倘若这药真是我妈妈打那么老远的地方带回来的，我要是不吃，她病好了知道了该多么难过！要真是毒药，我一下子吃了死了，也省得家里人没完没了地为我操心……”

花鼓说："好妹妹，听我一句话，这药，你可千万别吃！"

夏早早饭后正趴在床上看书，突然一个红通通毛茸茸的影子探了过来，险些蹭着了她的鼻尖。

"哎哟，这是什么呀？吓死人啦！"早早大叫。

花鼓从她身后闪了出来，将那个物件整个晃了出来，说："早早，认识这玩意吧？"

早早定睛一看说："花鼓，这不是我妈妈从埃塞俄比亚带给我的红鸭子毛吗？我藏在储物柜里，你怎么给拿出来了？快还我，千万别搞坏了。"

花鼓说："我这个人从来没有拿别人东西的习惯。你可看仔细了，这是你妈妈送你的那根红羽毛吗？别冤枉人！"

花鼓这样一说，早早不敢大意，仔细看了一会儿，迟疑地说："颜色好像比我的那根要淡一些。是不是时间长了，羽毛也会变色？要不就是我怕长虫，储物柜里放了臭球，把羽毛给熏白了？"

花鼓冷笑道："你把储物柜打开，看看你的那根在不在，不就什么都清楚了吗？"

早早忙去翻自己的东西，拿出一支鲜红的羽毛。"哟，花鼓，对不起，是我多心了。你们家也有人到埃塞俄比亚去了，给你带回来的礼物？"早早赔着笑脸说。

花鼓说："我们家人可没福气出那么远的门。这啊，是我自己送给我的。"

早早惊讶："你怎么会有红海里的鸭子毛？"

花鼓翻着眼睛说："这是我今天上午换了衣服混出医院，到街上的工艺美术商店买来的，只是想证明我上次说的话没有错。你不是要我拿出证据来吗，这就是证据，说明你那个薄阿姨是个骗子！"

早早焦虑地说："薄阿姨不会是骗子的。要是薄阿姨说了假话，那就证明我妈妈一定出了什么事。要不，她为什么还不来看我？"

花鼓说："老猜来猜去的，搞得人心焦，也没个准信。依我的想法，不如咱们到那个什么……居，亲眼看一看。”

早早说：“叫玲珑居。你还记得路吗？”

花鼓说：“好像还记得。不过，别着急，你等我把事再查得清楚些。”

花鼓好人缘，病人们都欢迎她，她能打探来各种消息，关于每个人生命的信息。这并不太难，只要你有心。医院是一个没有隐私的地方。医生、护士并不保护病人的隐私，只保护他们自己的秘密。在病房里，一个少女可能要当着十个人脱下自己的裤子，让护士把一罐冰凉的液体，捅入自己白皙的屁股。一个病室的人，彼此多少次看过对方的屁股了，还有什么情报是不能沟通的呢？

花鼓竟然偷着去了一趟玲珑居。当她把探到的情况，告知夏早早之后，她们的谈话，就进入了一个深刻的阶段。

“原来是这样，我明白了，什么都明白了。”夏早早把红羽毛，一寸寸地撅断。

“你妈是好意。”花鼓说。

“可她问过我吗？她要拿我妹妹的命，送给我，我要不要呢？命是什么呢？是一个萝卜还是一个石头呢？要不，就像刮风下雨一样，是一种天气现象？”

花鼓说：“你说的，我都听不懂。要是心里特难过，你就哭吧。”

夏早早说：“我不能哭，甚至不能沉思。大人们认为一个小女孩一旦想什么，她就是不快乐的。他们要我装出快乐，装出什么都不知道的样子。所以，我没有哭的权利，也没有沉思的权利。我只有当着你的时候，才能说真话，我很想死。但以前，我知道我是不能死的。因为，我的父母需要我活下去，这是我能给他们的最后的礼物了。我就像一束花，我要让它鲜艳的时间长一点，虽然花和花的主人，都知道花是一定要枯萎的，比如是玫瑰，最长不超过七天。人们会往花瓶的水里放糖或是阿司匹林一类的东西，他们并不问问那朵玫瑰，在它的香味里有了糖和阿司匹林的味道，它开心吗？花鼓，谢谢你。现在，我知道，我可以死了，我有权利死了。这本来就是我的权利，可是以前，我不敢行使它。我在保护我的爸爸妈妈。我现在轻松极了，我的一份责任卸掉了。我要感谢我的小妹妹，她帮了我。我把属于我的东西拿了回来，那就是我的命，我可以用它做我愿意做的事情了。我要做一朵没有甜味和阿司匹林味道的玫瑰花。虽然它很小，颜色也不好看，可是它曾经开过。这就足够了……我知道，只有我走了，我的父母才会全心全意地爱我的小妹妹。我会住在我的小妹妹的身体里，感觉到他们的爱……”

对于这番话的意思，花鼓听得很明白，可她不能做出听明白的样子。如果她明白了，她就不知道自己下一步该如何办了。在她的住院生涯里，还没有碰到过这种情景——她本能的反应是装傻。

“早早，你瞎说什么呀？听不懂，俺是个乡下人。往花瓶里放糖，嘻嘻，好玩。像腌咸菜，甜玫瑰好吃吗？”

她这番话说得很妙，但她的表情不配合，很紧张。

夏早早不理她这一套。并不是她看透了她，而是她根本就没有去看她。对于一个深思熟虑的要死的人来说，旁人的反应是不重要的了。她说：“我告诉了你，你害怕了，真对不起。好在，我的爸爸妈妈是不怕的，因为他们早就一百次想过我死的事情了。魏医生也是不怕的了，他也早知道了。只有你，我的好朋友，我怕你难过，想不通，孤单，或者以为我生了你的气，所以，我告诉你。”

花鼓频频点头。

“你打算怎么死呢？”花鼓毕竟是花鼓，在这千钧一发的时候，她要先把情况侦察清楚。

阳光照在她们身上，明媚轻巧得如同早恋时的传言。夏早早拿出一个精美的小袋子，是女孩子们装贺卡常用的那种。花鼓说：“送给我的吗？留做纪念吗？”

夏早早说：“美的你！这是留给我自己的。”说着，她把纸袋递给了花鼓。纸袋上有一个滑稽的小卡通人，由于袋子里装了过多的东西，鼓鼓囊囊的，卡通人的形状就更显出夸张可笑。

花鼓未曾打开袋子，就闻到了一股香喷喷的味道，忙不迭地打开，看到了一些朱砂红色的小颗粒。

“这是什么？”她很好奇。

“这叫一扫光。”早早有些自豪地说。

“什么叫一扫光？请说清楚些。”花鼓并不因为朋友宣布要寻死，就对她客气起来。“你知道，现在很多东西，名字都是很吓人的。”她补充道。

早早说：“这是一种新型的毒杀蟑螂的药，据说可灵了。”

花鼓说：“喔，我知道了，你打算吃一扫光寻死。”

早早说：“人家都说你聪明，以前，我还不信，现在，我信了。”

花鼓说：“叫你以前看不起人，现在，在事实面前，谦虚了吧。我原谅你，改了就好。”

她又问：“杀蟑螂的药，人吃了，灵吗？好，咱就算它灵，那你得吃多少呢？你就算瘦得皮包骨，要是按体重折算起来，怕也要顶过一万只蟑螂了。那你得吃多少一扫光啊？还不得盛几大碗？再说啦，还得用水送下喉咙，你也不能干吞是不是？那得喝多少水啊？早早，我不知道这些具体的事，你想过没有？听我一句话，别那么着急。要想活着不容易，咱们的命，都是用药供着的。要想死，不着急。慢慢来，想妥帖了，再做，不迟。”

早早说：“花鼓，你说的这些，我都想过了。是啊，我是比一万只蟑螂分量还沉，可那些蟑螂都是健康的。我的骨髓坏了，我是纸老虎，用不了那么多的药。”

花鼓说：“好好，就算你不用吃几大碗一扫光，那这么点药也不够啊，你还得再攒攒。”

早早微笑着胸有成竹地说：“这你就不用操心了。我让你看到的只是一部分，我还有呢！放心吧，肯定够我用的了。”

花鼓急了，说：“你怎么搞到的呢？难道你当了一扫光的推销员不成？”

夏早早说："可惜他们不到医院里招聘人，要不，我还真愿意干这事。我这一阵子，就是对毒药感兴趣。那么一点药，就可以杀死一个大活人，无声无息的，多神啊。医院里灭蟑螂，到处都撒着药，墙角堆着，一小撮一小撮的，像小富士山。我趁人不注意，用纸撮起来，积少成多，我看，分量足够杀死我两回的了。"

花鼓听得毛骨悚然，说："早早，听我一句话，我比你大，住医院的时间比你长。你先别急，要死，来日方长。咱想一个稳妥的主意。一来呢，这杀蟑螂的药，杀人，不知道效果怎么样？要是万一不灵，你岂不麻烦了？本来就骨髓不好，再搭上个残疾，下回要死都得请别人帮忙。我要是在呢，还好说，我帮你。我要是不在，你有这么贴心的人帮你吗？二来呢，就算这一扫光灵吧，它那成果也不特别令人满意。你见过死蟑螂吧？手脚朝肚子缩成一团，仰面朝天，背弓着，多难看啊！让我一道和你想想办法，要死，咱们就死一个干脆利落，力争是豪华美丽的。"

夏早早沉思了一会儿说："你说别的吧，我还不怎么动心。可你说死蟑螂难看，我挺同意你的看法。好吧，我就听你的，再等几天。"

薄香萍把小女婴放进暖箱，小家伙感到像在妈妈的身体里一样暖和，就舒服地蜷起身子，打量着这个陌生的世界。看到薄香萍隔着透明的玻璃盖在观察她，就友好地笑了笑。

当然，这婴儿完全是无意识的。但这一笑，使薄香萍立刻喜欢上这个婴儿了。这是一个多么美丽的女孩啊。漆黑的头发，大大的双眼皮，高挺的鼻梁，小巧的嘴唇……说实话，这孩子很像夏早早，但是她比夏早早要健康富有生命力得多。尽管是早产，她的皮肤依旧充满了鲜艳的粉红色，显出蓬勃的朝气。

要把这样一个孩子的骨髓抽出来……天哪，多么可怕的事情！

薄香萍不敢想下去。

因为是经产妇，身体的机能也是轻车熟路。半夜时分，卜绣文的乳汁就下来了，把衣服洇湿了一大片。

清早，第一个走进病房的人，不是事必躬亲的魏晓日，而是钟百行先生。

魏晓日连着煎熬了这么长时间，一看大人、孩子平安，立刻就松懈得如同泡得过久的方便面，没了一点筋骨，倒头睡下，不知何时才能醒来。

“您好。”卜绣文躺在床上，微笑着问。经历了一次生死变故，她看到什么都感到亲切。

“您好。”钟先生也虚弱地微笑着打招呼。他很平静，老医生的眼睛何等歹毒，只是在玲珑居里一扫，他就已然知道了一切。大人活着，这很好。婴孩也活着，神志健全地活着。这不好。不过，她活下来了，这是最重要的。他早已预备下了几套方案。老医生就像是老猎人，能在任何情况下捕获猎物。

“您的‘血玲珑’方案后半部分什么时候实行？”尽管面色依旧苍白，浑身如败絮一般委顿，但卜绣文的大脑，又焕发了雷厉风行的精神。

“我会抓紧时间进行的。但因为那个孩子是早产，要在暖箱里把她抚育得更强壮一些。打个不很恰当的比喻，就像过年前，要把猪养得更肥一些，年夜饭才更香。”钟先生佯作轻松地说。他故意把话说得调侃中带出冷漠，好察看卜绣文对这个新生胎儿的感情。

卜绣文打了一个寒战，问：“她会死吗？”

钟先生皱着眉说：“谁？夏早早还是……”他故意把话只说半截，要卜绣文补足。

“就是……我刚生的那个没有名字的婴儿……就是供骨髓的药……”卜绣文硬着舌头把话说完。

钟先生很满意卜绣文的态度，看来，经历昏迷和磨难，她仍不改初衷。他说：“一般说来是不会的，我们会严格地掌握量。但是，医学上有的事很难说，所以，还请做好各种思想准备。”

“那就让她再长大一点吧。”卜绣文说。

钟百行又追问：“谁？”

卜绣文说："药。"

"这要看夏早早的病情是不是可以支持更长一段时间。要是夏早早的情况恶化，我们就要抓紧进行。"

"钟先生，请给我开一点回奶的药吧。"卜绣文说。

"为什么？"先生惊异地耸耸白眉毛。

"我又不给孩子喂奶，乳汁无用。"

"为什么不给孩子喂奶？母乳是最好的婴儿食品。我们需要这个孩子健康。"先生大惑不解。

"可我怎么能见那个孩子？都是从自己身上掉下的肉，我哪能不心疼？一见之下，我怎么还能舍得从她身上吸出骨髓，去救我的早早？可不用这个孩子做药，我又用什么去救我的早早？我只好硬着心肠，不认那个孩子。"卜绣文凄苦万分地说。

"那也要用母乳喂养，这样，孩子骨髓才更强壮。"

"我……"卜绣文嘴唇微微抖着，看得出在进行激烈的抉择。

"不必见面也可以用母乳喂养，把乳汁挤出来再由护士用瓶子喂也行。"钟先生网开一面。

"好吧。"卜绣文答应了。

一个人急慌慌地进了屋，扑到病床说："绣文，你还活着！我对不起你啊。"

来人是夏践石。

众人就退下了。

卜绣文超然一笑说："践石，别那么说。咱们俩，还不知是谁对不起谁呢。"

夏践石说："绣文，让我看看孩子。"

卜绣文变色道："践石，求你，不要叫她孩子。她不是我们的孩子，我们只有一个孩子，就是早早。"

夏践石愣了一下，一股寒意冷彻全身。这个女人，除了爱她的孩子，她还爱谁？想到自己在生死关头决定弃她，那么，自己是真的爱她吗？

他被自己的这些问题吓得不轻，放下礼物，说了句：“你静养。”就匆匆逃也似的出了门。

在院里碰到薄护士，尴尬地打了个招呼：“听说您去看了我的女儿，谢谢啦。”

薄护士很关注：“早早都跟您说了？”

夏践石说：“是啊。都说了。”

薄护士刨根问底：“早早都说了什么？”

夏践石不介意地说：“没说什么，不过就是小孩子瞎想的那些事罢了。”

薄护士放下心来，说：“不看看您这个孩子了？”

夏践石想看又怕看，最后还是好奇和爱孩子的天性占了上风，跟着薄香萍进了婴儿室。

那个粉红色的女婴，如同一朵小小的睡莲，开放在暖箱里，静谧如天使。顷刻间，一股强大的暖意涌上心头，酸酸地顺着鼻根涌上眼眶，眼角竟有些湿润。

他轻手轻脚地走过去，仿佛怕惊走一只蜻蜓。走到离暖箱一步远的地方，就停住不敢往前了。“她的手多么小啊，还攥成一个紧紧的小拳头，里头有什么宝贝呢……她的头发多么黑，像黑丝绒……嘿，她还笑起来了，一定是梦到了天上的星星……”夏践石赞叹不绝。他从国外回来的时候，早早已经大了，他从未看到过如此幼小的婴儿，更不消说还是早产儿了。

薄香萍在一旁笑着说：“您不必小心得像进了瓷器店。刚生下的孩子都跟聋子差不多，更何况，暖箱双层玻璃还是隔音的。”

夏践石就大着胆子趴在暖箱透明的玻璃盖上，如同端详一件稀世珍宝那样看着女婴。觉得她是那样的弱小，只需一只手指，就可以置她于死地。她多么需要人无微不至地呵护啊。

在暖箱的上方，他看到一个标签，病人姓名一栏里写着：卜夏子。

夏践石问：“这是什么？”

薄香萍说："别看玲珑居看起来别墅似的，其实一切同医院一样正规。这是病人的名牌啊。"

夏践石生气地说："那这个卜夏子，就是这孩子的名字了？我不管怎么说也是她的爸爸，怎么就不征得我的同意？况且，也不可姓卜，而应姓夏啊。"

薄香萍说："这名字是我们当护士的随口叫出来的。孩子总要有个名字，我们打针用药，不能对着一个空白。您觉着不好，另起一个就是了，要不然就改叫夏卜子？若何？"

夏践石想了想，说："卜夏子、夏卜子都不好，好似萝卜子、油菜子似的，不像个正经名字。我看，就叫夏晚晚吧。比夏天晚一个季节就是秋，晚两个季节就是冬了。她和早早隔得很远，算是两个季节了。冬天，也恰好和这孩子的出生时间相合，和她姐姐排列得也工整。而且，她出生时父母的年纪已经这样大了，实在是晚了……"

正说着，那个小女婴醒了过来，瞪着黑黝黝的眼珠子，很严肃地打量着位于她头顶上的这个鬓发苍苍的中年男人。

夏践石就亲切地叫着她："晚晚……晚晚……"

女孩就快活地笑起来。

"她听懂她的名字了！"夏践石高兴得大叫。

薄香萍很想告诉夏践石，这样小的孩子无论什么表情都是无意识的。但看着夏践石得意的神情，她忍住了没说。

果然，孩子马上就哭起来了。由于她太柔弱，又隔着玻璃，哭声轻得像温婉的叹息。

"你快哄哄她！你看她哭得多么伤心，都流出眼泪了。"夏践石急得搓着手，又不知如何帮忙，直跺脚。

薄香萍说："她不是伤心，是饿了。"

"那就赶快给她喝牛奶啊。"

"钟先生说了，不让用牛奶。要用母乳喂养，这样，孩子才能健壮。"薄香萍说着找出取奶器。

“那……她妈妈答应了吗？”夏践石迟疑地问。他知道卜绣文的脾气是很难说服的。

“夫人答应了。”薄香萍谨慎地避免了“她妈妈”这个称呼。她知道卜绣文是不承认自己是这个孩子的母亲的。

“那就拜托您好好照顾晚晚。我还有课，就告辞了。”夏践石走了。

薄香萍教给卜绣文怎样使取奶器，洁白的乳汁就被强大的负压吸引着，汩汩地涌流出来，不一会儿就储满了一奶瓶。

“夫人，想不到您的奶水这样旺，就好比……”薄香萍说着，哧哧地捂着嘴笑起来，说，“还是不说的好。”

卜绣文胸前坠满乳汁的时候，沉甸甸地像两个大口袋，压得心胸烦闷。现在松快了，就笑道：“像什么？你说好了。”

薄香萍说：“这样好的乳汁，真比得上荷兰的优质奶牛了。”

卜绣文笑着说：“过奖了。奶牛不敢比，奶山羊还是能胜任的。”

怕乳汁凉了，薄香萍双手抱着奶瓶，急急穿过院子，到了婴儿室。乳汁传达着卜绣文的体热，温暖着她的手心。夏晚晚已饿得连哭泣的劲头都没有了，脖子柔软地耷拉一旁。

薄香萍赶快把硅胶奶嘴含在她的嘴里，没想到孩子太小，居然连吮吸的力量都没有。不过，这难不倒薄香萍，她用一根弯头吸管，吸了乳汁，一滴滴地点进夏晚晚红豆般的小嘴里。小婴儿立即显出强烈的求生欲，把每一滴乳汁都甘泉似的吸进胃里。

只是喂到一半，薄香萍不得不停下来，因为乳汁凉了。她把盛有卜绣文乳汁的奶瓶放在热水缸子里加温。那小婴儿没有吃饱，用舌头焦急地寻找。找了一会儿找不到，又累了，头一歪，就睡着了。待薄香萍把剩余的乳汁热好再来喂她时，夏晚晚居然不肯醒来。

薄香萍看着这小婴儿，无可奈何地摇了摇头，只得由她睡去。

由于每次乳汁咽一半扔一半，浪费就格外大。薄香萍不停地到卜绣文处取奶，卜绣文的乳汁就分泌得格外旺盛。只要她的乳房一胀痛，卜绣文就知道那屋子里的小小婴儿又饿了。

这真是斩不断的血缘。

夜里，卜绣文会突然从梦中惊醒。出了什么事？她懵懵懂懂地问自己。

好像什么事也没有，又好像有塌天之兆。她的身体已渐渐恢复正常，早早那边传来的消息据说不错。夏践石虽说讪讪的，见了面总无多话，寒暄两句就离开，但她想，随着时间的流逝，一切都会淡化。同魏晓日，更是彼此心照不宣。经历了一场生死考验，他们已是息息相关。

那么，是什么引得她如此心神不宁呢？

卜绣文轻轻地垂着额头，一种深层的忧虑噬咬着她的灵魂，她感到切齿的疼痛。

她翻了一下身。

胸前沉重如山。

喔，明白了。

她揿响了床前的警灯。

“您哪里不舒服？”小护士姗姗而来。

“不是我不舒服。是那个……孩子，在那间屋里的那个孩子……她一定是出了什么事，请您去看看她，好吗？”卜绣文哀求道。

“你说的是夏晚晚啊，她很好。没什么事啊，我刚看过的，您就放心好了。”小护士准备离开。

“夏晚晚……”卜绣文轻声重复着。这是她第一次听到这个名字。要是平日，她一定会不喜欢，会声色俱厉地追问下去谁起的名字，但此刻她没这个心思，不安如同浓厚的雾岚笼罩着她。

“求求您，去看看那个……夏晚晚，她怎么样了？我谢谢您了。”

小护士无可奈何地在心里嘟囔了一句，还是去看了。

这一看，倒真把她吓得魂飞魄散。那个小婴孩的口和鼻子都被飞扬的被角堵住了，憋得脸色铁青。要是大些的婴孩，自己一使劲，也就挣脱了。但这个孩子实在是太弱小了，要是没有外力帮助，用不了多长时间，就会被活活憋死的。

护士赶紧处理了危急情况。

卜绣文床头的红灯又亮了。

护士过去，卜绣文眼巴巴地问："有事吗？"

护士如实相告。卜绣文后怕了许久。

不知从什么时候开始，她的听觉变得格外灵敏。隔着偌大的院子，别的人什么动静都没听到的时候，她就会突然惊叫起来："晚晚哭了。"

薄香萍自不相信，卜绣文就逼她去看。没想到果然让卜绣文说中了，夏晚晚咧着嘴刚要哭出声来。薄香萍不由得称奇，因为在卜绣文预告孩子要哭的时候，夏晚晚其实并没有哭出声来，最多不过是准备哭罢了。

薄香萍开始相信母亲和孩子之间，有一种神秘的联系。

她对卜绣文说："要不，我把晚晚给您抱过来喂奶吧。她现在已经大些了，可以在暖箱外稍稍活动了。不然，说是吃妈妈的奶，却要比牛奶还麻烦。牛奶一次还可多热些，吃不完扔掉也不可惜。人奶就不行了，一次只有那么多，不够了也没处找。再说，母乳的好处就是卫生，但这样先吸到取奶器里再灌进奶瓶的做法，就把这个优越性给破坏光了……"

薄香萍总想把晚晚送到卜绣文的怀里来，这样也许可以阻止一场迫在眉睫的悲剧。

不想，卜绣文劈头打断她的话，说："薄护士，你的好意我心领了，不就是想让我同这个孩子建立起感情吗？这其实是害我！我同她有了感情，哪里还割舍得开？舍不得她，又如何去救我的早早？我同她感情再深，不过是十月怀胎，哺育了她这些日子。从她是一个细胞算起，前后也不到一年的时间。我同早早相处的时间，十倍于这个孩子。我同早早的感情，也十倍于这个孩子。放在你身上，既然一定要舍一个，你说我是舍谁好呢？手心手背都是肉，我只能顾一头。纵是再有感情，又有什么[illegible]罢罢，还是不让我见她的好，这样，她在我的心目中，永远只是一个模糊的影子，心里还好过些……”

卜绣文说着，泪水就一串串地滴落下来。薄护士吓得连连说：“我也不过是这么随口一说，不见就不见吧，您可千万别真动了肝火。”

卜绣文擦干泪说：“你放心吧。这前前后后的干系我早都想明白了，天大的罪责，我一个人承担了。”

薄香萍默不作声地退出去了。一切如同下坡路上一辆失控的汽车，没有什么力量能够阻止它驶向悬崖。

魏晓日到钟先生家里探望。先生已经基本康复，除了面庞稍显清癯外，目光依旧咄咄逼人。

一般的问候后，钟先生进入正题：“那个孩子怎么样了？”

魏晓日略微愣怔了一下，他在判断先生说的是哪一个孩子。他飞快地断定先生指的是夏晚晚。

“发育良好，现在已经迁出暖箱，像正常足月婴儿一样哭声响亮，手脚活动自如，体温也没有波动……”魏晓日简要报告。

“喔。”先生若有所思的样子。“那个孩子怎么样了？”他又问。

这一回指的谁，魏晓日就很明白了。

“情况也还稳定，没有大的恶性损害和出血感染……”魏晓日又报告了夏早早的近况。

“哦……这么说，现在的时机很适宜……”钟先生沉吟着说。

要是旁人，一定不知道钟先生这话是什么意思。但是魏晓日明白，先生指的是现在是进行骨髓移植的大好时机。

他嗫嚅着说：“夏晚晚是不是太小了一点？再等一等吧，等她长得更大一些，成功的把握也许更大。”

钟先生冷冷道：“晓日，我知道你的心思，你下不了手。你刚开始，怜惜那个夏早早，求我想办法。我想出了‘血玲珑’，你又怜惜那个卜姓女人。为了试验的成功，我要你丢卒保车，你阳奉阴违。你别以为我不知道，我什么都知道。到了后来，我要你在临产前用药，你又不肯……晓日，我很失望。科学发现不容等待。落在了一个人的后面，就是落在了全世界的后面！我剩下的时间已经不多了，我想在我的生前，观察到‘血玲珑’的近期和远期疗效，你却这样延宕！”

师母听到先生慷慨激昂在述说，赶紧出来说：“晓日，不是我说你，还是顺着先生吧。他自打这次生病以后，身子骨弱得多了。你可千万不要惹先生生气！”

钟先生并不领情，打断老伴的话说：“老太婆，你别掺和！这和我的身体无关，这和晓日以后的发展有关。晓日，在医术上，你日渐精进，很快，我就没有多少可以教给你的了。但是，你距一个真正的权威还有时日。你把某个病人的生命看得太重，而把整个医学的进展看得太轻！”

魏晓日从来没有正面地顶撞过先生，但这一次，他忍不住了，站起来说：“先生！难道整个医学的进程，不是由一个个具体的生命组成的吗？如果我们漠视一个个鲜活的生命，我们又如何能取得真正的进展！”

先生气得呼呼吐气，说：“晓日，我算白疼你了！终其一生，你只能是一个治点小病的江湖郎中，成不了大器！事不宜迟，这两天正好我的精神比较好，你通知玲珑居，备好最小号的骨髓穿刺针，明天我亲自抽取夏晚晚的骨髓。”

玲珑居里笼罩着一种凝重压抑的气氛。所有的工作人员都知道明天就要开始“血玲珑”的关键步骤了。

大家辛苦了这么长时间，不就是为了这个方案的实行吗？当它一旦驾临，反倒令人惶恐不安。大家都去看婴儿室里的夏晚晚，好像从明天以后，再也看不到这个无辜的孩子了。

夏晚晚在人们的精心喂养下，长得白白胖胖。脸颊上一个大大的酒窝，人一逗她，就旋了出来，显出极纯真的笑容。因为是众人轮流喂养，这个孩子不怕生，谁走近她，她就瞪着乌溜溜的眼珠跟着谁转，叫你的心也纯净起来。

“这孩子脸上只有一个酒窝，长大了再到美容院里做一个酒窝，对称为美啊。”有人说。

“别呀。一个酒窝才显得俏皮天然。等她长大了，让她自己定，得尊重她自己的意见。”有人说。

大家都在说等她长大以后如何如何。其实，大家都知道她是很可能长不大的。

人们纷乱的气氛感染了卜绣文。虽然没有人同她说什么，但她知道那件事来了。

她的心抽得紧紧的，手足冰凉。这不是她一直向往的事吗？她不一直在等着这一天吗？当这一天真的降临的时候，她才发现自己还远远没有做好意志上的准备，她才感到它的狰狞与可怖。

人们都回避着她，好像她是这一切的主宰。其实，她已经被解除了参与的权利，这是她所要求的，但真到了没有人顾忌她的想法的时候，她的心里悲苦无助。

夜深了。卜绣文在黑暗中摸索着出了房间。她看到婴儿室里有迷蒙的灯光。薄护士说过，突然开灯会刺了孩子的眼睛，因此屋里总是有一盏暗灯。

卜绣文很想走进去看一看，看看这个来之不易的孩子。明天以后，她很可能就看不到她了。无论从道义从感情，她都应该去看看她啊。

卜绣文这样想着，走到了婴儿室的门前。

不！不可！她凛然立住了。

看了又能怎样？徒增苦痛，于事实丝毫无补。事情已到了这一步，你是连后悔的余地都没有了。

“卜绣文啊卜绣文，”她叫着自己的名字，仰望着天空说，“无论发生了什么事，你都一定要咬牙挺住！”

第二十六章

天湛蓝，太阳很亮，但并不暖和。蕴含在光线里的热能，被呼啸的风掠夺了去，遗下干燥的冰冷，洁净的苍天更使寒意无遮无拦。

钟百行先生早早地到了玲珑居。他刮了脸，一套笔挺的深色西装，鲜艳的金色条纹领带，仿佛是要出席盛大的颁奖仪式。他病后越显清癯的面庞，坚毅漠然，透出一丝丝冷酷。

“您好，夫人。”他与卜绣文打招呼。

卜绣文的脸色十分憔悴，整整一夜她都没合眼睛。“您好，钟先生。我还想问您一下……请您不要嫌弃我啰唆……”卜绣文鼓着勇气说。在钟先生面前，任何人都有一种无法顺畅呼吸的压抑感。

“说吧。”钟先生今天说不上和蔼可亲，但心情不错，几乎可称得上平易近人。

“我只是想问……夏晚晚……她不会死吧？”卜绣文的上下牙齿轻轻叩击着。

“夏晚晚……喏，是谁？”钟先生不明白。

“就是……我的这一个孩子……”

钟先生旋即明白了："不，它不是一个孩子，你不能这么说。把它认为是一个独立的生命，这样，会给你自身，给我们的工作都带来莫大的危害。夫人，请牢牢记住我的话，它不是人。这对我们大家都是一种解脱。"先生眼望着窗外干冷的景色，语气里也同样没有一丝水分。

卜绣文紧紧地咬着嘴唇。她的嘴唇原本因为缺血显出淡粉色，因了牙齿的压迫，出现了灰白的斑块，而未被牙齿挤压的黏膜，因充血变成紫色，这使她的整个面容显出恐怖。"先生，原谅我，我都想要。"

钟先生说："我很想答应您，夫人。可是，我不能，我不想骗您。鱼和熊掌，不可兼得。早早和晚晚，就是小鱼和小熊掌，您不可兼得。夫人，您还可以最后选择一次，是要这个健康活泼的夏晚晚呢，还是要那个病入膏肓的夏早早？我一点也不想强迫您，您完全可以做出自己的决定，然后通知我，我和我的助手，会无条件地按着您的意思操作。我是很好商量的，我还可以给您一次机会。您不必介意我和我的助手，在此之前做出的一切准备工作，我们就是干这个活儿的。您，尽可以按照自己的意见决定。但是，我提醒您，一旦做出了决定，您就再也没有反悔的机会了。我再也不会征求您的看法，您说什么也不管用了。时间有限，抽取骨髓的手术就要开始，我希望您尽快地答复我。"

钟百行说完，平和地注视着卜绣文，然后，他把目光淡漠地投向窗外。

卜绣文眼一闭，说："钟先生，我不认识什么夏晚晚。一切都按我们以前商量的办。纵使有一天到了法庭上，我也会说，这一切都是我心甘情愿。"

一滴眼泪从她的睫毛缝中渗出。

钟百行说："手术马上开始，请您回避。"

卜绣文拭着泪说："谢谢您的好意，谢谢您曾经为我做过的一切。但是，我不回避。这是我应该看见的东西，我要在场。她毕竟是我的孩子，我既不能看着她长大成人，总要看着她怎样离开我，也算我们相处了一场……"

魏晓日走了进来，放下一个箱子说："钟先生，所有的手术器械都准备好了。"

钟先生说：“请把孩子抱过来，我们正式实行‘血玲珑’方案。”

薄香萍走进婴儿室，抱起夏晚晚。粉红色婴儿毯里的女孩，见有人来了，咧开没牙的小嘴，露出一个含意莫测的笑靥。很单纯？很复杂？她已预知了自己的命运，视死如归？她什么都不知道，就要微笑着走向死亡的陷阱……薄香萍不敢想，只是紧紧地抱着她，感觉到那温热的小躯体，如弹簧般柔软。

若是在正规医院里，各科室之间都有长长的回廊相连，病人是不会暴露在室外的。但玲珑居毕竟是由民房改建的，从婴儿室到治疗间要经过空旷的院落。薄香萍把孩子包裹得严严实实，只留出一双大大的眼睛。

薄香萍上护校时听老师说过，人身上唯一没有冷热觉神经的地方是眼睛。这个孩子也许永远不会看到太阳了，就让她最后一次见见天地吧。

夏晚晚是第一次到院子里来，看到明亮的阳光，她打了一个响亮的喷嚏。她看到高远蔚蓝的天空，无数光芒四射的金线，闻到新鲜空气的味道，她吃惊极了……谁说婴儿没有意识呢？她记住了如此美丽光明的太阳，她看到空气中浮游着的弯曲的光线和微细的灰尘，她感到一滴巨大的水珠，从头顶上的那个女人的眼珠里，落到自己的鼻子上，她很想用小手的第二根手指把它擦干，但是她的手被捆在襁褓中了……

薄香萍把孩子抱进屋，彩色而鲜艳的景色突然从夏晚晚头顶消失了。这个生命力旺盛的女婴气愤地踢动胳膊腿，紧裹着的毯子限制了她的活动范围，她像个要挣脱绳索的小奴隶，奋力地挣扎着，躁动不安。

屋里的人们都避开眼神，不看这个包裹中的婴儿。只有卜绣文瞪大眼睛，要把这孩子的影像刻在脑海里。

魏晓日打开手术器械包，长而尖锐的骨髓穿刺针，在从窗户射入的阳光下，闪闪发光，如同巨蜂的毒刺。

钟百行脱去西服，只穿藏蓝色锦缎紧身马甲，换好工作服，戴上乳胶手套，活动着手指，一如就要登台的钢琴家。雪白的口罩将他高耸的鼻梁和紧抿的嘴唇封住了，人们只能看见他突出的眉骨和冷峻的眼光。

魏晓日把夏晚晚的身体弯成适宜体位，给孩子消毒。冰冷的消毒液刺激了夏晚晚娇嫩的皮肤，她愤怒地哭起来。

“住手！你们这是干什么？好歹我也是她的父亲，这么大的事，为什么不等着我来就偷偷摸摸地动手了？这不是谋杀是什么？！”夏践石闯了进来，手里抱着一大堆玩具。

面对气势汹汹的父亲，钟百行不得不停下来。薄香萍赶紧把裸露的孩子包裹起来。小女孩好脾气，对她的侵犯告一段落，她就立即安静下来，好奇地睁着无邪的眼睛，欢快地注视着人们。哈！在她短暂的一生中，还从没有一次看到过这么多的人呢！

“我已经同孩子的母亲达成了协议。有什么分歧意见，你们回家去商量吧，请不要干扰了试验。”面对着这个半路杀出的程咬金，钟先生十指交叉，甚是不耐烦。

“我昨晚想了一夜，这件事不能这样办！这是犯法啊，我们不能就这样决定一个孩子的生命。我爱早早，我也爱晚晚。让我们再想想别的办法吧，不要用这样残忍的手段！”夏践石一反往日的软弱，护在孩子的手术床前，毫不退让地说。

钟先生冷冷地说：“根据基因分析的结果，您是这一切事件的局外人。也就是说，您既不是夏早早也不是夏晚晚的生父。怎么样，您还想管闲事吗？”

夏践石像被人抽去了脊梁骨，一下子矮了下去，木僵地立在那里。

“他说，我不配，你说，我配不配？”夏践石声音好像是从石灰溶洞里发出的，粉末般枯燥空洞，又带着热切的期望和压力，面向卜绣文。

“践石，我对不起你。既然你问我，我就说，你不配！别恨我，践石！我这样说，是为了救你。无论这件事是个什么结果，我都一个人来承担好了。践石，感谢你这么多年和我的恩爱，但是你不配……你不配！”卜绣文半闭着眼睛，字字千钧地说。她被命运之鞭抽打得遍体鳞伤，再多一道血痕，也不觉得怎样痛了。甚至，也顾不得这些话即时将给夏践石怎样的伤害，只觉得从长远看，夏践石能从此解脱。

“可这件事我是管定了。我虽然不是她俩亲生父亲，可我路见不平，也要拔刀相助，不允许你们这样草菅人命！”夏践石呼呼吐着白气，目眦尽裂，眼镜上下颠簸着，如同一条昂然的巨蟒，全然丧失了平日的书生模样。

“重新准备开始。”钟先生毫不理会，低声命令道，“给这个小家伙用上镇静剂，省得她大叫大嚷，听着心烦。”钟先生布置。

薄护士和魏晓日，两个人像电影里的慢镜头，半天都没布置妥当。

然而不管他们怎样磨洋工，再次手术的准备还是做完了。

消毒。一切重演。只是晚晚尖细的哭声听不到了。镇静剂起作用了。钟先生手持闪亮的器械，刚要刺下，一个敏捷的身影插了进来。

“钟先生，这么划时代的创举就这样随随便便地开始了，您不觉得太草率了吗？”

钟先生被这意外的声音惊得手一抖，针头碰到了衣袖上。

糟糕，器械污染，就须重新换一套。

“晓日，拿出备用品。”钟先生有条不紊地吩咐。然后才打量闯入者。

“您是谁？怎么敢私自闯进我的工作室？”钟先生威严地质问。

“我是您的这位女病人雇的私人侦探。‘血玲珑’在某种程度上，是建筑在我的工作基础上。所以，我有发言权。”来人轻描淡写地说。

“噢噢，您是梁秉俊先生。有何贵干？”钟百行的口气略略和缓。

“我为先生担心。将来有人控告您的手术亵渎了生命，先生就不怕吗？我今日带来了录像机，打算未雨绸缪，防患于未然。留个凭据。”梁秉俊转守为攻，话语里透出威胁。

钟先生才不吃这一套呢，淡然一笑道：“我襟怀坦荡，无所畏惧。”

梁秉俊苦口婆心地说：“我佩服先生的勇气和心胸。但这件事，牵扯众多的法律问题，还望先生三思。今天不要操作，容日后从长计议。”

钟先生晃着戴着雪白手术帽的头颅说：“你尽可以留下，尽可以录音录像。

我不在乎。无数的科学家为了发明创造，曾经不惜自己的生命。我已到了古稀之年，早已将个人荣辱置之度外。”

梁秉俊先生无可奈何地丢了一个眼神给薄香萍，表示自己无能为力了。

薄香萍、魏晓日，包括夏践石一起把目光集中于卜绣文，希望她能劝钟百行悬崖勒马。

卜绣文缓缓地说：“钟先生，不必再迟疑了。您就快快下针吧。再延迟下去，对所有的人，都是更深重的折磨。”

“我要报警！打 110，说这里发生谋杀案！”梁秉俊黔驴技穷，不得不声嘶力竭地叫起来。钟先生不慌不忙地做着准备，头也不抬地说：“好啊，请吧，电话就在那边。只是，我担心您和警察怎么说呢？如果你把他们叫到医院的手术室，看到医生给病人开甲状腺手术，就以为是切断他的脖子，看到做开腹手术，就以为是剖心取肝……是不是也太武断了一些呢？即使我的手术失败，出了意外，我也问心无愧。医生并不能保证所有的治疗都成功，这就是医生的特权。”

他被一次又一次的延宕搅得不耐烦起来。说完以上的话，他再不开口，打开新的手术包，独自做准备，只顾一个人埋头操作，甚至连魏晓日的帮忙也不需要了。他的手指灵活机敏，将骨髓穿刺针端端正正地瞄准了夏晚晚的骨缝……

“零——零——零——”

电话响了。尖利的铃声在这个死寂的时刻显得出奇的大。所有的人都停止了行为。魏晓日接起来。回春医院打来的，声音很大：“报告钟先生和魏医生，夏早早自杀……正在抢救，生命危在旦夕……”

医院方面报告说，夏早早的自杀，是被一个奇怪的中年男人发觉的。这人身材高大，面色阴暗，不定期地出现在医院里，好像在寻找什么。总是一言不发，问他是何人的家属，有何要求，他坚定地以沉默作答。他似乎很想神不知鬼不觉地探望什么人，不知多长时间之后，就如同他神秘地出现一样，他会神秘地消失。本来，医院就是一个经常发生神秘事件的地方，医务人员见怪不怪。也许是因为他的面容太阴郁了，几乎每个见过他的人，都记住了他。

这天，他在医院小花园的花丛中，从窗户外向夏早早的病室内窥探。屋内只有早早一个人。他看到小姑娘正在大把大把地吞食一种褐色的颗粒……饱经沧桑的他，本能地猜到发生了什么事，他不顾一切地大叫起来："我的孩子，你不能！你不能啊！"可惜，隔着厚厚的双层玻璃，他的叫声只是把乌鸦惊得飞起，而小姑娘已经从容地把那些颗粒吞完了。

医院的花园，通常是半封闭的。病人们可以从窗户里，很方便地看到花园的景色，但却需要在回廊走很长的距离，经过特殊的小门，才能抵达花园。

中年男人不顾一切地冲过小门，把推着治疗车的护士撞得人仰马翻。他疯狂地拍打着护士岛的墙壁，巨大的拳头把白灰擂得如同雪雾纷飞……快救人！救救孩子！他的声音有一种狼嗥般的疯狂和凄楚。

当护士明白了发生的事态，开始抢救已然昏迷的夏早早后，那个男人又神秘地消失了。

没有人知道这个男人是谁。

也许，过几天，他又会神秘地出现。谁说得准？

卜绣文、夏践石乱成一团。钟先生把刺到一半的针停了下来，说："按倒葫芦浮起瓢！怎么这样不巧？"他把空针丢到治疗盘里，发出清脆无比的响声。

梁秉俊凑到钟先生面前说："假如夏早早大难不死，能不能试试元素疗法和百血丹，摸索一条新的治疗方法？"

钟先生说："我从来没听说过这两种方法，旁门左道！"

薄香萍拉着他的袖子说："先生，请试试吧！梁先生吃过的，没有毒的。"

钟先生对魏晓日说："今天，就到这里吧。这一次，你捣了不少鬼，不要以为我不知道。"

"先生明察秋毫。"魏晓日乖乖地说。

"'血玲珑'，择期再做，你还是我的助手。"钟先生坚定地说。

魏晓日点头。

一声啼哭，尖锐地撕开了玲珑居的沉闷。镇静剂已过了效用期，夏晚晚生机勃勃地哭起来，声震九霄。大家都跑过去看那个雪雕玉琢的婴儿，她的脚有力地踢蹬着，小手在空中抓挠，好像看到了阳光中的星星。

梁秉俊瞥见身边有一个干净的棉花球，蓬松着，如同羽毛。他把它轻轻地塞在小婴儿的手中，婴儿就下意识地把它紧紧地握住了。过了一会儿，婴儿手一松，棉花就飘了出来。

梁秉俊把棉花球小心地收藏起来。

（全文完）